BEST嚴選

奇幻基地出版

遺忘效應

Obscura

科幻驚悚奇才 **喬・哈特** 著

彭臨桂 譯

Joe Hart

BEST嚴選

緣起

在繁花似錦的奇幻文學花園裡，你或許還在門外徘徊，不知該如何抉擇進入的途徑；也或許你已經置身其中，卻因種類繁多，或曾經讀過不合口味的作品，而卻步、遲疑。

BEST嚴選，正如其名，我們期許能透過奇幻基地對奇幻文學的了解，以及對讀者的理解，站在出版者與讀者的雙重角度，為您精選好作家與好作品。

他們是名家，您不可不讀：幻想文學裡的巨擘，領域裡的耀眼新星。
它們最暢銷，您怎可錯過：銷售量驚人的大作，排行榜上的常勝軍。
這些是經典，您務必一讀：百聞不如一見的作品，極具代表的佳作。

奇幻嚴選，嚴選奇幻。請相信我們的眼光，跟隨我們的腳步，文學的盛宴、幻想世界的冒險，就要展開。

作者序

各位台灣的新讀者大家好！首先我要謝謝你們選擇了《遺忘效應》，希望這本書能帶給你們刺激、娛樂，並且讀起來跟我寫作時一樣愉快。

容我稍微自我介紹——我三十八歲，已婚並有兩個孩子，住在美國明尼蘇達州北部。我非常年輕就開始寫作了，過去八年都是全職作家。我寫了幾本暢銷書，包括《Dominion》三部曲和《Liam Dempsey》驚悚小說系列。每天醒來都可以做自己熱愛的事，簡直就是美夢成真，這也要感謝你們；若少了你們這些讀者的支持，我不可能做到。

《遺忘效應》的構想出現於二〇一六年初。我一直對記憶及其對我們生活的重大影響感到著迷，也很好奇像阿茲海默症這種疾病如果不止會影響老年人，而是所有年齡的人，那麼我們要如何面對與治療它。

時間再往前跳到二〇二〇年和新冠肺炎（Covid-19）的疫情。在我開始寫《遺忘效應》的時候根本不知道會發生什麼事，不過回顧起來，羅氏症（我虛構的失智症）跟新冠肺炎確實有驚人的相似之處。兩種疾病都是突然出現並且惡名昭彰，都會影響各年齡層與各行各業的人，而且都留下了令人心碎的結果。

《遺忘效應》的故事主旨是關於同理心，關於奉獻，關於我們願意為了所愛的人竭盡全力；而我認為人們在面對疾病時，最能夠表現出這些特質。關心他人的福祉（即使是你不認識或永遠不會見到的人），這似乎就是阻止病毒擴散的關鍵。在我的小說中，吉莉安．萊恩博士失去了摯愛而心碎，因此致力於消除威脅她女兒和世界上其他人生命的疾病。她就跟許多護理師、醫生、科學家一樣，過去十八個月以來努力不懈地照顧病患，並且在治療及疫苗方面取得突破性進展。他們的犧牲、責任感與同理心，體現了什麼是真正的英雄。

我們無法否認世界已然改變，但我知道我們總有辦法應付新的挑戰，並從中茁壯成長。我相信人類具有不屈不撓的精神，只要同心協力，這種共通的特質就能使我們克服任何挑戰——只要我們關心彼此。

如果你也這麼相信，我想你一定會喜歡接下來的內容。

喬・哈特

二〇二一年五月

獻給失去從前的人——希望我們能替你記得。

I

現在

「十，九，八，七……」

吉莉安頭盔裡的聲音在她頭骨內迴響，而她所處的這艘太空梭也開始震動起來。

她做好準備，全身肌肉僵硬而緊繃。

一陣難以抵擋的驚恐席捲而來，隨著懊悔的感覺越加強烈。她到底在這裡做什麼？她又不是太空人，也根本沒準備好面對這些。

吉莉安向右側伸出手，找到伯克戴著手套的手，然後用力握緊。他也回握緊她的手。

「六，五，四……」

「點火。」

震動變得更加猛烈，連她的牙齒都打顫了。

「三，二，一。」

G力將她往後猛推向座位，同時也往前推。此時太空梭因速度而轟隆作響，彷彿有了生命。

卡森仍在她的耳機裡說話，可是她無法理解。

一切都變成了速度。

壓力襲來。

她聽見有人發出呻吟聲，發現原來是伯克。他的手放鬆了，但她握得更緊。他昏過去了嗎？

吉莉安的憂慮被來自後方一陣新的力道蓋過，那股沉重的力量，就像是有人在她胸口堆疊盤子。

她有過這種感覺——完全失控而造成的恐懼。

他們正在離開地表。

2

八年前

他們開車外出時幾乎都會牽手，可是今晚沒有。

通常去哪裡都無所謂；無論是浪漫的燭光晚餐或是到當地雜貨店買宵夜，他們都會牽著手。這是他們在交往初期就養成的習慣，一開始讓人覺得甜蜜又興奮，後來逐漸變成一種情緒上的撫慰。肯特會手心朝上，放在兩人之間的扶手墊上，吉莉安便與他十指交握。六年的婚姻反而讓這個習慣變得更加深刻。

可是今晚在他們離開餐廳停車場到公路上後，他卻沒這麼做。

吉莉安在雪佛蘭 Tahoe 休旅車裡，望向駕駛座上的肯特。他五官的輪廓變得更加清晰，又被經過的路燈光線沖淡。他在想什麼？最近她很常想這件事，幾乎到了癡迷的程度。

他變得不太一樣了，雖然很細微，但就是有。

他會在話說到一半時突然停住，似乎想到另一件更重要的事，而他的表情會變得呆滯，眼神也變得冷漠。當她問他怎麼了，他會立刻回過神來，反問她剛才講到哪裡；但在重新啟動記憶之後，他又再次失神。然而還不只有對話中斷的問題。上個星期一下午，放射科異常安靜，於是她提早結束醫院的輪班。回到家時，發現肯特站在客廳，目光盯著牆面上一隻緩慢爬行的蒼蠅。她以為他想要突然出手拍打牠，不過接著那隻昆蟲飛了起來，嗡嗡地經過她身邊進入廚房，肯特依然動也不動。

她看著他，經過了像是永恆的幾分鐘，一種刺癢的不安感覺爆發開來。她輕咳一聲，讓他回過神；他跟平常一樣笑著過來迎接她，可是他剛轉過來時，臉上有一種奇怪的表情。

幾乎像是不認得她。

此後的夜晚，她會醒著躺在床上好幾個小時，想知道他在她回家前已經在那裡站了多久。他變得不一樣了，而吉莉安不認為這可能是因為他注意到她現在也變得不一樣了。

吉莉安清清喉嚨。「你今天晚上好安靜。」

「嗯？」肯特回答時沒看她。

「我說你今天晚上好安靜。」

「是嗎？」

「對，你過去幾天都很安靜。」

「抱歉，工作一直很忙，新客戶……」

她等著他說出客戶的名字，在心裡希望他說出來，而每過一秒，她也變得越來越緊張。肯特側著頭，彷彿在聽遠處傳來的聲音，然後又放鬆了。

「英特賽克。」她勉強說出這個名稱。

「什麼？」

「新客戶，英特賽克股份有限公司。」

「是啊，他們怎麼了？」

吉莉安感到胃裡一沉。沉重感陷入她的內心，比她以為的任何感覺都還深沉。一陣刺痛的回憶浮現，那是一篇文章的主題，是她從某位醫師休息室裡一本最新醫學期刊裡讀到的。雖然新出現的神經疾病總會在醫界興風作浪一番，但這次不一樣。他們把這種病稱為「羅氏症」，而它可怕的地方不只是症狀，而是容易罹患的人口——任何人都可能被這種疾病襲擊。

現在，公路旁的陰暗樹影從車窗外接連掠過，一種令人驚恐的可能性逐漸成形，像一座跨過斷口的橋。

「今天是幾月幾號？」她脫口而出。

「今天？」肯特說。

「今天的日期，是哪一天？」

他的嘴角揚起笑意。「妳不知道嗎？」

「我忘了。」

「好，是……」他看了儀表板一眼，然後將目光移回路上，「現在是七點四十五分。」

過去幾週，她一直在建立一堵牆，但現在恐懼衝破了障礙，將她吞噬。

不可能發生這種事；不會是她的丈夫，不會是他們的生活。

這可能是她今天第二次覺得想吐。

「我覺得要幫你預約了。」

「嗯？」

「預約，明天……我們得去看一下丹納醫師。」

「什麼？為什麼？我覺得很好啊。」

「你剛才告訴我時間是七點四十五分。」

「對啊？」

「我是問你今天的日期。」

他的目光最後離開路面，跟她對望。

她看見他很害怕。

幾乎就在同一瞬間，恐懼凝結成了憤怒。

「我很好。是新客戶的事讓我覺得焦慮，他們想要所有的ＩＴ工作在月底完成，而且……而且……」她看著他下巴的影子在另一輛車的強光下閉緊。「而且那個人也要我在下個禮拜幫忙他整理好地下室。」

「葛雷格，」吉莉安說，「你弟的名字是葛雷格。」

他的表情放鬆了，眼神不再憤怒。那樣的憤怒就像某種外星寄生蟲，從他們在一起以來，她只見過他真正發怒兩次。

吉莉安伸出顫抖的手觸碰他的肩膀。她的手指感覺到一陣溫暖與厚實，有種安心的感覺。她的丈夫——他還在她身邊。但他真的還在嗎？

停下來，振作點。

「親愛的，我覺得你的記憶力出了點問題，我們必須檢查才能確認。我可以監督那些檢驗，然後我會自己看報告。可是我們得去看醫生，因為這開始讓我覺得害怕了。」她停頓了一下，不確定該繼續說或是應該等。她正站在一條搖晃的高空鋼索上，完全看不到地面。「而且我需要你。我們需要你，親愛的，我懷——」

就在此時，她感覺到副駕駛座這側的輪胎離開了公路，而她看出了他的眼神一片茫然。

雜草在底盤下方窸窣作響。她一邊大叫，一邊伸手去抓他鬆開沒握緊的方向盤。

我應該要握住他的手才對。她才這麼想，路邊的壕溝便大幅傾斜，車子也隨之翻覆。

⧓

吉莉安醒來時側著身體。

玻璃嵌進了她的臉頰。她試著抬起頭時，許多碎片匡噹落在她躺著的車天花板上。而在破掉的車窗外，一切都不太對勁——整個世界上下顛倒。她的車門像個「V」字形，有一棵樹卡在正中央。

她勉強撐起上半身遠離毀壞的車門跟不應該在那裡的樹，疼痛感隨即來襲。

那像是一陣瞬間橫掃過的颶風，幾乎完全從她右腿發出，她真希望自己沒轉頭去看。

因為人的腿不該彎曲成那個樣子，或是那麼多次。

夜裡，某處開始傳來警笛聲，但吉莉安還是啜泣喊著肯特的名字。透過分裂目光的淚水，她看見身邊的他被安全帶懸掛著。他稍微動了頭，一滴血就從他的鼻尖往上流向額頭，反射著某部正在接近的車輛燈光，正好讓她看見血有多麼鮮紅。一切都是鮮紅色。

她的意識像絲綢一般，從虛弱無力的指間被抽走。

遠處的警笛聲變成了令人心碎的寶寶哭聲。

3

現在

「兩個G。」卡森說。

吉莉安一度納悶他們的速度是多少，不過這個念頭立刻被掃開，因為他們乘坐的太空梭變成了一根音叉。

就要震動到瓦解了。

即使全身被猛烈重壓在座位上，她還是感覺得到那股震動。

她的補牙發出嗡嗡聲，視線重疊了一會兒才恢復正常。

坐在她右前方的丁塞爾，在此之前一直保持安靜，此刻也發出尖聲喘息。

「這會持續多久？」分析師勉強開口說。

「再幾分鐘，你會沒事的。」機長周蓮的態度很粗魯。

「三個G。」卡森緩慢嚴肅地說。

他怎麼可以聽起來這麼鎮定？他之前經歷過兩次了，她這麼告訴自己。她費了一番力氣把頭往右轉，望出觀察窗外，瞥見一陣爆裂的顏色。

火焰吞噬太空梭，遮住了窗外的一切。

4

兩個月前

她收到電子郵件時，十分慶幸在連接著她辦公室的實驗室裡沒有其他人，這樣她就可以毫無顧忌地放聲尖叫。

吉莉安的聲音不再迴響並逐漸消失後，她抓起筆電用力丟開。她站在自己凌亂的桌子前，上面擺滿了她過去六年來的心血，而唯一沒讓她把電腦舉起來當成鐵餅猛擲的理由，是因為那團混亂上方的一塊軟木板上，有三張凱莉近期的照片。

小女孩有肯特的藍眼睛，以及像她的鼻子和下巴。秀氣的顴骨與淡褐色頭髮則混合了他們兩人的特徵。雖然肯特已經活到能看著她出世，但還是來不及看見她變成多漂亮的女孩。

吉莉安嘆息著擺好筆電，再次瀏覽電子郵件的內容。

令人悲傷的是，她幾乎習慣了被簡單幾個字就奪走所有希望的感覺。

她讀過每一行，理解字裡行間的意義；每句話都比前一句更加含糊，而且點綴著避重就輕的好用詞語，例如「延緩資金分配」和「暫停表決直至另行通知」。

所以終於來到這裡了，她害怕的那一天就要到來——她最終的失敗。

恐慌的種子上個月在參議院會議種下，現在又冒出了芽。她感覺得到它在體內生長，想要發展成她已經好幾年沒真正感受過的哀傷。

沒了，一切都要消失了。

吉莉安咬著牙，運用她在……在後來從無數本勵志書中學到的一種古老冥想技巧。她閉上眼睛，想像一片洶湧的大海，浪濤互相撞擊，烏雲在上空翻騰，水面激烈起伏。荒蕪。她想像一切緩慢地平靜下來，天氣逐漸緩和，直到海的表面如同鏡子般平坦。

平靜。沒有任何東西擾動海水。

她張開眼睛看著電子郵件，腦中那片大海立刻取代為桌子底部抽屜裡的處方藥瓶。裡面裝著小藥丸，它們搖晃時發出的聲響比任何冥想更能撫慰她。雖然先前認真工作到忘了這件事，但她很輕易又犯了藥癮。

她辦公室外的實驗室門被打開，讓她回過神來，納悶自己在這裡坐了多久。

吉莉安把桌上一堆報告擺好，在對方出現之前，一道笨重而巨大的影子經過了她門外的地板。

伯克．倫德維斯特是她所認識個頭最大的人。要不是他把鬍子刮得很乾淨，雷神索爾之鎚握在他的大手裡也絲毫不會令人覺得突兀。他除了是個現代維京人以外，也是她實驗室中最傑出的研究生。

「博士，我從自助餐廳替妳帶了一塊鬆餅。我看錯了，以為口味是巧克力碎片，結果是葡萄乾，所以我要道歉。」儘管已經在這間大學的方言大熔爐裡待了六年，他說話時還是聽得出母語的音調。高大的瑞典人走進她辦公室，舉起一個在他手裡看起來小到滑稽的紙袋。

吉莉安接過鬆餅，露出笑容。「你不必這樣的，伯克。」

「我順路經過，所以……」他聳聳肩，「怎麼了，博士？」

「沒事，我只是稍微打掃一下。」

「妳從來不打掃。」

「才怪，我上個禮拜才重新整理過我的書架。」她邊說邊指向搖搖欲墜的書堆，只要一陣強風就會把它們全推到地上。

「是的，當然。」伯克面露疑色端詳著書架。

「那聽起來有點沒禮貌，我可不接受像你這樣的人沒禮貌。」

「等我得到碩士學位，妳會接受嗎？」

「當然。這裡有個不成文的規定，就是高學歷的人必須忍受彼此的無禮。事實上，這是受到鼓勵的。」

伯克笑了。「那我可真是等不及了。」

「對，好吧，在那之前，我們可以先開始工作了嗎？」

她試圖從他身邊經過，但他站著不動，擋住她前往實驗室的路。「博士，我已經跟妳一起工作將近四年了。我在妳家吃東西，照顧過妳的女兒，而且賈斯汀未來跟我結婚的時候，妳也會是我們的貴賓。妳是很容易猜測的人，所以拜託告訴我發生了什麼事情。」

「是很容易猜透的人。」她不自覺糾正他的用詞，然後垂下了頭，感受到最近幾個月來所有的沉重感全壓在身上。要說謊話還是實話？這個選擇很簡單；他很快就會知道了。

「我們的資金被砍了。我幾分鐘前收到委員會的電子郵件，我們只能再撐一個月。」

她抬起頭望向他時，並未見到她預期的驚訝和憤怒。伯克只是點了點頭。

「我已經猜到很快就會這樣了。」

「怎麼說？」

「幾個月前，在妳向參議院說明之前，我無意中聽到妳跟一個委員會成員的對話。聽起來不是很樂觀。」

「所以你不只沒禮貌，還是個愛偷聽的人呢。」她試圖開玩笑，卻造成反效果，整個人被一股悲傷的倦怠感淹沒。「我很抱歉，這個月我沒辦法付你薪水了，我得把所有經費都用在實驗室。如果你要找別的職位，我完全可以理解。」光是想到在少了伯克的情況下繼續研究，那可不是氣餒兩個字足以形容的，簡直是陰鬱與絕望。

「博士，我前三個月的薪水都返還給資金了，我會在這裡待到最後的。」他再次露出笑容，出於習慣他將頭傾向一側。

從她眼裡湧出的淚水太過突然，使她措手不及。她在第一道淚水從臉頰繼續往下流之前擦掉，像是被嗆到一樣短笑了一聲。

「你人太好了，伯克。哪天會有人想要利用你的，你知道吧？」

「也許這並不是因為我人很好，而是因為我將來的另一半非常有錢。」

這次她真誠地笑了出來，然後擁抱他，彷彿在抱一棵聳立的橡樹。

他拍了一下她的背。「一切都會沒事的，博士。」

他放開她之後，她吞了好幾下口水，解開喉嚨裡的結，讓她能夠說話。「好吧，我們繼續試驗。說不定我們會走運，證明國會那些混蛋錯了，然後他們就沒得選擇，只能繼續提供資金。」

「我覺得運氣跟這件事沒有關係。」伯克說，接著就進入實驗室，披上一件實驗衣。她跟在他後面照著做，同時盡量不讓那封電子郵件害她分心。要是現在可以來一顆氫可酮，她就能讓腦袋清醒一點了。這會幫助她專心。她在穿過實驗室的半途中停步，轉身要回辦公室。

她的內心開始出現熟悉的啃噬感。低語聲說著要是能夠吞下一顆小藥丸有多棒，她周圍的一切會發出清晰的亮光；要是藥物引起的光亮能夠包圍她，要專心就一點也不困難了。

不，她不需要。她可以工作一天而不必仰賴藥丸。

可是晚點回家以後，要是能來一顆也不錯。

停下來。

吉莉安深呼吸，完成準備，進入實驗室的一片隔離區域，這裡有一道無菌屏障，並且由空氣過濾設備控制濕度、壓力和溫度。她走到入口站在伯克身旁，低語聲逐漸消失了。

「準備好了嗎，博士？」

「準備好了。」

這片潔淨的空間不大，頂多十五乘十二呎，剛好足以容納監控裝備、一組觸控式螢幕，以及正中央的一張桌子，桌面擺著一個上方有開口並以樹脂玻璃材質製成的籠子。

吉莉安深吸一口氣，讓一切沉澱。這裡沒有焦慮或擔憂的餘地，沒有懷疑的空間，只有專心與決心。

「開始記錄。」她邊說邊走向中央的桌子。室內角落的其中一個螢幕亮起。

「二〇二八年五月六日，上午十一點五十分。這是關於羅氏症的神經可塑性輕型試驗，編號五十四。我是吉莉安．萊恩博士，助手是伯克．倫德維斯特。」她向伯克點頭，他便穿過實驗室到小籠子前。「受試者為雄性溝鼠，一般稱為褐鼠。神經通道視紫質的表現符合開始試驗的標準。試驗五十四號的變數是螢光素酶劑量增加零點六毫升。」

伯克到了桌子旁，手裡捧著小褐鼠。牠全身無力，頭幾乎不會動。

「為了讓顱內吸收足夠，螢光素化合物已於上午十一點時注射，並在上午十一點三十三分給予鎮靜劑。」伯克說，接著將老鼠放進籠子底部，裡面有一組小型束帶。他迅速將齧齒動物安置好，擺出四足站立的姿勢，頭部往前伸。「目前正在貼上神經生物電子腦部監測器並將注射管置入顱骨開孔。」伯克以熟練而俐落的動作將一條小細線穿進從小動物頭骨上方突出的金屬開口，然後向吉莉安點頭。

她注視著透明籠子裡那隻溫順的老鼠，確認一切就緒。

她的心跳開始加快。

如果就是這一次呢？她一直在等待、夢想、希望的這一刻。

如果是呢？

她吞了吞口水，抑制住開始滋長的興奮感。這很可能會像之前的試驗一樣令人失望。

或者也可能是答案，救命解藥。

她仔細盯著最靠近的螢幕。「生命徵象都很穩定，繼續試驗。」

她的指尖移到畫面上的「執行」方塊，按下。

她身旁的機器發出輕微的嗡嗡聲。「開始注射螢光素酶。」她輕聲說，在短暫的延遲後，隔壁的顯示器亮了起來，出現脈衝活動的畫面。

就像看著十萬枝煙火施放。

生物監測結合了電氣與光感應設備及軟體，一切集合為３Ｄ成像運算。而現在她正看著那隻施打了鎮靜劑的老鼠腦中的想法。

每當她見到這種內在的心智活動，就會感到很困惑。無論是來自堪薩斯州一位八十歲婦人的腦部正子斷層掃描，或是一隻五週大實驗室老鼠的核磁共振造影，在觀測另一個生命體腦中想法的成分時，那種不真實感總會以一種她永遠無法清楚形容的方式嚇傻她。她猜想是因為某種私密感：她正在目睹為什麼人之所以為人，動物之所以為動物。

他們的想法、情感、記憶，形成他們身分的一切，最真實的那一切，全都在她面前的螢幕裡。即使老鼠幾乎沒有意識了，牠的許多樹狀突、軸突以及間接突觸仍然在活動。這些活動在她看來都是輕快的閃光，因為螢光素和螢光素酶正在相互作用，在老鼠的整個腦部產生一種深藍色的生物發光現象。而在化學物質交會處，神經元也開始發亮。

一開始是數千個地方。接著數百萬個。

有作用了。

「錐體神經元正在活動……抑制神經元現在也有作用了。」她輕聲說，勉強使目光從螢幕移向伯克，他正注視著第二個顯示器。他點了一下頭。

「光可塑性目標鎖定。」他觸碰控制畫面，吉莉安則將注意力移回螢幕上。

老鼠腦部有越來越多區域開始活動：小腦、後腦、中腦，以及嗅覺結構。

但她注意的完全不是這些地方。

「拜託，拜託。」她輕聲說，希望能夠成功，希望結果會是她想像的那樣。

「生物發光正在接近海馬區。」伯克說。

吉莉安看著光芒擴展，一路啟動著神經元，數十億計的突觸由化合物觸發，而她的假設也在她面前證明為真。她發現自己口中祈禱了起來，於是立刻停住，儘管她很興奮。

老鼠海馬迴的第一部分亮起，數百萬個連接處發出明亮的閃光。

接著便毫無動靜。一片片的黑暗伴隨著不規則出現的亮光，有如午夜時的雷暴。

雖然化合物流經了老鼠的海馬迴，但這片區域絕大多數仍然保持黑暗，沒有反應。

她心裡的希望潰縮了，像紙牌屋般崩塌。

吉莉安往下看著自己的手，發現緊握成了拳頭。她很費力才將手鬆開。

「抑制神經元阻止海馬迴受到完全刺激。」伯克說。吉莉安凝視地面，然後才舉起手關閉注射系統。她離開螢幕區，在走出潔淨室時沒多看老鼠一眼。

她在外面拉扯著工作服，來不及脫下。她正在沉沒，肺部逐漸漲滿。她需要一顆藥丸。就是現在；不是等一下。

現在。

她抵達辦公室門口時，逼自己停下來不再前進。她的雙手放在兩邊門柱上，下巴貼著胸骨。她以為會流淚，可是沒有；沮喪和憤怒深刻到連淚水都無法成形。

「沒關係的，博士。」伯克在她後方說。

「不。不，才不是，伯克。」她說。

「我道歉，我講錯話了。」

她感覺一陣汽笛般的尖銳聲響在體內滋長，但怒火也幾乎以同樣的速度迅速消退了，只留下她習慣的空虛。「下午休息吧。」她說話時仍然沒看著他。她聽見他拖著腳步在實驗室晃了一會兒，接著他的一隻大手放在她肩膀上。

「我是指我們會找到解藥的。我們會嘗試不同劑量的螢光素，或許——」

「沒關係的。總之……總之下午休息吧，我們明天早點開始。」

他的手最後捏了一下，然後從她肩上移走，而她聽著他離開實驗室的聲音。一切靜默下來，只剩空調的輕微聲響以及某部機器偶爾發出的嗶聲。她走進辦公室，抬起了頭。

她看著她雜亂的桌子。她迅速潦草寫下的紙條，提出羅氏症案例逐漸增加的期刊文章。羅氏症是以第一位因該疾病而死的孩子命名：查爾斯．羅仕。當時他十歲。

一切都在嘲笑她。

吉莉安走上前，手臂用力一揮，清理了桌面。

桌上的東西還沒完全掉到地上，她已經轉身往書架去了。大型書本飛起來撞向牆面；其中最重的一本還在石膏板上撞出凹痕，那本書的內容是分析最新的神經放射研究。她再次轉身，把牆面和軟木板上的紙張撕掉，就連她的學位證書，也只在她手中停留了瞬間就飄向最遠的角落。

玻璃叮噹作響，這陣聲音讓她突然停住動作。

她想起玻璃碎裂，以及插進她臉頰的感覺。

她無意識舉起一隻手，感受著那裡明顯的疤痕：幾片隆起的小肉塊，就像以盲人點字法寫成的恐怖故事。

她的雙腿突然無法承受她的重量，整個人癱軟在地上。她背靠著牆，感受它的堅固，讓自己擱淺在當下，因為過去就像一片黑色面紗想要籠罩住她。

她克制住嗚咽聲，在淚水湧出時遮住了嘴。

為什麼化合物沒有效？她漏掉了什麼？為什麼她不夠聰明沒能發現？

為什麼會發生這些事？

可是她永遠找不到慰藉，或是上一個問題的答案。

她環視辦公室，有點佩服自己造成的破壞。*往好的一面來看，這裡看起來跟之前也沒差多少。*

啜泣變成了笑聲，她開始放聲大笑；她笑到又哭了起來，腹部也因此疼痛。她確信要是院長或理事會成員現在走進這裡，她的終生職位就會在今天結束之前被撤銷，但那又有什麼重要的？反正她一個月後就要走了。

光這個想法就足以讓她清醒過來。因為這真的很重要，時間很重要。

每一秒都是。

所以我就是這樣死的，在離開大氣層的時候被燒成灰燼。

她閉上眼睛，等待高溫將她吞噬進火焰的無盡深淵。這時她回想起一段有用的小資訊。她在美國太空總署ＮＡＳＡ的教官法蘭克曾經提過，主火箭燃燒燃料的溫度高達華氏六千度（注），所以到時她可能不會有任何感覺。

5

現在

火箭再次搖動，是目前最劇烈的一次，而她呼吸急促地大叫出來。

「我們沒事的，」卡森在她耳邊說，「一切都很正常。」

吉莉安張開眼睛。在火焰處有一幅由煙霧和一片藍色組成的拼貼畫，她只猜得到可能是幾千呎下方的海洋。凱莉就在那裡的某個地方。一想到這，她的胃就非常不舒服，像是翻了個筋斗。

緊接著，她身上的壓力增加了，彷彿要將她壓扁在座位上。

「三點五Ｇ。」卡森說。現在她聽得出他語氣中的緊張了。

太空梭震動著，然後傳來「啪」的一聲，就像她兩邊的耳壓同時平衡了。

她會死在這種速度下，承受不住了。

又一陣令人極度痛苦的震動。

她的意識正在衰退，眼角周圍開始出現烏雲。

不，她為此受過訓練，應該會沒事的。但這種信心完全無法阻止陰影緩慢入侵她的視線。

吉莉安努力回想女兒最後的身影，抱緊那小身軀的感覺，還有她頭髮的氣味，而其他的一切正在逐漸消失。

注 約為攝氏三三一五度。

6

兩個月前

那天一早路上的車很少，天空陰沉，地平線有即將下雨的徵兆。

吉莉安離開實驗室去接凱莉之後，在四九四號公路東線上高速行駛，前往他們位於明尼亞波里斯外圍十幾哩處的住宅區。在那個地方，平日越來越常見的煙霧會向北飄，因此比較不必像城裡許多人外出時得戴上白色的防霾口罩。

當吉莉安一看見廣告冰淇淋甜筒的閃爍招牌，就立刻開進得來速。凱莉接過雙球藍月口味冰淇淋，輕輕說了聲謝謝。吉莉安偶爾會望向後視鏡，看著女兒一邊心不在焉小口吃著甜點，一邊凝視車窗外經過的風景。

吉莉安在實驗室時，會讓凱莉去托兒所，而負責人席頓女士說她今天表現得很冷淡，垂頭喪氣。她們離開有圍籬的停車場，通過安檢站時，吉莉安問了凱莉這件事，小女孩只是聳聳肩，連目光都沒移向她。

快到家時，吉莉安回到了幾週前跟她妹妹談過的話題，這已經成了她們慣常的對話——卡崔娜詢問凱莉的情況以及研究進度，然後順暢地將話題轉移到要她們過去住幾天的事。

「我們家很大，而且妳都已經超過一年沒來了呢。」小卡這麼說，她抱怨的語氣還帶有她們童年時期的幼稚感。

「最近有點忙，而且妳自己也需要休息。過不了多久，妳就要整晚醒著清理嘔吐物跟臭尿布了。」

小卡笑了。「我每天都在醫院清理嘔吐物跟臭尿布啊，到時只會像度假一樣輕鬆的啦。」

「妳現在才有辦法說那種話。」

「說真的，吉兒，考慮休息一下然後來一趟吧，就算只是幾天也好。我想要寵寵我的姨甥女，而且她也很愛海灘啊。妳想喝多少瑪格麗特都行，至於我則是經過的時候聞一下就好了。說不定妳還會認識某個大學生海灘迷，讓他見識熟女作風呢。」

這次換吉莉安笑了。「我會考慮看看。」

不過兩人掛掉電話後，都知道她不會考慮的。去度假太冒險了。

在她們住的街區一哩外，有輛火車擋住了去路。這時吉莉安再次讓她的思緒飄動，撞擊著各種想法，像一艘船漂浮通過布滿殘骸的水面。而這段時間她想要來一顆藥丸的欲望也越來越強烈。

一節車廂上的塗鴉吸引了她的目光。「*Saul Gone*」，這幾個字母寫得很匆忙，彷彿塗畫的人被迫趕緊結束作品，也許那是因為執法人員就快到了。她沉思著這個片語。這是指好幾年前那個受歡迎的電視節目（注1）嗎？她跟肯特從來沒錯過任何一集；而索爾（Saul）現在一定已經不在了（注2），這點無庸置疑。又或許塗鴉的人只是在哀悼一個既存的事實：*It's all gone*（注3），或者很

注1 此處應是指美國知名影集《絕命律師》（Better Call Saul）。

注2《絕命律師》主角為索爾．古德曼（Saul Goodman），此句即是將先前的塗鴉文字Saul Gone解讀成索爾已不在的意思。

注3 此句與Saul Gone發音相近，指一切都已不在或都消失了的意思。

快就會這樣。她猜這句話可以用於上個月在祕魯和中國因為豪雨而發生的可怕土石流，或者也可能是指北極最後的冰層；科學家說那裡在接下來五年內就會完全消失了。她覺得那句話意指什麼都無所謂。最後一切都會結束。

也許她不該再看天氣頻道了。

「媽媽？對不起，我很壞。」

吉莉安眨了眨眼回過神來。「什麼，寶貝？為什麼要這麼說？」

「因為席頓女士今天在雜訊以後看起來很生氣，我不是故意要忘記的。」

凱莉有時候會陷入出神的狀態，而「雜訊」就是她最初的描述。當時他們正在看一個舊電視節目，裡面有個角色的電視變成了雜訊畫面，而凱莉說她失神時的感覺就像那樣。

吉莉安一開始想回應，竟然發不出聲音。「妳今天有雜訊嗎？」

「對，有一點。我猜我跌倒了，還割到手。我覺得席頓女士很生氣。」

「妳不必覺得對不起，親愛的，妳沒做錯事啊。」

「對。可是我們會讓妳好一點的，媽媽會讓妳變好一點。」

「因為我生病了？」

「因為妳很聰明。」

「沒錯，也因為妳很堅強。」

「那我不會像爸爸一樣離開嗎？」

最後一節車廂噹啷通過，遮斷桿在她們前方升起。吉莉安踩下油門，目光直視前方，直到她能夠再次開口說話。「不，寶貝，妳不會離開的。我不會讓妳離開。」

她們進入社區並開進車道時，她全身正劇烈發抖，而她唯一能想到的是：帶凱莉進去，吃一顆藥丸，然後煮點咖啡。在那之後一切就會變得比較清楚。一切都會更合理。

不過正當她們停在雙車庫前，她的注意力移到了坐在她家前門階梯的那個人身上。他在她熄火時起身。

「媽媽，在我們家門廊上的人是誰？」

吉莉安注視著他，無法切割心裡湧上的所有情緒。

「是個老朋友，寶貝，一個很久很久以前的朋友。」

7

吉莉安關上房子後門，看著凱莉慢慢跑向庭院中央。

緊接著，隔壁家的女孩莎迪也跑過去找她，兩人一邊興高采烈地交談，一邊走向凱莉放在最遠處角落的玩具組。雖然在托兒所發生了情況後，吉莉安不太想讓她到外頭玩，可是凱莉問她時語氣真的很興奮，而這也是少數能夠讓吉莉安感到愉快的事。再說，她也不確定想讓凱莉聽到即將發生的對話。

她又看了一下兩個女孩，才回頭穿過屋子。她在廚房的門口停步，鼓起勇氣，並且克制住在走廊上左轉先去拿一顆藥丸的衝動。她直接從坐在桌邊椅子上的男人身旁經過。

「謝謝妳讓我進來。」卡森．勒克說。

吉莉安停在洗手台前，拿起乾淨的咖啡壺，接著轉身面向他。

卡森的樣子跟她上次見到他時差不多。頭髮還是又黑又捲，沒什麼變白的跡象；嘴邊多了幾道皺紋，身材仍維持著大學時期那副游泳健將的體格。真要說有什麼差別的話，那就是這些年給了他一副氣宇非凡的外表，彷彿年齡與經歷更加突顯了他的本質。她腦中自動浮現以前他赤身裸體在她宿舍床上的樣子。她立刻撇開這個想法，但在這之前還是回想起他進入她身體時的感覺。

「這麼做才有禮貌吧？」她讓自己忙著弄咖啡，「不然我應該要拿著掃把在門廊趕你走嗎？」

「就算那樣我也不會怪妳的，我們分開的時候不是很愉快。後來的一切都是我的錯。」

正在設置咖啡壺濾煮的吉莉安遲疑著。最後她再次轉過來面向他，身體向後靠著流理台。

「那已經是很久以前的事了。」

「不過這些年來我還是一直很在意，我想跟妳說我很抱歉。」

「我不知道你的字典裡竟然有『抱歉』這兩個字。」

他低頭看著桌面露出微笑，這跟她大學時的記憶不同。只要他知道自己是全場最聰明的人，就會擺出過分自信的表情。不，現在那副笑容看起來很真誠，甚至有些悲傷。他們靜默了片刻，接著他往後院的方向擺了一下頭。「她是個漂亮的小女孩。」

「我的最愛。」

「她幾年級了？」

「二年級。不過我讓她在家上課，還有請一位私人家教幫忙我。她的情況不適合學校。」

「一定很難熬。」

吉莉安嘆了口氣。「卡森，你來這裡有什麼事？」

他楞了一下，在椅子上坐立不安。「從妳出事之後，我就一直在追蹤妳的研究。妳轉移了研究重點還有妳的進展——太厲害了。」

「我也算有在注意你的工作吧。你還在ＮＡＳＡ？」

「對。」

「那麼，一位太空人對一位神經放射學家到底有什麼興趣？」

他堅定地注視著她，就像他們以前在一起時那樣散發著一種自信；後來她才知道，這是根源於自私。「稍微介紹一下妳的研究吧。」

「你不是說你有在追蹤我的研究嗎？」

「還是想聽聽第一手的說法。」

咖啡壺發出聲響，她替兩人都倒了一杯。卡森雙手捧住杯子，她則在桌子對面坐下。

「羅氏症的主因是神經纖維糾結，基本上就是會把蛋白質凝結在一個腦細胞內；接著糾結會造成神經元喪失。大部分受到影響的神經元位於腦部的海馬區，這個區域會加強空間定位能力，將短期記憶轉換成長期，處理情緒，就是那一類的事。」

「基本上是形塑我們的地方。」

「對。」

「妳在一篇文章中說過，妳認為汙染增加可能是造成糾結的原因？」

「再加上遺傳因素。比如糖尿病，有些人容易透過遺傳罹患，有些則是眾多因素導致。就羅氏症而言，確切的引發原因或化學機制仍然是個謎，不過我們認為它會觸發一種透過世代遺傳下來的基因變異。」她停下來，眼神迅速移向凱莉所在的後院。

「所以你們的目標是……」

「同時啟動人腦中的所有神經元。我們使用的酶作用物會引起反應並觸發神經活動。透過成像，我們就能夠精準確定哪些神經元受損。這是解決問題的第一步。」

「而你們很接近了。」

吉莉安撥弄著她的杯子。「對。對，我們很接近。」

「可是對國會來說還不夠接近。」

她生氣諷刺地笑了一聲。「除非你把解決方法包裝好，繫上蝴蝶結放到盤子上送過去，否則對那些政客來說永遠都是不夠近的。我猜你看過他們最新的發表了？」

「看過。妳真的認為羅氏症最後會超過阿茲海默症嗎？」

「對。我們使用的模型很……很令人害怕。如果案例持續增加，羅氏症一定會成為全世界最盛行的失智症。但那並不重要，除非他們或他們的家人之中有人罹患了。到時候這就會突然成為大家關心的重點。」她在桌面上轉動著杯子。這是肯特最喜歡的杯子。

「我對妳丈夫的事覺得很遺憾。還有妳的女兒，我無法想像——」

「別見怪，卡森，可是我已經不想再聽到別人告訴我他們『無法想像』我們經歷過什麼了。你不如說『我很慶幸我不知道那是什麼感覺』。同情就省了吧，我知道那不是你來這裡的原因。」

他沒表現出因為她情緒爆發而不安的樣子，反而喝了一大口咖啡，然後說：「我知道妳失去了資金。」

吉莉安的身體突然一顫。「你怎麼——」

「我共事的一些人可以在事情發生之前得到消息。」

她搖搖頭，深吸一口氣。

「好，在妳像從前那樣老是倉促下決定之前，先聽我說完吧。」

「還真是會說話啊，我怎麼能拒絕呢。」

「拜託，就五分鐘。」

她把杯子拿到嘴邊，試圖穩住手。「說吧。」

卡森向前傾，那副熟悉而投入的表情經過這麼多年絲毫沒變。「NASA正在做一件大事，非常大。這不只會在全球造成巨大的影響，最後也會觸及妳的領域。」

儘管她很惱怒，還是被挑起了興趣。「是什麼事？」

「如果我告訴妳，妳一定不會相信的，妳必須親自去看。我只能說在運輸方面會有重大的革新。」

「真是非常戲劇性呢。」

「相信我。」

「這跟我的資金有什麼關係？」

卡森的下巴左右動了動，身體往後靠向椅子。她記得在大學時，只要他心神不寧就會有這種習慣動作。「發生了一些不愉快的事──我猜你們的說法是神經系統副作用──那些事讓計畫陷入了泥沼。而這些問題正好是妳的專業領域。我們想要妳過來替我們工作。這會需要一些……訓練。」

「訓練？用在哪裡？」

「太空，妳要去太空六個月。」

吉莉安笑著從桌子起身，把她杯裡剩餘的咖啡倒進水槽。「你在開玩笑。」

「完全是認真的。」

「你要我上太空。」

「對。」

「去六個月。」

「差不多。」

「那太荒謬了，我又不是太空人。」

「所以才需要訓練。妳會迅速了解大致的情況，然後以顧問醫師的身分加入任務。我們做我們該做的事並駕駛太空梭，妳就做妳該做的事，然後幫助我們解決這些小問題。」

「我很感激這份工作提議，不過我目前有更重要更急迫的事要處理。」

「像是找新的資金來源嗎？」

她狠狠瞪著他。「對，這是其中一件事，而且我不可能離開凱莉那麼久。」

「如果我說妳在休息時間也可以繼續研究呢，妳覺得怎麼樣？」

「有吸引力，但不足以讓我飛到外太空，還把女兒丟在這裡。拜託，卡森，你還以為我會覺得怎麼樣？」

「如果我說妳接受的話就保證有資金呢？」

她看著他，等待他顯露出真正的意圖。「持續多久？」

「無限期。」

「無限期。」她重複著，這幾個字念起來感覺很陌生。

「對，這件事就是這麼重要。」

吉莉安換了個位置。「可是為什麼要找我？一定還有十幾個更有資格的專家吧。」

「現在妳謙虛了，這可不適合妳。老實說，在神經放射學科中沒人像妳有這麼多進展的。妳開發的成像跟神經元分析技術是重大突破。」

「技術早就已經存在了，我只是做了些觀察而已。」

「而現在幾乎所有神經學研究機構都在利用那些觀察結果。」

「這對我帶來了很大的好處。」

「可是妳自己說過，如果不是羅氏症發生的百分比較低，妳就會獲得所有需要的資金了；如果這是流行病，妳就會是醫學界的第一號資源。」

「但它還不是啊！」她離開流理台，全身上下每一根神經都因為憤怒而發熱。「它很少見，它會突然冒出來摧毀你的本性。」她開口要繼續說，卻從卡森肩膀後方發現了動靜。

凱莉站在屋後的門廊上。門開了一道縫隙，而吉莉安看著凱莉往後退，關上門，向莎迪比了個手勢，莎迪則聳聳肩膀，跟她一起走遠了。

她感覺憤怒馬上消失了，就像一道浸入水中的火焰。

吉莉安嘆息著，一隻手撫過額頭伸進頭髮。「聽著，現在不是好時機。我很遺憾你們的計畫有問題，但我不是你們的解答。我不可能是的。」

「我知道妳已經受夠了同情，不過我要說，妳見過地獄，而妳還沒脫離。妳需要的我可以給妳，而我需要這個領域裡最厲害的人，就這樣。」他站起來穿過廚房，把空杯跟一張名片放在流理台上。「幫我個忙，也為她考慮一下吧。」

她想要對他離開的背影說些話，想要問他是不是真的以為她做這些全都是為了她自己。可是她提不起勁了，一整天累積下來的挫敗已經讓她洩氣到只想躺在不開燈的房間哭泣。

前門砰一聲關上，她聽著卡森租的車在街上駛離。聲音消失後，另一陣聲音緊接著出現，就像緩慢上升直到最大音量的龍捲風警報。聲音來自她家的後院。

尖叫。

凱莉在尖叫。

8

天空開始下起一陣小雨。

雨淋濕了在院子裡衝向凱莉的吉莉安。凱莉站在那兒，頭往後仰，緊閉雙眼，張開嘴巴發出另一陣嘶吼尖叫。

莎迪蹲伏在幾呎外，雙手用力壓住耳朵，兩道淚水從發紅的面孔流下。

接著吉莉安抓住凱莉，把她拉近，凱莉則亂揮亂打不斷掙扎。

「停下來，寶貝。沒事的，妳沒事。」

凱莉又發出尖叫聲，吉莉安就像試圖抓住一隻野貓。吉莉安小心將她壓在地上，穩穩抱住女兒的腰部，這時一顆小小的拳頭打中她下巴側面。

「噓，噓，沒事的。妳沒事了，寶貝，冷靜下來。」

凱莉全身收縮，像是抽搐發作，接著逐漸放鬆。

莎迪家的後門打開又關上，是她父親走了過來，他一隻手遮著眼睛，一邊趕過來。

「還好嗎？」他把哭泣的女孩抱進懷裡，「要我打電話給誰嗎？」

「不，不，我們沒事了，丹。」吉莉安勉強擠出話，一邊輕搖著在她大腿上的凱莉。女孩的眼神茫然，下唇掛著一道細細的唾液。

「她突然變得跟雕像一樣，然後就開始大叫。」莎迪將臉埋在父親的肩膀裡說，「不知道為什麼就這樣了。」

「噓，莎迪。」丹皺著眉說，然後轉身離開。

吉莉安撥開凱莉額頭上的頭髮，雨水開始浸濕她們的衣服，這時女孩的眼皮開始拍動。

「媽媽？」

「我在這裡，小寶貝。」

「怎麼了？」

「妳沒事了，我們進去裡面吧。」

吉莉安讓兩人站起來，一隻手輕扶著凱莉以防她跌倒。快到後門的階梯時，吉莉安聽見莎迪隱約的聲音。「我再也不想跟她一起玩了。」吉莉安忍住沒看著他們消失回到家裡，而丹又再次安撫她的女兒。

進屋之後，她脫掉凱莉的濕衣物，用毯子裹住她，然後安置到沙發上。女孩的眼睛就快閉上，剛才的事已經讓她精疲力盡。

「雜訊。」凱莉幾乎以氣音說。

「是啊，沒錯。妳先休息一下，好嗎？」

凱莉點了點頭，身體更往坐墊裡鑽。「永遠？」她問。

吉莉安努力讓自己語氣正常而不崩潰。「永遠。」

這段問答最早源自凱莉問吉莉安永遠有多久，她回答：「就是我會愛妳那麼久。」這些年來，這段對話已經縮減成了兩個字，呼叫與回應，問題與答案，其中隱含的重量遠超越那短短幾個音節。

吉莉安看著凱莉的胸口緩慢起伏，不到一分鐘，她的呼吸就變得平緩而深沉。

她伸出手，用指尖輕撫女兒的臉頰，心裡同時被愛惜與恐懼的情緒淹沒。那種力量太強烈了，感覺像是她肺裡的空氣被抽走，她的眼睛也開始灼痛。一天內發作了兩遍，這是第一次。她的情況變糟了。

吉莉安眨著眼，在凱莉沉睡的身軀上又蓋了一條薄毯。她望向外頭的後院，春雨持續落下，發芽的青草看起來更加翠綠、更有活力。大自然繼續前進，永遠都會向前，這是事物的自然規律。她回頭繼續看著凱莉。

只是我的小女兒正在往相反的方向去，每天都在失去自己，越來越多。

吉莉安顫抖地吸了一口氣，轉身前往浴室。她的手指已經有摸到藥瓶安全蓋的感覺，不過就在走廊半途中，她停了下來。

肯特辦公室的門開著，只有一道細縫。

她伸手抓住門把，打算拉起來關上，結果卻走了進去。

這是一間普通大小的辦公室，有張桌子擺在角落，旁邊是唯一的窗戶。從肯特在此花時間經營自己一手建立起的小型ＩＴ事業以來，這間辦公室幾乎沒有什麼變化。桌面上仍有她跟凱莉的照片，只是上面覆著灰塵，而且稍微褪色了。她還知道照片旁的筆電裡的某處，有肯特已經寫了好一段時間的小說。小說只完成一半，就像他遺留下來的許多事：幾份ＩＴ合約、房子前面的造景、地下室鋪的石膏板。

還有他們在一起的生活。

她看著房間裡的物品。在他死前的所有東西現在看起來都不一樣了。這是失去親近之人會發生的其中一件怪事。就算是最平凡的事也能催眠她。記事本變成回憶的湧泉，一盞檯燈現在會讓她的眼眶泛淚。失去某個人不代表他們真的離開了，她所見之處都是他的鬼魂。

她無意這麼做，卻讓自己上了走廊，進入浴室，用力打開藥櫃。她忙亂尋找藥瓶，還弄掉了兩次才總算打開。

一顆。不，兩顆。兩顆藥丸在她舌頭上，隨著一杯水灌下，接著她才靠向牆面穩住自己。有時候她會好奇唯一讓她支撐下去的是不是只有氫可酮。她還想到自己從那場車禍復原時，為了怕影響寶寶，她還拒絕服用效力比乙醯胺酚（注）更強的任何藥物。

她忍受過的痛苦，就連想起也快讓她承受不住。

不過在她生了孩子之後，故事就不一樣了。那段期間她的腿隨時都在痛，於是她投降使用了麻醉藥物。在事件後的一年多，凱莉滿六個月的那一天，她埋葬了肯特。羅氏症對他完全發揮了作用，而她看著那個跟她一起建立家庭生活的男人被放進地底，再掩埋起來，彷彿他從未存在過。在那之後，她開始為自己開藥作為慢性疼痛管理，這有一部分是事實，但身體的痛跟她生命中的大洞根本無法相比。後來，她用盡了意志力勉強戒掉。然而凱莉的診斷結果卻又讓她戒癮的努力付之一炬，就像高漲潮水中的沙堡。

現在她每天至少要吃一顆藥丸，否則就過不下去。

她看了鏡子裡的自己一眼，但幾乎就在同時別開眼神。她只看到更多的疤痕，內外都是。她深吸幾口氣，想出一些要聯絡的人。她有幾個可以利用的來源，或許能夠要到延伸的資金。

她會挺過去的。跟她打算移走的高山相比，這只是座鼴鼠丘。

可是卡森跟他的提議呢？無限的資金。

卡森來這裡是為了卡森自己，不管他怎麼說都一樣。他只會先為自己著想，這一次也不例外。

可是會有無限的資金。

不。

她挺直身體。一定有其他選項的。光是想到要離開凱莉一個星期，就足以讓她心煩意亂到極點。她會找到肯說好的人，而在成功之前她是不會停下來的。

吉莉安逼自己看著鏡子。「一定會有別的方法。」

她走在醫院的走廊上，轉角、牆緣、尖銳如刀鋒的櫃台，一切都太過明亮了。走道的遠端有個方塊發出純粹的光芒，她知道那是一扇窗，不過直接看著那裡會讓她的視線模糊。而除了因為這個環境散發著縹緲特質，還因為她的腿沒有僵硬感，才讓她知道這是一場夢而非現實。

門口出現在她身旁，於是她轉進去。

肯特躺在床上，頭和肩膀靠在枕頭堆上。他的眼睛張開，凝視著房間的窗外。

她感受到了那天見到他清醒時的興奮。醫生很肯定地對她說，他在這個階段有意識的機會很少，而且也很短暫。她聽不見她靠近床邊時說的話，不過她感覺得出語氣中的愉悅，儘管她的目光發現了另一側的桌子，上面擺著幾分鐘前才替他換新點滴的粗心護理師所留下來的繃帶和剪刀。

她走近他的視線時，他的眼神往上移向她的臉，停在那裡。了無生氣。他不認得她。

他的嘴唇在動，但是沒發出聲音。

他眨了眨眼，一隻手伸向她。她跟他的手指交纏，這時她開始感到恐懼了。

因為她記得這一幕，她知道接下來會發生什麼事。

注 乙醯胺酚（acetaminophen），一種常見的止痛藥。

她想抽開手，但他的另一隻手臂已經移向桌子，手裡抓著剪刀。

剪刀瞬間刺向她，那道弧形只讓她感到致命。他要殺她。

她在最後一刻轉身，刀尖埋入了她肩膀鎖骨下方的中空處。

那種痛像是要融化了。

疼痛燒遍她的手臂，往上傳進頭骨，使得她腎上腺素激增，強度大到讓她拉回身體往後摔，同時也將他拖下了床。

鮮紅色往下擴散到她上衣正面，而她的左手臂無法像平常那樣活動。

她慌亂地往後爬，像隻垂死的螃蟹在磁磚地面上踢動雙腿。他正緩慢地爬向她，在地上拉著自己前進，想要完成他剛才沒做完的事。可是當她注意看他，卻發現有如野生動物般以四肢著地接近她的人，並非肯特。

是凱莉。

她女兒的臉上有血，而女兒開口時，她聽見的卻是肯特最後說過的話。

「妳是誰？」

⧖

吉莉安從夢境脫離時，自己也發出了尖叫。她一隻手摀住嘴巴，另一隻手揉著肩上被肯特刺過的地方。

她坐起來，雙腳踩在涼快的硬木地板，讓冰冷的感覺滲進身體。

一場夢。那場夢，惡夢，怎麼稱呼都無所謂。她已經超過六個月沒夢到那件事，也幾乎確信不會再為其所擾了。可是這次不一樣。

以前從來沒出現過凱莉。

一想到凱莉漂亮的臉龐沾上血跡，吉莉安的胃裡就一陣翻攪。即使吉莉安處在無人的房間裡，而且完全清醒，凱莉的話語還是在她耳邊迴響著。

妳是誰？

她站起來，踱步到外面的走廊上。在她房間對面，凱莉的房門敞開著。吉莉安站在那裡，看著她的小身軀蓋在毯子下，聽著平緩的呼吸聲將近五分鐘，然後才從走廊走回房間。

外頭天剛亮，窗戶都是灰白色，蒼白的光線將陰影輕推向角落。現在還很早，早到她還能回床上睡，可是她一想到要再次閉上眼睛就很反感。

吉莉安穿過室內，經過餐桌上的記事本，本子裡的名字與號碼都在她前一天下午打電話後畫上了一條代表挫敗的刪除線。她停在流理台旁的垃圾桶前，猶豫了一下，按摩著肩上的舊傷，然後才打開垃圾桶的蓋子翻找。

卡森的名片掉在一塊香蕉皮和之前的咖啡渣旁邊。她撥掉渣屑，看著接近底部的號碼。接著她去找手機。

NASA發現者六號錄音文字記者會

佛羅里達州卡納維爾角
發言人：副署長安德森・W・瓊斯
介紹人：助理署長艾琳・佛森
二〇二八年八月二十一日

佛森：大家好，首先感謝各位在這個不幸時刻給予我們的衷心支持，我們以及受任務影響的家庭和愛人都很感激這些慰問。現在我將麥克風交給副署長瓊斯，他會就我們目前所知盡可能說明情況。在他說完之前請勿提問，到時他會盡可能回答問題。

瓊斯：謝謝妳，艾琳。各位晚安，我以沉重的心情向各位說明，有許多人已經知道，最新的NASA任務發現者六號遭遇了災難性的失敗。在東岸時間下午兩點，休士頓的任務控制中心收到了太空人兼顧問醫師吉莉安・萊恩博士發出的求救訊號。不久之後，所有通訊都中斷了。一開始的發射升空與太空梭對接完全正常，沒有任何機械或人為失誤的跡象。目前我們已經組織了一支特別調查小組收集並分析所有可用的資料，來判斷造成這場悲劇的原因。NASA與相關單位雖然感到悲傷，但仍會堅定地為失去性命的人帶來光榮，並且找出這件事發生的結論。我現在會回答一些問題……〔無法辨別／人們說話聲交疊〕

大衛·弗萊伯格／MSNBC（注）：先生，可以請您解釋發現者六號任務的確切性質嗎？

瓊斯：這是一趟例常飛行，要跟聯合國太空站UNSS會合。成員有幾個要務，但最重要的工作是醫學研究。

辛西亞·卡本特／福斯新聞：瓊斯先生，幾項俄羅斯新聞出處傳來的消息指出這跟UNSS上的一種「太空疾病」有關，請問您可以發表一下意見嗎？

瓊斯：那些都是不切實的說法，目前我並未收到探險者十號或太空站上有任何疾病的回報。

麗莎·普那提／CNN：關於參與的人，您有確切的傷亡人數嗎？

瓊斯：目前我無法提供姓名或甚至是其他參與任務的人數，但其中沒有生還者。那麼回答就到這裡。

注　由微軟（Microsoft）與美國國家廣播公司（NBC）合作開辦的新聞頻道。

9

吉莉安拿起杯壁冒出小水珠的冰水，再重新放回桌上，桌面上十個水漬的圓環互相連接。辦公大樓外的高速公路上有一輛車經過，擋風玻璃刺眼的反光掃過房間後隨即消失，讓她不禁抬起頭看著外面的混凝土和柏油路，上方的佛羅里達陽光則越來越明亮。她的目光立刻被吸引到跨越好幾條街與停車場的高大建築，那棟建築的側面畫了一道巨大的美國國旗。NASA太空飛行器裝配大樓聳立在周遭平坦的景觀上，散發出如積木般方正的氣勢。帶她來會議室那位長舌接待員告訴她，太空飛行器裝配大樓的高度超過五百二十呎，是世上最大的單層建築。

有趣，但無論卡森打算讓她等多久，這都不足以令她陶醉到那個時候；而且她很確定這個房間的景觀並非巧合——這是另一種手法，要讓她印象深刻，這樣他才能得其所需。

這很可笑。她已經好幾年沒想起他，然而他卻再次進入了她的生命，正如他當初離開一樣平順，就連離開的方式都相同：把他自己放在第一位。她在大學二年級時跟他認識，上同一門數學課，而命運讓他們之間只有一桌之隔。在他們的關係底下，一切都暗藏著潛流，讓天平傾向他需要或想要的一側。大部分的事都是無害的：他對廚藝的了解表示得由他選擇餐廳，他的交際圈則決定了他們哪些晚上要外出或待在家裡。即使他們做愛時也要迎合他的需求：他在她上方流著汗時，一定要看著她，注視她的眼睛。而令他們分手的也是因為他的抱負——另一個州的一間軍校提供了機會，讓他能夠從事他熱愛的飛行。他預期她會跟他一起轉校，可是她沒這麼做，於是一切就結束了。他們的分手乾淨俐落，彷彿從未在一起過。

可是現在他回來了。他想要某件事，需要。

她用指尖敲著桌面，空調颯颯作響，像是在說她今天早上應該吃兩顆藥丸而不是一顆。她在這裡做什麼？她一定是瘋了，才會匆匆帶著凱莉來佛羅里達，儘管這趟行程完全沒有花費，因為卡森派了輛車，接著她們還搭了私人噴射機。而雖然凱莉喜歡這樣，但吉莉安很清楚，這又是他想令她佩服的另一招。當然，順帶的好處是小卡見到她們開心極了。她把她們安置在二樓寬敞的客房，而她和她丈夫史帝夫那座不規則延伸的家還能俯瞰戴通納海灘的一片白色地帶。

不過老實說，吉莉安明白她們來這裡的原因。

即使是現在，夢境中凱莉重疊於肯特身上的影像，仍有如一隻躲藏的掠食動物潛伏在吉莉安的腦海；每當牠抬起頭，那陣回憶就會將一絲噁心想吐的感覺傳送到她胃部。妳是誰？

正因如此，她才會坐在這間會議室裡。因為只要能永遠聽不到凱莉說出這幾個字，她什麼都願意做。她左側的門打開，進來一個身材結實、穿著灰色西裝的男人。他全身上下散發著整齊的氣息，包括從他修剪過、正在後退的髮線，到他一直線有效率走向桌子末端的方式。卡森出現在他後方，穿得休閒多了，是牛仔褲搭一件深藍色Polo衫。

「吉莉安，抱歉讓妳久等。」卡森邊說邊走向她。他伸出手，而她也回握，這種正式感讓她覺得很有趣。「這位是葛雷哥利．丁塞爾。他是計畫主持人兼投資管理人，也會加入任務。」

丁塞爾側著頭，但完全沒有像卡森那樣招呼她的動作。「很高興認識妳。」他說話帶有輕微的法國口音。

「我也是。丁塞爾，是指裝飾用的東西嗎(注)？」

注 Tinsel除了人名外，也指金屬絲或華而不實裝飾物。

卡森笑了。「是一種過度擔心帳目底線的裝飾。」

丁塞爾臉上閃現一陣惱怒的表情，而吉莉安很好奇卡森多久以前就發現了他的痛處。

「拼法相同，沒錯。」他沒再說什麼就直接坐下。

卡森坐在她右邊的椅子上，在他們之間的桌面上放了一部平板電腦。

「謝謝妳過來。妳不知道這對我們大家有多重要，我們無法——」

「我什麼都還沒答應。」她打斷他的話。

「可是必要的保密協定已經簽過了。」丁塞爾說。

「對。」丁塞爾鼻子用力吸了一聲，在椅子上放鬆靠著，吉莉安這下肯定了她真的從一開始就不喜歡他。

「我認為一旦妳看過我要給妳看的東西，妳就會下定決心了。」卡森接著說，「妳對『絕對零度』這個詞熟嗎？」

吉莉安點點頭。「所謂最低的溫度對嗎？」

「零K，或是大約華氏負四百六十度。」

「真冷。」

「那樣形容太保守了。」

「不過如果我記得沒錯的話，這有點算是自相矛盾，因為你無法真正達到絕對零度。」

「一點也沒錯。」卡森邊說邊用一根手指輕觸平板，「把一顆粒子降到那樣的溫度，會讓它的動能降到幾乎為零，但還是有動能存在，這麼一來就表示還有溫度。」

「也就無法達到絕對零度。」

「正確。從來沒有實驗室或科學家能夠逼近超過十億分之一度。」他在平板上滑動手指，然後推向她。她的目光掃過螢幕的資料圖表以及下方分隔成排的數字。「這些是艾瑞克・安德博士的檔案，他是劍橋的物理學家，過去十五年都是獨立作業。」

「銠？」她問。

「那是他開始試驗時用的元素。」卡森說，接著他往前傾，觸碰螢幕。吉莉安聞得到他的古龍水味，感受得到他皮膚碰到她時的一些溫度，但她不理會這些感覺，專注在數字上。「將近十一年前，安德設法將五十億個銠粒子降到非常接近絕對零度，沒有任何人曾經達到過。光是那種尺度就已經能為科學帶來利基了，但這只算是墊腳石，因為接下來還有更卓越的成就。」

「厲害。」

卡森笑了，他再次觸碰螢幕。「那不算什麼。」一段影片開始播放。

拍攝的似乎是一部監視攝影機，不過解析度很高，位置在一個大房間的角落。幾乎就在攝影機的正下方，有一條長而透明的管子，大小足以讓一個人舒適地躺在裡面，而在最近的那一端有個窗口。在開口另一邊，管子連接著一個高大的黑色箱體，箱體底部有幾條粗厚的纜線延伸到畫面之外。在一小段距離外的室內擺著一組相同的設置。畫面裡有一小段時間沒動作，然後有個男人出現了。他又高又瘦，而且完全赤裸。他的肩胛骨像兩道突出的骨頭翅膀，而他凹凸起伏的脊椎往下連接到下垂的中年人臀部。

吉莉安皺起眉頭看著卡森，他的頭側向螢幕，動作像是在說看就對了。她的目光回到平板，那個男人爬進第一個管子，轉身躺好，幸好角度與反射的光射遮住了他的生殖器。就她所見，他的臉色灰黃，頭上則是一頭雜亂的灰髮。

男人靜止不動躺了幾秒鐘，接著他腳部的艙口關上，那種自動化的速度確認了她的猜測：他是獨自作業的。雖然影像沒有聲音，她在腦中還是聽見了艙口迅速噴出空氣的嘶嘶聲。

「那是真空嗎？」她的眼神無法移開。

「對。」

「他到底在做什麼？那——」

「繼續看吧。」

噴出的空氣逐漸減弱，而根據畫面底部顯示的時間，整整三十秒什麼也沒發生。

接著一切都變了。

男人周圍的空間發亮，而他仍然躺著靜止不動，雙手放在兩側。光線變得極度明亮，讓螢幕整片染白，接著又有一道閃光讓一切變得更白亮。吉莉安往前傾，看著變成空白的影像。畫質慢慢地從邊緣恢復，牆壁、地板、黑色箱體、管子。可是有件事不太對勁。

「我的天哪。」她脫口而出。

第一個管子是空的。

她的大腦斷續運轉，無法理解她看到了什麼，後來她才注意到第二根管子。男人躺在裡面，跟發生閃光之前的姿勢一模一樣。幾秒鐘後，第二根管子的艙門打開了，而他開始移動身體，無力地伸手摸索著管子內側，最後到了開口處。他坐在開口，看著地面，然後望向仍然密封著的第一根管子。他慢慢低下了頭。從他肩膀開始顫動的樣子看來，吉莉安知道他在哭。

影像結束，平板上的畫面消失。她吞嚥了一下，口水在乾燥的嘴裡變得像是凝膠。雖然她很想觸碰畫面再看一次影片，但還是在位子上向後靠，看見了卡森正開心笑著。

「我知道那不是……不過那看起來很像——」

「是的。」丁塞爾將她的注意力拉到桌子另一端，露出鯊魚般的笑容，「妳剛才目睹了史上第一次的人類瞬間傳送。」

10

他們給她幾分鐘時間回神，也讓她再看了兩次影片。

第二次結束時，她本想把心裡的話都說出來，結果只是問：「怎麼會這樣？」

卡森笑了。「關鍵是絕對零度。安德博士喜歡把瞬間傳送稱為『移動』，而這面臨的問題是海森堡測不準原理：基本上我們不可能同時知道一個粒子的位置和速度。針對物體，或是這個案例中的人類，如果不知道組成的每一個粒子在哪裡，或是每一個粒子的動能，就無法傳送並在別的地方建立。藉由真正達到絕對零度，電子的動能就會減慢到零，就能計算了。」

吉莉安眨了眨眼，正在理解他說的話。「那就是停止時間了。」

卡森做了個鬼臉。「時間是一種迴圈，所以那麼說太簡化了，不過——」

「不過對於影片裡的男人，情況完全就是這樣。他體內的每一顆原子都靜止了一瞬間。」

「對。」

「我要再問一次，怎麼會這樣？」

「影片裡的管子是安德博士設計的。裡面包含了三百六十度的雷射組合，他稱之為『光子網』。雷射可以減緩電子的活動使原子冷卻，這點跟一般人以為的相反。這項技術搭配真空的管子、一座強力磁場，以及一陣短暫的放射線，就是完美的組合了。」卡森笑著，「很難以置信吧？」

「難以置信。」她重複他的話，一邊用指尖滑過桌面上的水環畫出一條線。「可是人體裡有好幾兆個原子啊，要怎麼計算跟記下每一個？」

「連接著管子的那個黑色大箱子？那是量子電腦。傳統電腦是以連續的一和〇處理資料。量子電腦會使用一、〇或兩種同時。」

「這絕對是最先進的技術。」丁塞爾附和。他那令人不安的笑容已經消失，也恢復遲鈍的語氣，「量子運算很快就會普及了。」

吉莉安點點頭，再將注意力移向卡森，他拿起她的水杯喝了一口，眼神像是在挑戰她不敢質疑。他現在正如魚得水，他最好的朋友都是顯赫傑出的人。她沒對水的事發表意見，而是繼續問：「重建是怎麼做到的？」

「第二部量子電腦會解譯第一部傳送的資訊。那麼多傳送的資料，只要超出影片中那兩部裝置幾呎的距離，就會導致明顯的延遲。總之，資訊完完全全就是組成人類的內容，而藉由相同的光子網，第二部電腦就能依序將所有必要的元素重組。」卡森用手指數著：「氧、碳、氫、氮、鈣、磷……妳懂我的意思。」

她懂。可是要理解他說的內容（更別提她親眼目睹的景象）就像把海洋裝進裁縫用的頂針裡，根本不可能；而且每當她嘗試理解，那些概念就會滿溢出來。「你怎麼知道這不是騙局？影片如果要造假很簡單的，這件事一定還有其他的解釋。」

「吉莉安，」卡森的聲音低了八度，「影片裡的男人就是安德博士。我親自見過他執行實驗。那是真的，相信我。」

她搖著頭。「好吧，繼續討論下去，就當我相信你好了。這一切跟我有什麼關係？」

卡森的表情變得陰鬱，興奮感逐漸消失。「我讓小葛為妳說明細節吧。」

「我之前就請你別那樣叫我了。」丁塞爾話說完就將注意力移向她，「妳記得NASA在過去六年發射過幾次太空梭吧？」

「是跟太空站有關嗎？」

「對，但不是已經在上面幾十年的那隻老野獸，而是一個全新、完全更新過的版本，擁有最新的技術，由聯合國提供資金。那座太空站是分批發射並組裝，然後放進……軌道，其中一個主要理由就是妳剛才看過的影片。安德的突破性進展最後肯定會運用在太空中，例如星際旅行，而由於他的資金有一部分來自NASA，所以我們選擇利用新太空站來試驗與研究，也可以說是為了避人耳目。」丁塞爾舔了舔無血色的嘴唇，「不過自從試驗開始以來，就一直有……併發症。」

「併發症？」

「這個計畫原先是設計用來運送材料的，不過當我們明白可以傳送更複雜的東西，運用在人類傳輸就變成了首要之務。最近參與試驗的受試者回報了定向力障礙、輕微記憶喪失、暴怒發作，以及少數其他身體不適的情況。」

「羅氏症。」吉莉安說，接著看了卡森一眼。

「我們顯然並不確定，而且我們也不知道這項技術是不是起因，或者是否有其他影響因素。最早期的那些受試者並沒有回報任何異常。」丁塞爾往前傾，「雖然很有可能是那種病，不過這可是牽涉到數十億元跟好幾年的研究，所以我們必須確定。我的工作是評估這整件事要繼續前進，或者停止並帶回地球進一步研究。」他打量著她，在這個當下，丁塞爾就跟她在神經學研討會上見到的那些男同事一模一樣，鄙視而輕蔑。「老實說，萊恩博士，我懷疑妳是否能夠讓發生的情況變得明朗一點。我們已經找了最聰明的人來處理這件事，但連一個確切的答案也沒有。」

她發怒了。「那為什麼我還要坐在這裡聽你說話？」

「因為勒克先生對妳的研究有完全的信心。」他揚起眉毛，說明了剩下的一切：然而我並沒有。

「我們先別把話說得太早。」卡森說，他往丁塞爾的方向比了個手勢，「正如你說的，我們不知道起因是什麼，所以我們才需要妳，吉莉安。妳是羅氏症方面的先驅。我們想要妳檢查每一個人，看看是否能解釋出什麼，以及發生的原因。妳需要什麼我們都會提供。」

她壓抑住憤怒。「為什麼我們一定得上去？不用把他們帶回地球嗎？」

她看著卡森與丁塞爾一起露出短暫而鬼祟的表情，接著卡森說：「他們做的事情非常重要，而且情況很複雜。把所有人帶回來會毀掉多年以來的規畫，以及許多國家共同投入的數十億資金。無論原因是什麼，那些問題都不會阻止目標。所以我們要去找他們。」

「我可以從這裡監督試驗並且擔任全職顧問。你們可以派別人去，另一個具有相同資格的神經學家。」

卡森搖搖頭。「沒人使用跟妳一樣的方式，而且除此之外，我們需要能夠即時解讀資料跟協助做出決定的人。」

「可是要去六個月？為什麼這麼久？」

「我們要預留碰到延遲跟障礙的時間。電腦斷層掃描、MRI，所有典型的檢驗全都沒有結果，所以我們預料解答會花一點時間。相信我，我們已經利用手上所有的資源試圖解決問題了。我們需要妳。」

外頭的太陽似乎變得更亮了，此時一陣不尋常的虛弱感侵襲了她的四肢。她真的在考慮這件事嗎？離開凱莉六個月？光是想到無法擁抱她的女兒、在晚上念故事給她聽、在她隨時想要的時候告訴她好愛她，吉莉安的胃部就開始噁心翻攪。

而且萬一凱莉的情況在她離開時惡化呢？萬一她回來的時候，凱莉不認識她了呢？

「我想要去透氣一下。」她勉強開口說。

「當然，從那扇門出去，穿過右手邊走廊有一座陽台。」卡森說，然後在她離席時站起來。丁塞爾仍然坐著，在她經過時從口袋拿出了手機。

她走出室外，佛羅里達春天的溫度有如一堵悶熱的牆，讓另一股無力感又席捲了她。持續變換的氣候狀況在南方這裡更加顯著，某些日子的溫度最高點甚至連外出都不安全。

她勉強走到欄杆扶好穩住自己。她會這樣不只是想到要離開凱莉。她剛剛才目睹一個人從一個地方消失，又出現在另一個地方；這項突破前所未有，是每隔幾千年才會出現的大事。要把這應用到日常生活，實在是太驚人了。

她後方的門打開，接著卡森到欄杆前跟她擺出一樣的姿勢。他沒看她，而是沿著她的目光望向太空飛行器裝配大樓。

「我有告訴過妳我一直夢想上太空嗎？」他問。

「我知道那是你的最終目標，嗯。」

「不過我指的是從小以來。我爸在我五歲的時候帶我去了一個天文學社團。雖然他以前只提過他覺得觀星很有趣，但我母親在他生日的時候為他買了一支便宜望遠鏡，還替他付了一年的社費。」卡森露出笑容，「總之，他並沒有喜歡上，我則是在眼睛碰到望遠鏡的那一瞬間就無法自拔了。」他往上看，視線彷彿能夠穿透他們上方那片海洋般的藍天，直達在後方等待的星辰。「有某種比我更大更壯觀的東西存在，而我是其中一部分。我知道我總有一天一定要去那裡。」

「現在你去過了。」

「兩次，而且知道能夠再去一次，感覺就跟第一次一樣興奮。」他的目光移回她身上。「跟我來吧，幫忙我們。拜託了。」

「卡森，安德的突破很不可思議，我也真的為你跟相關人士感到高興，可是——」

「跟我去實驗室看一下吧。安德一開始打造了兩部傳送裝置，其中一部還在園區。拜託，那個什麼都不怕的女人到哪去了，當初她可是在基礎生物學的查爾茲博士對她說教時槓上他呢？」

她笑了。「那是好久以前的事了。」

「就算這樣，我可不覺得那位好博士會忘記。我知道我不會忘。」

吉莉安嘆了一口氣。「聽著，我真的很感激你讓我們飛到這裡，還給我這個機會，可是我不能離開我女兒。」她的喉嚨開始緊縮。「她的情況越來越糟了。她大概還能活四年，也許更少，我沒辦法用這當理由浪費時間離開她。那些日子……」她的聲音變得沙啞，使得她不得不別開眼神，「我是永遠也要不回來的。」

卡森沉默了一段時間，然後伸出一隻手放在她手上。這次的觸碰突如其來，雖然她試圖忽略，卻還是感覺被挑動了。「對於這一切，妳還有一個地方沒考量到，而這跟凱莉有關。」

「是什麼？」

「醫學的應用。安德的傳輸是用繪製人體的方式，對吧？所有細胞的所有原子，每一個細胞，吉莉安。」

她注視他，不確定她明白他的意思。「所以受傷的神經元，糾結——」

卡森握緊她的手。「如果妳幫助我們確認系統哪裡出錯，被羅氏症損傷的神經元就有可能在瞬間移動時消除。妳可以救她。」

NASA任務發現者六號災難事故之錄音文字檔案

必要人員紀錄：吉莉安．約瑟芬．萊恩博士，三十七歲，神經學科顧問醫師

無法聽見或辨別之文字均已標記

179081號檔案，二〇二八年五月二十七日

〔靜電干擾與輕微呼吸聲持續十秒〕

這麼做還是讓我覺得真的很怪。

雖然我以前錄過語音日誌，但那都是為了研究的紀錄。只對自己說話很奇怪，可是卡森說搭乘那顆漂亮飛彈上太空的每一個人都必須這麼做。抱歉，卡森，或是任何在聽這些話的人。他們告訴我，只有在我死後，這些語音檔案才會拿出來檢查。所以如果我死了，全都是你的錯，卡森。

錄音應該能夠幫助自己處理情感並專注於目標——記下你目前所知。聲明一下，許多研究顯示，比起說話，寫作對於專注與記憶方面更能有認知上的連結，但我懂什麼？神經學又不是心理學。

那麼我的目標是什麼？如果要我老實說，我在跟卡森和丁塞爾的第一次會面結束時就決定參加了，不過我是在回到我妹的家之後才下定決心。凱莉在外面的海灘上玩沙。她在自己

坐的地方附近畫出好幾個小同心圓，就像把石頭丟進水池引起的漣漪。在那個當下我就知道我一定得去。犧牲六個月跟她在一起的時間會像是失去一隻手或腳，但要是我不去，又找不到資金，那麼……〔無法聽見〕我不能再這樣了，我要查出組員哪裡不對勁，只有這樣我才能幫助凱莉。

卡森提出安德的機器有什麼作用時，我馬上就以為自己想到了簡單的解決辦法：如果每一個原子和細胞在瞬間傳送時都被記錄了下來，不如我們寫個程式掃描那些受影響人的資料，看看他們大腦裡是否存在著神經糾結？顯然這太過簡單了。卡森說在重新原子化之後，資料完全不會記錄下來，因為這會需要非常龐大的儲存空間。而現在由於瞬間移動會引發問題，所以他們不想再冒險派任何人進入機器了。

所以他們才會這麼急迫需要我上去。沒人比我更有機會精確找出人類大腦中受影響的神經元。我感覺得到就快要有突破性進展了，可是我需要更多時間。雖然我非常不想這樣，但這些時間我無法在凱莉身邊度過。

於是我接受了他們的提議，前提是如果這裡發生了緊急情況，我可以立刻搭太空梭回來。卡森答應了。所以如果發生什麼事，我就可以在二十四小時內回來。雖然只是一點安慰，但至少有預防的備案；而且我可以透過NASA的衛星通訊每天跟凱莉說話，這也算有幫助。當然，這跟實際在她身邊不一樣，不過……

〔長時間靜默〕

我在看太空站受影響組員的檔案。不管他們發生什麼事，可怕的是都跟羅氏症很像。大部分的反常情況都還算輕微，可是有兩個案例很極端：嚴重記憶喪失、無來由暴怒、長期出神狀態。我把這兩個人跟其他人相比，在他們的工作習慣、飲食或其他可用資訊中都找不出任何顯著的差異，這很……奇怪。如果是羅氏症的話，這就是第一個集體發作的案例，而這不符合那種病的慣常技倆。它不會傳染，而是一種由汙染源或遺傳造成的基因異常。所以除非組員都暴露在高濃度的相同汙染源中，否則應該不能算是羅氏症。而且還有另一件事讓我覺得困擾：兩個極端案例的人員姓名被隱藏了。我不太確定這麼做的依據，到時我得去問問卡森。

就是這樣。我們在四天後出發。過去幾個星期的訓練很辛苦。我在上太空人速成班，儘管我的教官法蘭克保證過我不必駕駛太空梭；他說他們會讓卡森那些蠢蛋去做。我喜歡法蘭克。我穿著太空衣在水裡待了好幾個鐘頭，今天還搭飛機做了無重力訓練。現在還是有想吐的感覺，只能喝些水當成晚——

〔開門聲，男人的聲音——無法聽見〕

〔吉莉安——無法聽見〕

〔門關上〕

真慶幸伯克會跟我一起去，我不知道少了研究助理該怎麼辦。除此之外，我要有個能夠完全信任的人在身邊。卡森跟丁塞爾不太想讓伯克加入任務——我是指丁塞爾真的非常不滿，這倒是額外的好處——不過我很高興現在一切都底定了。但我還得接一通賈斯汀生氣打來的電話作為代價。我從來沒聽過伯克未來的另一半這麼生氣過，可是我向他保證會把他的情人完整帶回來。我告訴他應該要慶幸伯克的身材這麼高大，如果他想念伯克，只要在晚上走出室外往上看就行了。賈斯汀不像我一樣覺得這很好笑。

話說回來，我可能也笑不了多久。我填寫的一份問卷問我是否有使用任何藥物，而我誠實回答了。卡森批准了藥物問題以及還在我腿裡的鈦金屬，不過我猜這兩件事通常是任務的大忌。我開始好奇卡森真正的權力有多大了。他能罩我是很不錯，但這也令人有點不安。我幾乎以為隨時都會有電話打來告訴我說我沒辦法參加任務。總之，卡森……他從大學以來進步了不少。

反正，我向自己許下了承諾——我回來以後就要戒掉氫可酮。我準備好了六個月的量，相信我，要弄到那麼多可不簡單。我要在任務期間試著慢慢減少對藥丸的依賴，這樣到時回家要戒的話就會容易一點。等我回到地球的時候，我的心也會真正回到地球。哈哈，這是關於藥癮的笑話。我真的必須做到。好幾年來我真的想這麼做，我知道我可以，因為我以前就做過。然而藥癮是最終極的拖延症。每次我都會對自己說「明天再戒吧，今天妳需要」或是「這星期會很難熬，下星期再努力吧」。這是我能夠幫助凱莉的真正機會，所以我不能搞砸。我必須讓頭腦清醒，專心與決心。

〔長時間靜默〕

我猜就這樣了，我們要上太空了。

說出這種話真奇怪。儘管這件事令人卻步，但好幾年以來，這是我第一次恢復活力，我甚至還對可能的結果抱有希望。這或許會是發生在我們身上最棒的事。

噢，還有我們一直在研究安德早期的實驗室試驗影片跟筆記。他剛開始以活體動物試驗的時候是使用嚙齒動物，結果……〔作嘔聲〕我現在沒辦法談，我還在暈眩，我會嘔吐。

〔錄音結束〕

179082號檔案，二〇二八年五月二十九日

兩天。

倒數計時。我一直在腦中倒數，一切都變成了時鐘上的秒針。跟凱莉剩下三頓早餐，兩次睡前故事，一次到海灘玩一下午。

〔長嘆一口氣〕

這……太難熬了。凱莉今天問我是不是會像爸爸一樣永遠離開。她說因為他就在那裡對不對？在上面星星裡的某個地方？而我見到他以後不會留在那裡嗎？

〔無法聽見。錄音暫停，繼續〕

我告訴她，什麼都不能阻止我回來，而且我會像她的專屬星星一樣一直在上面往下看著她。我不知道她相不相信我。我知道每當我爸工作出差時，我不一定都會相信他。他說他會安全回家，同時還要我相信耶穌，可是孩子就是會害怕。後來我們長大了，但還是會害怕。

〔輕咳聲〕

總之，對，伯克跟我一直在看安德的試驗影片。我不得不稱讚那個人，他實在太厲害了。就算以我對量子力學的粗淺認知來看，這傢伙還是讓我驚訝到不行。他要不是很勇敢，就是太蠢了，因為他把自己拿來當第一次的人體試驗。他還不知道這對人類有沒有效，就直接去做了。我的意思是，這超出了一般科學，這簡直是……科學怪人之類的東西。等我們抵達太空站見到他的時候一定會很有趣；他已經在那裡待了超過一年，而且還有他兒子歐林，就我讀到的資料，他是某種軍事英雄，大概是虎父無犬子吧……

另外一件事，我終於發現伯克的弱點了。我不是故意要把身體部位混在一起比喻，不過儘管他強壯又聰明到了極點，他的內耳卻是阿基里斯的腳後跟（注）。他上飛機做了第二次零重力訓練，讓我現在終於知道為什麼他們要把那架飛機的綽號取為嘔吐彗星了。大約二十分鐘前，我聽見他在廁所又吐了一次，而他上去飛行已經是六小時之前的事。我擔心他在太空會無法適應，所以提議讓他回家。他甚至不讓我把話說完。我真愛那個傢伙，只希望他不會為了我而傷害到自己。

〔長時間靜默〕

法蘭克今天說了奇怪的話。他在談論長期太空旅行以及對人體的影響。接著他提到了休眠將是減少那些影響的關鍵。我問他是什麼意思，結果他露出奇怪的表情說：「我的意思是，根據理論，如果妳必須旅行到更遠的地方，這會很實用。」然後他就轉換話題了。

讓我有種奇怪的感覺。

我知道我太偏執了。這是離開的壓力，我到處都會看到不好的預兆。〔笑聲〕唉，我得睡一下才行。

〔錄音結束〕

179083號檔案，二〇二八年五月三十一日

〔無法聽見〕

發射日。再過十個小時我就要離開地球了，但這不是我擔心的。

我害怕的是抱著隔壁臥房裡那個小女孩，而她哭著緊抱住我，哀求我不要去。她不會來看發射。如果事情像挑戰者號任務那樣出了差錯……我……〔無法聽見〕我以為我做得到，可是現在……

凱莉昨天發作了一次。我那時在甘迺迪太空中心，而小卡一直等到我回家才告訴我。我不確定我是該感激她可以在我離開時應付好一切，還是要對她瞞著我這件事而氣到爆炸。凱莉當時正在跟小卡的狗玩（他的名字叫山羊，別問），經過大概三十分鐘後，她按了門鈴，問小卡她家在哪裡，還有為什麼我不在。她完全不記得我妹，也不認得我們過去幾個星期住的房子。

〔深呼吸〕

卡崔娜帶她進屋讓她躺下，儘管她很害怕待在「陌生人」家裡。她睡著了，等她醒來以後，情況就好一點了。這次沒有尖叫，可是下一次……

小卡向我保證這是她的責任，就算她懷孕了也一樣。她很堅強也很有能力，而雖然我很愛我妹，但她跟其他人差不多，那些人從沒像我們必須應付這種挑戰。我已經數不清她從我

注　阿基里斯的腳後跟，原文為「Achilles' heel」，出自希臘神話，比喻為致命弱點或致命傷。

們到那裡後對我引用過幾次聖經裡的話了。昨天晚上她看見我因為凱莉發作的事很激動，於是把媽媽的念珠交給我，叫我離開的時候一起帶著。我知道我不應該那樣，但是我很生氣，所以我問她覺得上帝對羅氏症的用意是什麼。在全能上帝的偉大體系中，為什麼我先生從我身邊被奪走，又為什麼我的小寶貝女兒也被拉往同一個方向？她看起來像是被我打了一巴掌。

如果真有上帝，他一定就像艾瑞克．安德，而我們全都是他實驗用的白老鼠，一次又一次被整得死去活來。

〔錄音暫停，繼續〕

我一直想起那天我第一次看見安德瞬間移動後，凱莉在海灘上畫的圖案，也就是她身邊的那些同心圓。我很好奇我的離開是不是也像那樣，會引發無法收回的漣漪。

〔錄音結束〕

II
現在

壓力消失了。

吉莉安斷斷續續吸了一口氣，意識恢復時像是有根鐵鎚在敲打她的太陽穴。她胸口和四肢上的重量不見了。取而代之的是一種奇怪而無法形容的自由感，還有安靜。引擎的轟鳴聲變成了回憶。她的眼角餘光發現某個東西在動，當她定睛一看，原來是一塊數位白板飄過去，而且正在緩慢地旋轉。

「已離開大氣層，主火箭也已經脫離。」卡森說，他在位子上稍微轉身，「妳可以幫我抓回我那份跑掉的清單嗎，吉莉安？」

「呃，好的。」她抓住白板的邊緣，然後推向他。白板滑行過他們之間，進了他等待的手中。

「謝了。」

她開始笑起來。

這是不自覺的。她突然發出笑聲，像一座未開發過的水源。

「很奇特對吧？」卡森說，「大家都在笑，妳沒辦法控制。」她聽得出他語氣中的笑意。「如果妳想徹底體驗，可以在這裡解開安全帶一下子。」

「這樣安全嗎？」

「百分之百。其實妳也可以去確認一下伯克的狀況。我覺得他在發射後沒多久就失去意識了。」

「因為加速嗎？」

「我覺得是因為緊張。」

「噢。」

吉莉安試圖解開座位上的安全帶，透過太空衣的厚手套，她摸索了一陣才終於自由。她一脫離座位，就感受到真正的無重力狀態，整個人開始飄向太空梭的前側。她又笑了起來，然後在入侵卡森跟周蓮的空間之前把自己推開。吉莉安在起飛之前只見過機長一次，那個女人雖然很專業，可是有種冷淡的感覺，讓吉莉安更加確定她認為自己是外人。

在兩位駕駛後方，太空梭的擋風玻璃變成一片黑，點綴著靜止不動並散發冷冽光芒的星星。她第一次在沒有地球大氣層阻擋視線的情況下看著宇宙。一股驚奇感油然而生，幾乎像是第一次看見凱莉出生時的感覺。

「哇塞。」她只能這麼說。

「說得好。」卡森說。

「已到達接近航線。」周蓮的話打破了當下的敬畏感。

吉莉安勉強別開眼神，移動身體離開前艙，同時避開丁塞爾的目光。那個男人直視前方，只能用蒼白的氣色掩飾，再次擺出冷靜的樣子。

伯克在頭盔的透明鏡片後方開始眨眼，而吉莉安面向他時，他的目光移到了她身上。

「博士，妳在……飛。」

她笑得合不攏嘴。「觀察力跟以前一樣敏銳呢。你覺得怎麼樣？」

「跟前幾個星期差不多，累得跟牛一樣。」

「累得跟狗一樣，健康得跟牛一樣。」她一邊說一邊輕拍他的頭盔。

「伯克，排出口在你頭盔的底部。如果你覺得反胃，就用嘴唇含住它，然後吐進開口裡。這樣你的頭盔就不會被塞滿了。」卡森說。

「真是文雅。」周蓮說。

「我最重視禮儀了。」

伯克發出呻吟，接著頭就往前傾，找到了開口，吉莉安則飄過他身旁，緊抓他的肩膀一下，這時她耳機裡充滿了他作嘔的聲音。一股噁心感在她飄向艙室後側時襲來，而太空梭在她身邊移動，讓她完全失去了方向感。可是這種感覺並不令她意外；再怎麼說，花了那些時間接受拋物線飛行的訓練，確實讓她的身體系統做好準備面對這種突然的變化。她拉動自己跟後窗口平行，然後往外看。地球填滿了整面觀景窗。

地平線像是在太空的黑暗之中畫出一道藍線，地球表面有斑駁的雲朵，如同白色島嶼在海洋上漂移。一處不熟悉的海岸線逐漸變得模糊，附近的水面是極美的加勒比海藍。

她發現自己正在尋找佛羅里達的海岸，尋找凱莉所在之處。

淚水湧進她的視線，模糊了眼前不真實的場景：地球慢慢遠離，她所愛的一切逐漸消失。

這就是之前肯特的感受，凱莉現在一定也是這種感覺。熟悉的一切都變得模糊了。

她的身體發抖，忍住啜泣，因為她知道其他組員都會聽見。有幾分鐘她只能維持這樣，才能壓抑悲傷混合著眼前那片原始美的激動感，而無聲的淚水也在她眼眶裡聚集。

「後面看起來如何，吉莉安？」卡森問。

她清了清喉嚨。「難以置信。」

「沒有什麼比得上。」

「對，我也覺得。」六個月，六個月後我就能回家了。

「確認目視EXPX。」周蓮說，「對接程序啟動，預計抵達時間十五分鐘。」

短暫安靜了一陣子後，卡森說：「吉莉安，妳最好在我們對接之前回來繫上安全帶。」

她移向自己的座位，撞了好幾次艙頂才終於回到伯克旁邊，而他正緊閉雙眼深呼吸。在太空梭前方的漆黑裡有一道銀色光線，像是太空中的一條裂縫。在她扣好最後一條安全帶時，那個形體變得更清晰了。

太空站看起來光滑而狹窄。如果這座設施有分前後，那麼她猜測前方就是像短劍的部分，而短劍往後逐漸變寬，以扇形散開為傘狀，支撐著包圍太空站後方的一座圓形結構。她看見發亮的窗口在結構側面形成圖案，腦中不知為何閃現出一個畫面：一架波音七四七正在起飛，人們從飛機的舷窗往外看。

太空站讓他們的太空梭越顯矮小，直到占據整個視線，遮住了後方的一切。

「從手動控制轉換為對接協定模式。」卡森說，「啟動配對旋轉。」

太空梭猛然一震，使得他們在座位上搖晃，同時機體也稍微轉向，沿著太空站的圓形部分飛行。就在此時，吉莉安才看見跟設施流線型的中心比較起來，像輪子的部分一直在轉動。

「它在旋轉？」她在太空梭發出另一陣震動時問。

「對，是組員跟研究區。」卡森說，然後往前傾，扳動後制面板上的一個開關。「旋轉是要模擬地心引力。模擬並不完美，所以有一段時間會覺得不習慣，直到我們適應為止。」

「適應。」伯克用氣音說，「如果能夠適應，我什麼都願意。」

他們全都輕笑著，而旋轉的太空站與太空梭也開始配對。太空梭轉向一側，太空站逐漸移到視線之外，宇宙的浩瀚再次成為主角，讓吉莉安著迷於它的無窮無盡之中。

「對接程序開始。」周蓮說，「連接倒數五、四、三、二——」她的倒數被一陣空洞的隆隆聲取代，太空梭也同時向右猛力一震。吉莉安肩上的安全帶透過太空衣壓痛了她。

「晚了一點，周蓮。」卡森說。這句話只得到沉默當作回答。

「我們固定了嗎？」丁塞爾問。

「是的，大家解開安全帶吧，我們要去對接艙。現在我們有重力了，所以要使用組員艙後面的握把和梯子。」卡森說。

吉莉安再次解開座位上的帶釦時，一種心神不寧的感覺突然襲來，像是在熱水澡中碰到了冷水。她皺起眉頭。發射很順利，他們很安全地在地球大氣層外，也連接上了太空站。一切都照計畫進行。所以是什麼在困擾她？

她把這種感覺當作只是神經緊張，然後扶著伯克從座位起身。先前的無重力感已經消失，讓她的雙腿像頭暈目眩的拳擊手那樣搖晃。卡森在狹小的空間經過她身邊時，閃現出鼓勵她的笑容；緊跟在後的周蓮則避開她的目光。

他們排成一小支隊伍到了組員艙後側，那裡有一組普通的橫槓通往上方——如果在太空中有方向的話。卡森先爬，接著是周蓮；丁塞爾跟上去，吉莉安則試圖穩住在人工重力中搖擺不定的大塊頭伯克。

「我覺得我可以感覺到我們在旋轉。」伯克說。他抓住梯子時，丁塞爾的腳消失在上方的一道艙口。

「盡量別去想。」吉莉安說話時，在他開始攀爬時將雙手扶在他太空衣的腰帶上。

「就像白熊。」

「什麼？」

「叫人別去想白熊，反而會讓他們一直去想。」

「那就也別去想北極熊吧。」

「妳是想要讓我分心嗎，博士？」

「這樣有效嗎？」

「沒有。」

「上去吧。」

梯子上方的艙口很小，伯克只能先將一隻手臂伸過去，接著再讓軀幹通過，進入上方的艙室。氣閘艙是個單調的空間，高度只夠讓她站直。她離開艙口後，卡森便將艙門閂上，然後指著氣閘艙牆上一整排長長的掛鉤。

「大家把太空衣留在這裡吧。穿著只會讓我們在裡面速度變慢，而且除非要回到太空梭，否則我們也不需要穿。」

他們脫下裝備，把各種物品放到掛鉤以及下方各自分配到的置物櫃。在太空裝底下，所有人都穿著絕緣的藍色連身服，這套服裝有一條拉鍊，從右下方腿部一直延伸到左肩。太空梭的內部幾乎冷到連細菌都無法生存，所以她很慶幸連身服跟太空裝能夠提供溫暖，不過現在她的身體側面與背部開始出現了汗珠，室內的空氣汙濁而封閉。

「好了，各位，在簡報之前，我們先安頓一下。跟我來，還有現在暫時先別碰任何東西。」卡森說，然後就走向氣閘艙另一端的寬門。他在一塊控制面板上掃描了一張門禁卡，接著門就滑開了。吉莉安穿過入口時屏住了呼吸。

他們站在一條往兩側伸出的長走道。牆面是灰白色，看起來像塑膠，但她懷疑不是。地上和走道兩側的嵌板間歇發出光線，而他們上方的壁面一直延伸，在大約三層樓的高度逐漸會合。他們彷彿站在一座巨大的圓錐體裡。在氣閘艙正前方，一道梯子向上通往天花板頂點，結束於另一個艙口。太空站的設計有種令人不安的怪異感，像是試圖看清楚的視覺錯覺。

「跟我來吧，各位。」卡森示意他們向左走，接著邁開大步，「在我們接近時，大家想必都注意到了，組員和研究區域是圓形的，這是利用向心加速度或向心力來模仿重力。這裡的重力大約是地球的百分之五十，所以你們可以做出像這樣的動作。」卡森突然快跑兩步並跳向空中。他沒立刻落地，而是飛了十幾呎才掉下來。他轉過頭咧開嘴笑。「滿有趣的，不過要小心，這樣可能會失去方向感。」

「可不是嗎。」伯克說，他邊走邊用一隻手扶著最靠近的牆面，「感覺像是我的腦袋正中央有個排水口。」

「別擔心，」吉莉安輕拍他的手臂說，「我的研究生全都有那種情況。」

「也許是因為重力比較低，所以妳的笑話在這裡沒那麼好笑，博士。」

她傻笑著，一隻手握住他手肘穩住他。

「太空船的中心結構是零重力，可以由你們在牆面看到的任何梯子進入。」卡森繼續說，「在另一邊則是組員研究室跟床位。每一扇門後都有一條走道可以通往房間。你們大概也已經注意到，我們不是走在圓形的地板上。由於這整個地方就像一座大型摩天輪，為了配合我們的邏輯與工作習慣，所謂摩天輪的內部構造都做成了方形，讓地板、房間、走道全都是九十度的直角，除了走道交會的地方以外。你們到時候就會看到，每四分之一圓周的交接處都會有稍微彎曲的過渡地帶。否則在你們抵達隔壁的走道時，感覺就會像是碰到一堵牆，然後直接走上去。這真的會很奇怪。」

前方的地板開始彎曲，以奇怪的方式向上延伸，吉莉安難以理解，直到她跟伯克走了上去。

她覺得自己應該會往後摔，可是重力讓她穩穩地踩在彎曲處，來到下一條平坦而向前方延伸的走道。「這已經不是古怪可以形容的了。」她說，這時一陣輕微的頭暈發作後又消退。伯克只能發出呻吟。

「撐著點，伯克。」卡森回頭說，「就像我剛才說的，摩天輪分成四段，第四象限是研究區；第三象限是廚房跟休息區；第二象限是休眠與控制區；而我們現在這裡是第一象限，是個人休息區。」

「我要去找伊斯頓。」周蓮對卡森說，卡森點了點頭。她沒多看他們一眼，直接進入走道，沒多久後就消失在其中一個奇怪的垂直角落。

卡森走到另一道梯子對門的一扇門前，那扇門無聲地打開，滑進牆壁裡，接著他走了進去。「丁塞爾，你是四號房。伯克二號，至於吉莉安，妳是五號。你們可以在櫃子裡找到盥洗用品跟備用衣物。幾乎每個房間都會有窗戶，不過我們通常會讓遮板關上，免得看見摩天輪轉動而造成暈眩。如果你們想要看一下外面，請自行承擔後果。」

新的走道很窄，從他們站的地方十幾碼外向左右分岔形成一個「T」字形。丁塞爾的氣色還沒完全恢復，他看了周圍一眼，露出不舒服的表情，然後進入他的房間。

「如果可以，我覺得我應該躺下來。」伯克說。自從他們進入氣閘艙後，他蒼白的臉變成了灰白色，整個人搖搖晃晃，就像是在船的甲板上。

「當然，就在這裡面。」卡森邊說，邊帶著大塊頭進入左側下一扇門。「妳的在角落附近，吉莉安。如果妳要的話可以休息一下。我得去處理一些事，準備要簡報時我會叫妳的。」

她在走道上走了兩步就停下。「卡森？」

他看著她，此時伯克也消失在房間裡，門再次滑動關上。

「其他人在哪裡？」她問。

「他們在第四象限。」

「五十五個人都在同一個區域？」

「是啊。」

她看著他，心中再度揚起不安的漣漪。

「休息一下吧。」他又說了一次，掛著笑容轉身離開，消失在主走道的出入口。

她站在原地將近一分鐘。牆面似乎會吸收聲音，而她想著要是她夠仔細聽，就能聽見自己血管裡的血流聲。她的腹部充滿一種沉重感，這跟人工重力無關。情況不太對勁。

夠了，妳太緊張了。

她緩慢地嘆出空氣，接著走到角落，找到亮著數字「5」的門口。

門在她靠近時迅速滑開。

房間非常簡樸，家具只有一張雙人床跟一張鋼桌。一條掛繩盤繞著放在桌面上，繩子末端連接著一個小小的灰色方形物體。桌子前有一張鎖在地板固定的凳子。對面牆上裝飾著兩扇門。滑開一扇門，裡面是個小櫃子，放著六套連身服，跟她現在穿的一樣；另一扇門通往一間不鏽鋼浴室，裡頭的淋浴間看起來似乎要側身才能進入。

她檢視房間，手指發現了口袋裡的瓶子並打開。吉莉安往下看著自己的手心，兩顆淡粉紅色的漂亮小藥丸神奇地出現在那裡。她費盡九牛二虎之力才沒有一次吃掉兩顆，帶著尖刻的懊悔感將一顆倒回瓶子，把另一顆吃進嘴裡，頭往後一仰乾吞下去，動作一氣呵成。

她嘆息著走到床邊。床很結實，放在上面的蓋被是絨布材質。她躺下去，一隻手放在頭下方。幾個鐘頭前，她還在地球上。昨晚她親了女兒的頭頂，聞到她洗髮精濃烈香甜的氣味，然後看著她入睡。吉莉安閉上雙眼，趕走藥丸的影像。

她應該要休息才對。她很累，而且接下來十二個鐘頭想必會有旋風式的行程。他們會聽取簡報，而她會去見那些人——說到這，除了安德的運輸計畫，她其實不太清楚他們在做什麼。卡森對她的逼問守口如瓶，所以她推測可能會有某種他不能談論的政府工作，至少要等到她安全上了太空船、無法抽身或後悔之後才能告訴她。

她睜開眼睛。

太空船。

可惡。

卡森在帶他們穿越走道時說的是「太空船」而不是「太空站」。

還有周蓮在太空梭上提到的縮寫名稱，是EXPX（注），不是UNSS。

她坐起來。所以她第一次在黑暗中看到這座設施出現時，才會一直想到飛機。

因為這裡不是太空站，是一艘太空船。

她突然有種傾斜的感覺，就像坐在剛故障的旋轉飛椅上。她站起來繞過床尾，到裝設在牆上的一塊小面板前，面板底部有一道指尖可伸入的凹槽。她用力一拉，將蓋住窗口的遮板打開。

大片星星旋轉著經過，令她眼花。她調整目光等待著，一會兒之後，她要找的東西出現了。

吉莉安看著摩天輪繞了兩圈，才證實了她已經知道的事。

地球變得越來越小。

他們正在迅速離開。

12

她在第二象限找到卡森。

她得使用掛繩及繫在上面的門禁卡，在休眠與控制區外的一部掃描機上揮動，才終於打開門進去。門後的區域占滿摩天輪的整個寬度，是非常大的空間。其中一面牆由高解析度螢幕組成，每隔幾秒就會變換顯示內容，在黑暗的太空畫面中閃動，而她猜測那是他們的軌跡。這面牆連接著一個布滿粗厚電線束與電路板的空間，再通往眾多走道的其中之一。其他區域則擺滿了一堆發亮的觸控螢幕，這些螢幕架在底座上，前方有滾輪椅。

卡森坐在左側最遠的底座旁。

她一進門，他的注意力就移到她身上，彷彿他已預料並害怕她會出現。很好。

她接近時，他站了起來，已經準備開口辯解，而她只能勉強忍住不一拳揍過去讓他的嘴巴再閉上。

「吉莉安，聽著——」

「你這混蛋騙了我，卡森。」她邊說邊用食指戳著他的胸口，「這不是太空站，這是太空船。」

卡森洩了氣，他凝視地面片刻之後才繼續看著她的眼睛。

「妳說得對。這是一艘太空船，探險者十號。」

注 指探險者十號（Explorer X）。

「真是個好名字啊，我不在乎。我們著裝回去吧。」

「妳說什麼？」

「我說穿回我們的太空衣，進入太空梭，然後帶我回地球。如果你現在照做，我會在提出控訴的時候要他們對你懲罰輕一點。」

她剛才經過的門滑開了，有個她從未見過的男人走進來。他的臉形方正，帶著方正的眼睛，一頭白髮梳得很整齊。他遲疑著，很顯然看出了她的表情。

「抱歉，我——」

「沒關係的，里歐，我們正要——」卡森開口說。

「正要離開。」吉莉安接話，她瞪著卡森，賭他不敢說出其他答案。

「需要我的話，我在休息區。」里歐說完便離開房間。

兩人再次獨處之後，卡森嘆息著坐回椅子上。「有些事情我得告訴妳。」

「對，廢話。」

「首先，我不算說謊。真的有一座太空站，我們正要過去，只是它不在環繞地球的軌道；它在環繞火星的軌道。」

她眨了眨眼。「火星。」

「零件是假裝以深太空探測的名義分批發射，然後在環繞火星的軌道組裝。聽著，這很複雜，我想在簡報的時候完整說明，可是太空站發生了一件事——有一個人死亡。是謀殺。」

「這還真有趣，不過我是認真的，卡森。你得離開那張椅子，然後帶我回去。」

「也許妳應該坐下跟我好好談一談。」

「也許我應該去找伯克，讓他扭斷你的脖子。」

「吉莉安，拜託，我什麼也不能做。我有命令在身，而這是任務。太空船的航線已經設定了，我們已經飛行將近三萬哩了。」

她注視著他，沸騰的怒氣在她體內變得又黑又厚，彷彿她剛喝下滾燙的柏油。

「仔細聽我說，卡森，我不在乎誰死了以及是誰做的，我不在乎你的任務或你的上司會說什麼，你接下來要說的話最好是『好吧，吉莉安，我們回家吧。』」

「我很抱歉，我真的很抱歉，可是妳要知道的事太多了，妳真的很需要。」

「我女兒才需要我！」她在大喊到一半時破音，而她討厭自己如此焦急的語氣。不過憤怒現在已經昇華成別的東西了。

驚慌。恐懼。

「我知道。只要任務繼續進行，沒有什麼會改變的。我們需要妳的幫助，而且時間範圍也沒有不同。六個月就是六個月，無論我們是繞著地球轉或是前往火星。」

「你這混帳很清楚這不一樣。」

「只有這樣我才能讓妳願意來。」

她想像自己打他巴掌，可是怕她一這麼做就停不下來。

於是，她轉身走開，在門口掃描門禁卡，門隨即打開，讓她回到走道上。牆面變得模糊不清，而她擦掉眼淚，怒氣沖沖繞過垂直角落進入下一條走道，穿過通往第一象限的門。她停在伯克的房間外，門並未像她的房門迅速滑開，於是她等了一下，再握拳敲了敲。

「伯克？」沒回應。裡面沒傳來腳步或移動的聲音，只有走道上那股封閉的沉默。她又敲了一次，也更大聲喊了他的名字。她嘗試推門，可是門完全不動。他一定是從裡面鎖上，而且睡著了。她舉起手繼續敲打著門，直到手都痛了。「可惡！」

她離開門前，吃力地喘氣，頭髮被汗水黏在額頭上。她可以做什麼？停下太空船；除此之外，呼叫救援。對，她可以跟NASA通訊，讓他們知道卡森做了什麼。她在記憶中搜尋法蘭克對通訊系統的教學，內容很短也很粗淺。他教她的一切都是關於太空梭上的通訊。

好吧，她必須到太空梭去。她正要在走道上往回走，又立刻停下腳步——關於無法返回地球的事，卡森說的可能是事實——而她已經在腦中計算起來。

前往火星的時間會稍微超過兩個月。來回六個月。他們不會只在地球大氣層上的軌道繞行；他們會飛到好幾百萬哩之外。遠離凱莉。

「不。」她說得很小聲，在安靜的走道中幾乎連自己都聽不到了。無論藥丸能給她任何控制與安心的假象，現在都已經消失，被雪崩般的恐懼給淹沒。她不能離開凱莉那麼遠，萬一她發生事情怎麼辦？他們不會緊急返航讓她在幾天內回到地球；而且萬一任務出了差錯怎麼辦？到時也不會有地面控制中心的救援。他們會孤立無援，凱莉也只剩下自己。

她輕輕哭喊了一聲，這時主走道的門正好打開，讓她差點撞上卡森。他抓住她的手臂，她則是想把他推開。

「你到底在搞什麼？」她勉強擠出這句話。她覺得肩膀像是被黃蜂刺了一下，也瞥見背後有動靜，那裡有人，而她的視線有種奇怪的朦朧感。

丁塞爾。他其中一隻手抓著某個東西。針筒。

「什麼？」她說。她的雙腿失去力氣，彎曲起來。

卡森輕輕放下她，他的臉遮蔽了她的視線，五官都在晃動，彷彿她正透過高溫看著他。

「我很抱歉，吉莉安。我很抱歉。」

她想要說話、威脅、詛咒，可是她的眼睛閉了起來，接著黑暗就將她完全吞沒。

13

她的腿傳來被重摔的疼痛。這是她最早意識到的感覺。吉莉安張開眼睛，看見一片鮮紅；鮮紅的後方，是他們那輛舊休旅車上下顛倒的車室。

她又在車子裡了，在那場車禍中。她的腿變成好幾節，所有不該彎曲的地方都彎曲了。血從她臉上深長的傷口漏出，滲進她的嘴，她的頭髮。

她呻吟著，頭部跟腿同時抽痛。她試圖坐起來，把自己往側面拉，避開被擠壓進來的車門。可是除了將車門撞進來的那棵樹，在破碎的車窗之外空無一物。

不，不是空無一物。有光。星星，太空，還有某個藍色的東西在黑暗中遠去。

她眨著眼，眼睛翻動，又要再次進入無意識狀態了。

「吉莉安。」

聲音非常清晰而接近，讓她差點尖叫起來。肯特掛在她旁邊座位的安全帶上，而她做好心理準備面對她知道的景象，但那並不是肯特。是卡森。

他根本沒繫安全帶。他頭下腳上飄浮在半空中，茫然地注視著她。血以固定節奏從他的臉滴下，卻沒落在休旅車的車頂，而是像深紅色水珠飄開，有如無重量的雨滴懸掛著。

「謝謝妳，」他的語氣出乎意料平淡，「謝謝妳的犧牲。」他指著她的下半身，於是她勉強抬起頭往下看。她的雙腿之間流出一大片血，將她的牛仔褲浸濕了。

「不，」她輕聲說，「不，寶寶。凱莉。」

「謝謝妳。」

「不，凱莉！」

吉莉安。

在她試圖翻身時，卡森的語氣變了。有東西壓住她的肩膀，而她揮出拳頭。

「吉莉安，停下來。妳沒事，妳在作夢。」

她張開眼睛，暈眩了一陣子，不停旋轉的一切才停止下來。

她躺在一張窄床上，周圍是個幾乎毫無特色的小房間，旁邊站了一個男人。他隱約有種熟悉的感覺。年紀稍長，髮型旁分，戴眼鏡。他輕輕抓著她的肩膀，免得她滾下床摔在地上。

「這是哪裡？」她問。

「妳的房間。」

「這不是我的房間。」

他皺起眉頭。「妳想坐起來嗎？」

「我的頭感覺像在水裡。」

「很快就會過去的。」

她勉強將雙腿放下床坐起來，上半身向前傾，盡量不讓自己嘔吐。男人走到浴室，接著她就聽見流水聲。他回來時拿著一個裝滿水的塑膠杯。「拿去，這有幫助的。」

吉莉安穩住發抖的手喝下水，喝完後便把杯子交給他。

「謝謝妳。」里歐。她抬起頭看著他。「里歐，你叫里歐。」

他笑了。「里歐．富勒，沒錯，很高興妳想起來了。」

「我是……」記憶如同潰堤般在她腦中大量湧出。

發射。謊言。

卡森和丁塞爾對她下藥，還有地球越退越遠的景象。

她突然下床，結果又引發另一陣暈眩。遮窗板關著，於是她拉起來。星辰旋轉掠過，像散落的鑽石點綴著黑暗。可是就這樣，沒有藍白色的星球。只有無止境的宇宙。

她垂下頭，閉起眼睛。「我昏迷了多久？」

里歐沒有馬上回答。「將近二十四小時。」

吉莉安跌坐在床尾。房間開始傾斜，里歐又伸出手穩住她。

「哇，沒事的，動得太快了。我要檢查妳的脈搏，可以嗎？」柔軟的指尖移到她手腕，接著向下壓。「妳會沒事的，吉莉安。」

「我的女兒……她……」

「我知道。」她的頭突然左右轉動，接著用力抽回她的手腕。里歐高舉雙手。「我應該說清楚。我現在才知道，他們之前以及在妳受訓練跟妳說過什麼，我完全不知情。我知道的訊息只說妳是專屬這項任務的顧問醫師。」

「為什麼我要相信？說不定是卡森派你過來的。」

「沒錯，但那是為了確認妳沒事。我是航空醫官。我很厭惡他們這麼做，我也非常樂意在我們回去以後幫忙提起控訴。」

她看著他，試圖從他真誠的表現中尋找漏洞，可是沒找到。「那就這樣了。」

里歐嘆了口氣，走向桌前那張固定在地上的凳子，沉重地坐了下去。

「對。不過老實說，我不確定他們被控訴後會負多大的責任。」

「什麼意思？」

「這件事不可能是卡森自己做的，他一定得到了更高層的許可。在ＮＡＳＡ如果沒事先得到某個人的同意，妳連擦屁股都不行。」

她搖搖頭，腦袋浸水的感覺比較輕微了，可是還在。「真是不敢相信。」她突然想起法蘭克的疏忽，當時他不小心提到了休眠，旋即轉開話題。「我得聯絡ＮＡＳＡ。」她說。

「妳可以試試，可是我不覺得會有什麼用。」

「為什麼？」

「就像我剛才說的，妳會跟許可卡森做這件事的人打交道，他們現在可不會放棄任務。」

「你不懂，我的女兒病了，我不能離開她那麼遠。光是在軌道上繞行就已經夠糟了。」

「相信我，吉莉安，我也很火大，可是在我們回去之前，我不知道我們還能做什麼。」他聳了聳肩，「如果妳覺得準備好了，再過幾分鐘就有一場簡報。」

房間搖晃著。「我要吐了。」

「來，讓我幫妳。」里歐伸出手臂，而她抓著他穩住自己，然後進入浴室關上門。

她熱淚盈眶，無聲地顫抖著，淚水從她臉龐滑落，掉進不鏽鋼洗手台。她準備好之後，就看著鏡子裡的自己。「妳不能放棄。」她壓低聲音說。她雙手捧起冷水潑在臉上，直到皮膚覺得太過刺激為止。接著她擦乾水，打開門。

里歐又坐在桌子旁，他的上半身往前傾，手肘靠著膝蓋。

她鼓起不確定自己擁有的勇氣說：「好了，我們走吧。」

14

他們在休息區找到大家。

那是個長形的房間，在一面牆上有高高的遮板，她猜想後面是巨大的窗口。左側有一座吧台搭配六張凳子，旁邊有加了軟墊的長椅，在遮板下方延伸了十幾步的長度，最後連到一個小廚房，有爐灶、微波爐、食品貯藏室、餐桌。一幅很大的數位螢幕掛在座椅區對面，其他人就坐在那裡看著，除了伯克之外。

卡森站在螢幕旁，在她跟里歐進來時本來正指著畫面上的某個東西，是某種複雜的圖表，不過他一看見她，手臂就放下來了。

「吉莉安，很高興看到妳醒——」

「省省吧。」她說，「我只說一次。共謀陷害我的每一個人，在我們回到地球以後都會受到控訴。」她移動目光，周蓮別開眼神，丁塞爾則是一眼不眨地盯著她看。一個身材瘦長的男人遠離他們躺坐在座椅上，緩緩地嚼著一根塑膠牙籤。她先指著丁塞爾，然後指向卡森。「還有如果你們兩個再對我動手，就把你們的手扭斷。」

「我知道妳很不高興，可是請聽我們說明。」卡森說。

「我還能有什麼選擇？」

「妳隨時都可以離開房間，可是我希望妳會留下。」

吉莉安怒目注視他，將所有的怨恨投射在眼神中，然後才移動到遠離丁塞爾的空座位。里歐跟她一起，在坐下時對她點了點頭。

高個子男人對卡森舉手，卡森朝他點頭。「是的，伊斯頓？」

伊斯頓舉起一支伏特加酒瓶。「會議太枯燥了嗎，長官？」卡森狠狠瞪了他好一段時間。

「只是想讓情況輕鬆一點嘛。」他邊說邊收起酒瓶。

卡森看著其他人，然後深吸一口氣。「好吧。大家都知道安德博士的突破，以及可能造成的併發症。」他觸碰數位顯示器，圖表消失，由一張大頭照取而代之，是個中年男子對著鏡頭笑。他的頭髮剃光，留著修剪過的山羊鬍。「這位是埃文．潘德拉克博士。他從研究開始時就擔任安德的夥伴，是位心理學家，是該領域中的重量級人物。他在三個月前被謀殺了。」

根據組員的反應，這是他們第一次聽到這個死亡事件。除了丁塞爾，他的表情沒變。

「發生了什麼事？」周蓮問。

「在太空站上，他被發現死在自己的研究室裡。一位叫亨利．戴佛的NASA生物學家殺了他。」

「戴佛承認了？」

卡森停頓了一下。

「他被發現在博士的研究室裡，旁邊就是屍體，而且攻擊了打開門的人。」

「為什麼他要那麼做？」周蓮問。

「沒有明顯的動機。」

「沒人審問他？」

「自從謀殺發生後，戴佛就一直處在精神錯亂跟語無倫次的狀態。他說的話完全跟潘德拉克之死無關。」

吉莉安在連身服的膝蓋上擦乾冒汗濕黏的手心。她應該在開會之前吃一顆藥丸的。

「戴佛是其中一位受到嚴重影響的患者，對不對？」她說。

卡森嘆了口氣。「對，沒錯。」

「所以你認為瞬間傳送的影響驅使他殺了潘德拉克？」里歐問。

「我沒那麼說。」卡森說，「我們完全不知道是什麼造成那些症狀。從環境到病原體，任何東西都有可能。」

「但太空站上不是每一個人都回報有症狀吧？」周蓮問，「如果是會傳染的疾病，在這麼封閉的區域裡，他們不是全都會暴露在其中嗎？」

「對。目前為止，除了戴佛跟另一個情況嚴重的人，他們並沒有採取隔離措施。雖然各位都聽過情況的簡報，不過我希望萊恩博士能夠發言一下，讓我們了解可能要面對的副作用或疾病。」他看著她，「可以嗎？」

她一開始的念頭是拒絕，不想幫他任何事，可是那樣無法讓太空船轉向，或是讓她更快回到凱莉身邊。她站起來，面對組員。

「根據我研究過的報告，受影響人員提出的兩大主要身體不適情況是輕微肌肉震顫跟一般性疲勞；神經症狀更令人擔憂。記錄下來的有出神或長時間恍惚、記憶喪失，以及偶爾無故暴怒的情況。」

「聽起來很像羅氏症。」里歐說。

「是的。」

「妳認為瞬間傳送，也就是瞬間移動，會不會以某種方式造成了與疾病有關的神經纖維糾結？」

「我不知道。這沒有辦法確認，因為糾結的狀況只會在死後驗屍時才診斷出來。」

「我們認為吉莉安藉由生物發光神經掃描的研究是關鍵，可以正確找出是哪種損傷導致這些症狀。」卡森說。

她不理會這段話。「研究還沒有定論，所以我真的沒辦法確認是什麼。」

「有人想對萊恩博士提問嗎？」卡森問。

「我。」伊斯頓說，他在這之前一直很安靜，「對了，我叫伊斯頓．辛克萊爾，是任務專家。在妳被下藥並鎖在房間之前，我們還沒好好認識過。」吉莉安看見卡森和周蓮坐立不安，所以在這個時刻，她非常喜歡伊斯頓。「如果我說錯了請糾正，藉由瘋狂科學家那部機器旅行的每一個人，基本上在第一次的時候就死了，而接下來的每一次也是？」

「我們討論過這件事了，」卡森說，「很廣泛地討論。」

「我想要聽聽萊恩博士的看法。」

吉莉安皺著眉。「就某方面而言，你說得對。安德的技術會讓構成人體的原子先凍僵，然後再以輻射蒸發，本質上它們就不存在了。不過話說回來，我們也不是由出生時的那些原子和細胞構成；它們會一直被健康的新材料取代。根據這種邏輯，嚴格上來說，一個人一輩子就死了十幾次。」

「我接受。」伊斯頓說，然後往後靠在座位上，「如果妳不相信有靈魂的話。」卡森發出惱怒的聲音，可是伊斯頓注視著她的眼睛。

「如果你照原來的樣子重建所有原子，那麼你就是同一個人。」她說，「而且我猜如果人有靈魂，應該也會重新建立。如果你相信那種東西的話。」

伊斯頓把牙籤放在嘴角，露出笑容，在此同時仍然盯著她看。「如果妳相信那種東西的話。」他重複她的話。

「好了，還有什麼跟任務相關的問題嗎？」卡森問。

「有，」吉莉安說，「為什麼太空站要繞火星運行而不是地球？不可能只是為了保密而已吧。」

「這是機密。」

「就像綁架伯克跟我也是機密嗎？」

「吉莉安——」

「不，那真是棒極了。我跟我的女兒、我的生活被拆散，就是為了幫助你那個小實驗，而現在你甚至連實情都不肯告訴我。」

「真他媽混亂呢。」伊斯頓說，然後將牙籤彈起來，越過廚房落進一個垃圾筒。

這陣情緒似乎總結了大家的心境，因為卡森沒再說什麼了。他深呼吸，看著地面。「我只能說你們全都是最厲害的，所以才會被精心挑選出來執行這項任務。」他的目光飄向吉莉安，「大家應該去吃點東西跟休息了，再過十二小時我們就要準備休眠。」

就這樣，所有人都開始動作。里歐正要起身時，吉莉安按住他的手臂。

「是我想的那種休眠嗎？」

「大概吧。基本上那是一種暫停狀態，在我們跟ＵＮＳＳ會合之前還有兩個半月，所以我們這段期間都會在睡覺。」

她看著卡森穿過房間給自己倒了杯咖啡，不自覺皺緊了眉頭。

「聽著，我想要信任你，可是你得給我一個理由。」

里歐挺直身體，壓低聲音。

「我答應在我們回到地球後，我會針對卡森和周蓮為妳的說詞作證。」

「周蓮？所以她知道我被騙了？」

里歐猶豫著。「對。」

「所以她才這麼冷淡，很合理。」她考慮他的提議，「這樣還不夠。」

「為什麼？」

「因為你可以在最後一刻改變心意。我相信你能走到今天一定曾聽命於人做過某事吧。誰知道等我們回去以後你會不會又這樣呢？」

「我明白。妳想要什麼？」

「讓我跟休士頓通訊。」

「我辦得到，不過正如我說的——」

「我知道，這對我沒有任何好處，可是說不定會有。而且要是我錄下傳輸的內容，到時候對提起控訴也會有幫助。」

他打量著她一陣子，然後點了點頭。「好吧。」

吉莉安放鬆下來，她不知道在這之前自己的身體一直緊繃著。她感覺得到身體產生戒斷的症狀，一股強烈的渴望感在她心中躁動，像是有一隻籠中鳥困在那裡。

「你什麼時候可以讓我使用通訊系統？」

「我一個鐘頭後在控制區輪值。」

「到時候見。」

里歐離開了房間，不過就在她準備跟上時，卡森走了過來，在她想要穿過門口時抓住她的手肘。她用力扯開手臂，推得他向後退後一步。「你以為我說再碰我的事是開玩笑嗎？」

「吉莉安，我很抱歉，真的，關於這一切。妳得明白我沒有選擇的餘地。」

「你有選擇，你選錯了。」

「我不覺得我選錯了。我本來可以找其他不夠資格的神經放射學家協助任務，可是我沒有。我選擇妳，因為妳是最棒的，而且不管妳怎麼樣，我是想要幫助妳。」

她走近他，兩人的臉只相隔幾呎。「我會離開我女兒好幾百萬哩遠。她可能會發生任何狀況，而我什麼都做不了，這對你有任何意義嗎？」

「如果妳幫助我們查明那些症狀的原因，妳就會有穩定的資金，可能還會找到真正治癒羅氏症的方式。妳可以救她。」

「我已經試著要救她三年了。不必拿槍指著我的頭，我也會這麼做。」她說完後，便在他回應之前大步離開。

15

吉莉安前往伯克的房間時，走道上還算安靜。

這次她敲門時，裡面傳來了咕噥聲，幾秒鐘後門滑開了，她的研究生就站在對面，一張毯子裹在他赤裸的肩膀上。他不再只是蒼白而已，一陣淡綠色從他的臉部和脖子邊緣擴散開來，看起來像是黴菌。

「我快死了。」他說，然後轉身往床邊走。

「你不會死的。」她跟著他進房，後方的門發出嘶嘶聲關上。

他輕輕坐到床墊上，床墊因為他的重量發出了聲響。房間裡有些微的臭味，而她注意到浴室的門開著。「抱歉有那種味道。馬桶跟我變得……很親近，我什麼都會傾吐出來。」

伯克的房間跟她的一模一樣，而她到桌子旁的凳子坐下。

「除了覺得噁心反胃，你還有其他症狀嗎？」

「嘔吐。」

「除了那以外。」

「快死了。」

「你才不會死，你只是還沒適應。」

他從腫脹的眼皮底下看著她。「而現在看來我們要在路上適應了。」

她嘆了一口氣。「所以你也知道了？」

「對。」

「是誰告訴你的？」

「那位醫官。」

「你做了什麼？」

「去找妳。妳的門鎖著，妳也沒回應，所以我去找卡森。」

「他跟你說了什麼？」

「什麼也沒有。他也不肯開他的門，我覺得可能跟我說要拔下他的頭有關係。」

她無力地笑著。「我不會怪他沒開門。」

「先別說這些了，博士，妳為什麼要答應？」

「答應什麼？」

「這趟旅行，實在太遠了。」

「我沒答應。」她停頓了一下，「他們在我發現的時候對我下了藥，所以你敲門我才會沒有回應。」

「什麼？」一瞬間，伯克已經大步經過她往走道去，毯子也掉在地上。她站起來抓住他的手臂，幾乎就跟卡森幾分鐘前才對她做的事一樣。

「停下來。」她說，但她在伯克放慢之前還是被拉著走了兩步。

「我要解決問題。」

「不，你會弄傷人。」

「我就是那個意思。」

「伯克，我們已經離開地球上百萬哩了，他們不會轉向的。」

他露出冷漠超然的眼神。「我可以……讓他們轉向。」

「你是可以，不過你可能會弄傷某個人，等我們回去之後就會是你被控訴而不是他們。」

「這點我可以接受。」

「唉呀，我不行，而且我敢說賈斯汀也不能接受。」

「他會明白的。這樣不對，博士。」

「我知道，可是現在真的沒有其他選擇了。」

他打了個冷顫，全身肌肉發抖，彷彿光是站在那裡就耗盡了他所有力氣。

「來吧，在你跌倒之前先坐下。」她邊說邊帶他回床邊。

「胡說，我很好。」可是他們回到床邊時，伯克差點摔在床上；他立刻躺了下去。他閉上眼睛發出呻吟，呼吸變成了短淺的喘氣聲。

「你吃了什麼？」

「太空餅乾，水，某種蛋白質混合物。我從來沒病得這麼嚴重過。我可以感覺太空船在轉動，就在這裡。」他伸手摸著太陽穴，「我可以感覺到整個宇宙在我周圍塌陷，一切都在墜落。」他安靜了片刻，然後舔了舔乾掉的嘴唇。「還有別的事。」

「什麼？」

「我一直……會聽到聲音。」

「像是什麼？」

「我不知道。不應該在這艘太空船上聽到的聲音，笑聲。」

吉莉安眉頭深鎖。「笑聲？你是指某個組員嗎？」

「不是。聲音來自……來自櫃子。」他說。

她不由自主看著滑門，以為會看見門移動。

「我知道這不可能，可是我聽見了，而且，我也看到東西了。」伯克說。

「什麼？你看到了什麼？」

「一張臉？」

「在哪裡？」

「外面。」他指著床尾那扇遮蔽起來的窗戶。

吉莉安的肩膀後方與手臂起了一陣雞皮疙瘩。她試圖想點安慰的話，可是要怎麼跟對方說他產生幻覺了呢？「我想你太累了。」她終於說出口。

「對，我也是這樣告訴自己的。不過博士，我很好奇……這會不會是羅氏症？」他看著她時，目光閃現了恐懼。

「不是，發作不會這麼突然，你知道的，而且幻覺也不是症狀。你脫水了，而且睡眠不足，任何人都會因為這樣看見或聽到東西。好好休息吧。你想要喝點東西嗎？」

「真的不用。」

「好吧，試著睡一覺。」

「沒辦法，太難受了。」然而他的聲音已經越來越虛弱。

吉莉安一隻手放在他額頭上，撥開他的頭髮。「我很抱歉，你會在這裡都是我的錯。」

他的眼睛張開成細縫。「我們在瑞典有一句諺語：『*Av skadan blir man vis.*』意思是『受傷會讓人變聰明』。這不是妳害的，不過我們可以從中學到教訓，博士。」

她想要回應，可是他的呼吸已經變得平穩。在她最後一次撥開他的頭髮時，一陣輕微的打呼聲傳了出來。吉莉安在他的床尾坐了將近一個鐘頭，她凝視著外科手術般乾淨的地板上其中一點，眼神失焦，思緒飄動。

罪惡感打擊著她，然後是憤怒，接著開始由強烈的驚慌取代。她感覺得到那正在撕扯她，剝掉她的防備。房間裡的空氣很沉悶，她的雙手開始有不舒服的刺痛感。

在意識到之前，她已經打開門上了走道，所有思緒都集中在浴室等著她的那些藥丸。她走了不到兩步，就撞上正往反方向走的另一個人。丁塞爾。

他發出悶哼聲，她則是忍住沒驚喊出來，但一見到他，那股憤恨感又馬上出現了。他們所站之處幾乎就是當初他對她下藥的地方；他將針頭插進她的手臂，看著她瞬間失去意識。

「不好意思，萊恩博士，妳的朋友感覺好點了嗎？」

「是的，好多了。」

丁塞爾笑了。「很高興聽到這件事。」

突然之間，光是看著這個男人就令她難以忍受。丁塞爾應該負跟卡森一樣的責任，而且他也知道她被騙，眼神中還沒有一絲懊悔。

他沒多看她一眼就直接走開，停在他的房間前，接著消失在裡面。她注視著他的方向，後來才轉身往她的房間去，這時她的心中隱約有種不安的感覺。吉莉安壓抑雙手輕微的顫抖，倉促進入房間，將兩顆小藥丸倒在手心，在產生其他念頭阻止自己之前丟進嘴裡吞下去。她站起來，雙手撐著洗手台，呼吸很沉重。她抬起頭看著自己的倒影，有個上癮的人也在看她。

她想要打破鏡子，打碎她的影像。一股強烈的衝動想要回到伯克房間叫醒他，跟他說她改變了心意。好，去傷害卡森、丁塞爾跟周蓮吧，去強迫有能力讓這艘太空船轉向的人照做。因為她的寶貝距離她好遠，即使是現在，她也正在一點一滴失去自己，而且要是發生了什麼事……

她會像肯特一樣消失。

光是想到這點，就足以讓她跌坐到地上，雙手捧著臉，釋放出一切。最後那幾天；訓練的壓力，她決定離開的壓力，但還不只這些。她啜泣著，肯特缺席那八年的所有情緒全都流瀉了出來，還有一段回憶自動浮現。在新房子的第一天，她跟肯特擺著一箱接一箱的物品，每次在走廊上碰面時，他們都會停下來親吻，直到他們再也受不了，就在新家的硬木地板上親熱起來。結束之後，他們躺在那裡，只感受到幸福，渾然不知即將到來的悲痛。現在，回憶的痛苦尖銳無比，讓她害怕自己整個人都會被割開。她從來就不知道原來擁有過那麼美好的東西，在消失之後可以如此令人痛苦。

「我真的很抱歉，親愛的，真的很抱歉。」她輕聲說。

過了好一段時間，她才有辦法站起來。走出浴室時，她的周圍完全受到了藥效影響——一切都像是用刀子製成的，邊緣都變得清晰透明。她深吸一口氣提振精神，一如往常藉由藥物的效果集中注意力。

我在一個糟透的地方，我可以做什麼？

專心與決心。

真正的問題是，他們要她做什麼？

吉莉安坐在床緣，雙手交握。雖然她不想承認，但卡森是對的。如果她能夠查出太空站組員那些症狀的成因，並且將瞬間移動造成症狀的可能性消除，她就可以讓凱莉進入安德的機器。她想起安德初期測試時使用那些老鼠的畫面，表情不由得扭曲起來。雖然從那時起，這種技術進步了許多，但她還是非常害怕凱莉最後可能也會變成扭曲血腥的肉塊；不過另一個選擇就是眼睜睜看著她像肯特一樣離開。

她嘆了口氣，一隻手撥弄頭髮，出自本能想拿出口袋裡的手機，然後差點笑出來。她的手機在小卡家的床頭櫃上。而手機在這裡也只能當個花俏的紙鎮，因為她很確定這裡不會有訊號。打電話的想法讓她站了起來。里歐現在會在第二象限。就算她沒辦法讓NASA命令卡森將太空船轉向，至少她可以對欺騙她的那些人提出控訴，推動進度。

丁塞爾。

先前那種無以名狀的不安感又出現了，這次的感覺比較清楚，讓她在房門的門檻前停步。他們相撞的時候，丁塞爾不是從主走道的方向過來。他是要往其他方向去。

從她房間的方向過來。

吉莉安緩慢轉了一圈，環視整個空間。有什麼突兀的地方嗎？少了什麼東西？可是有什麼東西好拿的？她的備用連身服？除了藥丸，她沒有什麼東西好——

她吞了一下口水。他是不是對藥丸動了手腳？或許是要讓她乖乖待在房間？不，她拿起來時似乎沒異狀，而且瓶子裡幾乎還是滿的。

她用一隻手揉了揉額頭，發現自己冒了薄薄一層汗水。要突破藥癮只有一種方式：搭太空船發射飛向太空站，在那裡發生了神祕謀殺事件，而且工作人員還顯露出一種會威脅生命的神經性疾病徵兆。這是最新型的極端戒癮治療！

她嘆了口氣，試著平息這些瘋狂的想法。別再擔心丁塞爾和卡森了。妳在這裡再也不是為了他們，也從來就不是；妳在這裡是為了凱莉，為了妳的女兒。

吉莉安對自己點了點頭，在她離開房間於走道上邁步時，那句老口號開始在她腦中重複著。

專心與決心，專心與決心。

16

她發現里歐坐在其中一部控制台前看書。

他在她走近時放下書，而她立刻認出了封面；在她自己的文學記憶中，那隻敲鈸的猴子正以死氣沉沉的眼睛注視著她。

「《史蒂芬．金的故事販賣機》，對吧？」她邊問邊朝平裝書點了點頭。

里歐紅著臉站起來。「我老婆說我是大人、醫生、太空人，還說我年紀太大了，不適合看史蒂芬．金的東西，不過我是死忠粉絲。」

「可不是嘛。」吉莉安露出笑容說，「他的東西我全都看過。」

里歐對她眉開眼笑。「現在確定我們可以相信彼此了。」他們都笑了起來，接著他就回到剛才的座位。「坐下，我來啟動通訊。」她坐下來，看著里歐將底座轉向他，開始在觸控螢幕上打字。「休士頓那裡大概是凌晨兩點，不過一定有人醒著。可是我要先提醒：由於任務是機密，所以全部的通訊內容都會傳送到總指揮。我們沒辦法聯絡到任務控制中心，會是別人。」

「你說的別人是指……」

「因為太空站跟我們周圍的一切是由聯合國提供部分資金，所以妳會跟『知情』的其中一位代表通話。」

「所以不是一般人。」

「不算是，沒錯。」里歐瞇眼看著畫面，然後將螢幕轉向她。

「我們正在錄音，已經接上線了。」

螢幕中心顯示著一個在轉圈的半圓形。圖形不停旋轉，一開始有種催眠的效果，接著就令人暈眩，最後讓她覺得自己已經不在太空船上，而是迷失於那個呈現螺旋形的新月圖案裡，正如伯克所言，一切都在墜落。

畫面發出亮光，被一個男人的臉填滿。他的金髮剪成小平頭，而他灰黃的膚色跟凹陷的臉頰讓他看起來像是正從極度飢餓狀態中復原。

他面無表情，透過遙遠的距離端詳她，然後在他自己的畫面前坐下。「妳好，萊恩博士。」

她對這個陌生人知道她名字感到非常訝異，好一陣子才勉強說得出話。「你是誰？」

在他開口前有短暫的延遲。

「我的名字叫約翰，我會是妳的溝通管道。」他的聲音很深沉單調。

「約翰，有姓嗎？」

「只有約翰。」

「好吧，約翰，我想要對卡森．勒克、周蓮和葛雷哥利．丁塞爾提出正式的控訴。」

「我猜這是關於妳的新目的地？」

她眯起眼睛。「是的。」

「萬一情況危急，我就是妳的生命線。如果有任務方面的威脅，我會根據情況行動。」

「所以你是負責隱瞞事情的人。」

「這麼說好了，沒有任何事比這項任務的成功更重要，我指的是沒有任何事。」

吉莉安感覺自己的臉發紅，憤怒已經高漲到表面了。

「比對我說謊、拆散我跟女兒更重要，誰是壞蛋？」

「從我手邊的紀錄判斷，妳是自願的。沒人強迫妳。」

「我沒答應這件事，你很清楚。」

「我能體會妳的沮喪，但恐怕這並非我能力所及。」

她停頓了一下，試圖讓惱怒的想法平靜。

「我要跟我女兒還有我妹說話，我得告訴她們發生了什麼事。」

「等時機到了，妳妹妹會收到通知說太空站的通訊系統出了問題，我們正在想辦法解決。」

「我要看我的女兒。」她的語氣很沉重，連她自己都不熟悉。

約翰向左邊看，避開她的目光。「我非常抱歉，那是不可能的。但只要妳照妳答應的做，讓這項任務成功，妳不只會是英雄，還能跟凱莉一起長長久久。」約翰笑了，不過是嘲弄的冷笑。「聊得很愉快，萊恩博士。歡迎隨時打來，這條線隨時開放。」

畫面閃爍變成黑色，吉莉安一度無法移動。

他知道凱莉的名字。

這讓她感到噁心想吐。她勉強自己看著里歐，他也臉色蒼白，皺起了眉頭。他抓住她肩膀時手還在顫抖。「我很遺憾，吉莉安。」

她吞了吞口水。「這不是你的錯。謝謝你做這些，我……」她出神了，這時她的左眼後方開始抽痛。在此之前，她一直抱持著渺小的希望，希望ＮＡＳＡ會同意太空船轉向讓她回到地球，回到凱莉身邊。可是在跟約翰對談之後，除了引起她即將爆發的恐懼，在她對里歐說話時，也散發出一種徹底的終結感。

「我被困住了。」

17

每秒超過七哩。

每次吸氣或吐氣，就離開了那麼遠。

時間算是一大早，吉莉安沖了個澡，慢慢穿上一套乾淨的連身服，眼睛始終盯著浴室裡那瓶小藥丸。她費了一番功夫拒絕誘惑，坐到床上等待，試著冥想並讓心中那片翻騰的大海平靜下來。門邊的一個小盒子發出啁啾聲，接著卡森的聲音出現。

「吉莉安，時間到了。」

她沒回應，接著就聽見他嘆氣，而她納悶要是她拒絕離開房間，他會怎麼做。可是現在反叛沒有意義。她已經下定決心了，再說，伯克也會等她。

她仍然無法習慣安靜的走道，或是太空船的任何部分。這就像在耳朵裡塞棉花，所有聲音都變得比原來更柔和。她繞過角落接近伯克的房間時，看見他已經在外面等她了。他的目光與她相接，讓她差點腿軟。他的眼睛很紅，眼白被破裂的血管覆上厚厚一層，不見白色的部分；他的皮膚是白堊色，太陽穴附近有一層汗珠。

「我的天哪，你看起來糟透了。」她在他面前停下。

「你總是能提升我的信心。」

「我是認真的，你得讓里歐看一下。」

「他今天早上來過了。」

「然後呢？」

「他說目前最好的方式是休眠。我同意他的話，只要能逃離……」

他迅速往關著的房門瞥了一眼。

「什麼？」

伯克內心掙扎了一番，目光移向地上。「我看見我叔叔艾克索了。我醒來的時候，他就站在浴室門口。」他的目光迅速移向她又離開，而她注意到他的口音變得比之前更重。「小時候他會打我。在我認識自己以前，他就知道我是同性戀了。他會打我……打在衣物遮住的地方，我不敢告訴任何人。後來我母親才知道發生的事，就禁止他來我們家。他十年前死於一場車禍，可是我今天早上看見他了，而且他……對著我笑。」

吉莉安試著吞下哽在喉中的結，然後伸手摸伯克的額頭。「你發燒了。」

他點頭，一滴眼淚從鼻子側邊滑下。「但願如此。」

「來吧。」她帶他離開門邊時，往門口看了最後一眼。

才進入第二象限，一陣方向迷失的感覺就向她襲來。門口右側的牆面和控制台不見了，顯露出另一個空間，上方的拱形天花板向後延伸了二十碼。沿著密室的牆面，排列著十幾座像棺材的圓形突出物，材質是粗厚的塑膠，而且轉成某個角度，不面向他們前方的步行區。其中有七座裝置開著，上半部往上摺，露出塑造成一般人體型的白色內部。卡森站在最近的一座裝置前，他穿著貼合的緊身衣，所有肌肉都貼著細薄的織料展露無遺。他拿著一部數位平板，在他們進來時，他的注意力才從螢幕移向他們。

「嗨。」他邊說邊走上前。

「嘿。」吉莉安回答。伯克保持安靜，但她可以感覺出他散發的怒氣，也注意到卡森停在幾步之外，免得被這位瑞典人抓到。

「好，休眠裝置全都校準了，你們的衣服在裝置對面的櫃子裡。櫃子底部都有你們的名字。」他看起來好像想再說些話，但這時他後方的門打開了，周蓮進入房間，接著是伊斯頓和里歐，最後則是丁塞爾。他們全都穿著跟卡森相同的衣物，而丁塞爾的服裝似乎讓他很不舒服，因為大家過來集合時，他還一直邊拉邊整理左手的袖子。

「很高興大家都來了。」卡森說，「我正在向吉莉安和伯克說明休眠程序。那麼等你們換裝以後，里歐就會——」

「我不需要。」吉莉安說。

房間裡一片靜默。卡森皺眉說：「什麼意思？」

「我不要休眠。」

「吉莉安，聽著。我知道妳不高興，妳也有絕對的理由不高興，但這並不是選擇。」

「就是這樣。」

「不，不行。我們還要整整兩個半月才會抵達ＵＮＳＳ，那等於是孤立七十五天啊。」

「謝了，卡森，我會算數。」

「妳沒受過這種訓練。」

「那麼你在對我說謊之前就應該要想到。」

卡森眨了眨眼，目光環視其他人，最後聳起肩膀。「我很抱歉，這是不可能的。」

「你知道什麼才不可能嗎？在少了我的幫助下判斷太空站的人到底發生了什麼事。我要怎麼做才行？」她走上前靠近他，「如果你要我幫助這些人，我就必須醒著，研究神經元製圖程序。萬一瞬間移動的結果是完全失敗，無法應用在我女兒身上呢？現在我只剩下時間了，你不能再剝奪我兩個月。」

她看著他的眼睛，要他不敢反駁。沉默半晌後，卡森別開了眼神，對她後方比了個手勢。

「里歐，帶她看一下醫療區，免得她在我們睡著時弄傷自己。」

「你可以帶我們兩個看。」伯克說，然後轉身跟上她，「我也要醒著。」

「你病得太嚴重了。」吉莉安說。

「我會恢復。」不過他就連說話時也稍微失去了重心。

她按著他的手臂。「你必須去睡。等你醒來以後，一切都會沒事的。」

「博士——」

「伯克……」她捏了捏他的手臂，「沒關係的。」

伯克挫折地低下頭。

「我馬上就回來。」她說。

里歐帶她離開大家，走向另一邊的牆面，而在她經過丁塞爾身邊時，他吸引了她的目光。只聽丁塞爾在兩人靠得很近時低聲說：「記得要慢慢減少那些藥丸的用量，我聽說戒癮可能會很痛苦。」她楞住了，而他露出笑容。「噢，還有如果妳想找人說話，約翰隨時都在喔。」他眨眼示意。

吉莉安一拳打中他頭部側面。

丁塞爾往地上摔時，試圖抓住什麼穩住自己，使得在場的人異口同聲驚呼起來。有人從後面抓住她，而憤怒到失去理智的吉莉安差點揮動手肘攻擊對方，里歐這時才開口：「嘿，放鬆點。冷靜下來。」

伊斯頓扶住丁塞爾，丁塞爾則是一隻手壓住被她打中的地方，一邊惡狠狠瞪著她。卡森站到兩群人之間，張開雙臂。「搞什麼，吉莉安？妳到底在做什麼？」

她想要開口說話，可是看著卡森時，一股怒氣又向她襲來。

「別裝成你不知道的樣子。你們兩個都有份。」

「妳在說什麼？」

「在任務控制中心跟我說話的那個傢伙不肯讓我跟凱莉或卡崔娜通話。」

卡森的表情皺縮起來。「妳應該先讓我跟他們談的。在妳完全知道情況之前，他們奉命不能讓妳跟其他人有任何接觸。」

「那情況是什麼？」

卡森沒回答她，而是轉頭看著丁塞爾。「你對她說了什麼？」

「路上小心，然後她就發瘋了。」

「騙子。」吉莉安說。

「夠了，你們兩個都是。」卡森說。他的目光在兩人之間游移了一陣子，然後用手掌的根部按住眼睛。「伊斯頓、周蓮，讓丁塞爾跟倫德維斯特先生準備好。里歐，帶她去醫療區。」

吉莉安看著丁塞爾對她露出不屑的表情，便被帶向休眠室。她感覺到里歐觸碰她手臂內側，於是她猛力甩開，不想讓任何人的手碰到自己。消退的腎上腺素在她口中留下乾燥發酸的味道，彷彿她剛舔過一顆九伏特電池，此外她的肌肉也有一種發炎疼痛的無力感。

「抱歉，」他指著他們在丁塞爾攔下她之前要去的方向，「往這裡。」

象限另一邊的牆面乍看之下沒有縫隙，可是里歐在牆上一處發亮面板掃描他的門禁卡後，牆面就從正中央開啟了。「所有人的卡片都可以開啟醫療室。」他說，接著走進一個約莫休眠區一半大小的房間。左邊有兩張醫療床，床的兩側是不鏽鋼櫃子，對面則有一座長長的操作台；操作台較遠的那一端中空，是一座很深的水槽。

「一般的急救用品在那裡。」里歐邊說邊將手放在第一張床對面的低櫃子上。「如果妳沒辦法到這裡，在象限的每條外走道上都有急救包。如果妳遇到了大麻煩，可以從休眠喚醒我們其中一個或全部的人。程序大概需要一個小時，可是有必要的話千萬別猶豫。」

「我要怎麼做？」

「在每部裝置的側面都有一個命令面板，妳只要按『喚醒』選項就行了。其他的一切都會自動執行。」里歐端詳著她，「妳確定要這樣嗎？」

她不確定，可是她不能露出任何一絲遲疑。如果這是她唯一的選擇，她一定要好好利用所擁有的每一秒鐘。吉莉安假裝鎮靜，試著微笑。「我確定。」

里歐點點頭，看著地上。「我對剛才那裡發生的事覺得很遺憾。丁塞爾對妳說了什麼？」

「他……」她慌亂了片刻，差點提起藥丸的事，「他說如果我想找人說話，可以打給約翰。」

「王八蛋。」里歐咕噥著說，「從來就不喜歡他。」

「我也有同感。」

他們安靜了一下，接著里歐挺直身子，幾乎像是自言自語。「還有什麼事呢？所有食物都存放在廚房附近的休息區。食物的量足夠讓我們整段來回，而且還會有剩，所以妳不會挨餓的。飛行系統是自動化的也鎖定了，如果妳想改變航向是沒辦法的。」

「別擔心，我不會讓我們轉向的。大概會害我們撞上行星帶之行的東西吧。」

「是吧，那就太糟了。在控制中心最遠處的控制台附近，有如何聯絡地球的說明。」他舉起雙手，「我知道妳只能跟那個叫約翰的傢伙說話，要不然就是跟他差不多的另一個人，不過要是發生了什麼事，不只會危害到妳，也會危害到他們。我們全都必須對某個人負責，希望妳記住這一點。」

「謝了，里歐，我是認真的。」

「這沒什麼。真希望我可以幫得更多。」

「真的，我不知道會花多少時間待在實驗室外。我以前從來沒連續工作這麼多天過。」

「要記得偶爾休息一下。我知道妳來這裡之前上過速成班，可是在太空中孤獨一人真的會造成心理憂慮。人腦是個無止境的迷宮，我們可能很容易就會在裡面迷路。」

她考慮問他能不能給她一些藥物幫忙度過接下來幾個月，但幾乎在同時摒棄了這個念頭。她還有很多藥丸，再要更多的話就會讓人起疑。「別擔心，我有很多事要忙。」

他打量著她，接著露出微笑。

「我相信。來吧，我帶妳到休眠區看一下，然後妳就可以跟大家說晚安了。」

「我敢說丁塞爾一定會很高興的。」

里歐經過她身邊時笑了起來，而她正要跟著他離開醫療區時，有某個東西吸引了她的目光。那是位於後牆部分一塊較為明亮的區域，但她花了點時間才明白她看見的是另一道門，只是毫無縫隙融入了隔間。

「要走了嗎？」里歐問。

吉莉安點點頭，在跟上他之間看了密封的門最後一眼。

⋈

丁塞爾跟周蓮的裝置已經關閉了，他們的名字以整齊的大寫字母顯示在每個休眠艙底部的數位螢幕上。伊斯頓正要爬進他的空間，在調整姿勢就位時，一條點滴軟管從他的左手臂垂露出來。他朝吉莉安點頭，表情看不出在想什麼。

「進入艙內的化學化合物會減緩新陳代謝、心跳率、呼吸，讓一切稍低於正常值。」里歐在她身邊說，「以生物學的角度看，接下來的七十四天對我們等於是五天。」

「真神奇。」

「當然，這跟那種移動不一樣，不過感覺會是一瞬間。」

「你們會作夢嗎？」她問，然後在下個等待的裝置前停步，裝置的底部是伯克的名字。

「夢嗎？對，很多人回報會作夢，而且在休眠期間也會記錄到更多的腦部活動。為什麼問這個？」

「沒作夢的話好像會感覺是永恆。」

里歐閃現出一種奇怪的表情，接著露出微笑。「我們先處理好必要的事吧。」他對跟伯克一起站在室內中央等待的卡森點了點頭。

「我想要妳再重新考慮一次。」卡森在走近時說，「妳應該休眠的，這樣最好。」

「我可以的，謝了。」她說，然後面向伯克。

大塊頭對她露出悲慘的表情，讓她差點重新考慮。可是她不能。如果她只是因為不想獨處而浪費可以運用的時間與資源，她一輩子都會過意不去。

「博士，我很抱歉。」伯克說。

「很抱歉你生病？夠了。這樣會讓你的旅程變得短一點。」

他垂下目光，看起來似乎想再說點什麼，可是如果他真的說了，她覺得那就會變成壓垮她稀薄意志力的最後一根稻草。她踮起腳尖，在他臉頰輕吻一下。他的臉很冰涼，而且有鬍碴的粗糙感。

「我們很快就會見面了。」她說，接著往後退。

伯克將頭低下並轉過身，費了些力氣爬進艙裡。他放鬆擺好傾斜姿勢時，身體勉強能躺進去，肩膀擦過了裝置的兩側。這時里歐替他的手臂打上點滴。一分鐘後，休眠艙的蓋子下降，不透明的防護罩讓她再也看不見他。

卡森雙手叉腰站著，眼神茫然了幾秒鐘，然後才開口：「里歐，可以給我們一點時間嗎？」

「當然，我去準備我的裝置。」

他離開到房間另一端後，卡森注視著她。

「我希望我現在可以跟妳解釋大部分的情況，可是有很多事我還不能告訴妳。」

「你其實什麼也沒告訴我。」

「不。」

「然而你是我在這裡的理由。」

「其實妳對極了。」

「什麼意思？」

他的下巴動了動。

「當我說妳是這個領域裡最厲害的人，並不是在對妳客氣。我選擇妳還有另一個理由。」

「為什麼？」

「因為凱莉。在妳先生過世後，我不知道想打給妳多少次，可是我一直沒有勇氣真的撥號。在我得知凱莉的診斷結果後，我曾去過妳的實驗室看妳，但卻停在門外，然後在妳看見之前就離開了。」

「你在說什麼？」

「我選擇妳來這項任務不只是因為妳在妳的領域裡最厲害，也是因為我認為這樣或許能幫助凱莉。」他停頓了一下，「幫助妳。」

卡森開口想要繼續說，不過停了下來。他最後看了她一眼，然後就轉身爬進他的休眠艙。里歐注射點滴，沒多久後，艙門發出短暫的嘶嘶聲封閉起來，接著里歐就示意她跟上。他們走到他的裝置前，而他爬進去後，以熟練輕鬆的方式在自己左臂打上點滴。

「記住我說的：每隔一段時間就要休息，放鬆為自己重新充電。還有必要的話，就叫醒我們其中一個人，需要幫助並不丟臉。」他說。

*需要幫助並不丟臉。*她在放棄戒癮之前曾考慮過去找復健診所，而那些診所的口號全都是這句話。然而，覺得丟臉就是使她無法伸手求援的牢籠。她對自己不夠堅強面對生命給她的難題，而覺得丟臉。*我有件事告訴妳，醫生，如果你是個成癮者，一定會覺得丟臉的。*

「我會的。」她說。

「還有記得別在這裡迷路了。」他輕點了自己的太陽穴一下，然後按下休眠艙內壁上的一個按鈕。「祝順利。」他在蓋子闔上時說。

熟悉的氣流嘶嘶聲，接著陷入沉寂。

剩下她孤獨一人了。

18

孤獨。

有些詞無法完全包含其意義真正的深度。有些太過微小，有些太無足輕重，使得這些詞跟其代表的意義比較起來變成了毫無意義又微不足道的話語。

「死亡」是其中一個；「孤獨」是另一個。

吉莉安凝視窗外掠過的星星時，發現自己在想這件事。她站在實驗室裡；自從看著組員進入休眠以來，她醒著的時間幾乎都在這裡。有多久了？兩天？三天？她已經忘記了。還要等好多天。她將這個念頭輕輕推開。

她嘆了口氣，轉身面向室內。她差不多一天就習慣這間實驗室了。找出所有器具的位置，把她的資料傳到眾多平板電腦中的其中一部，以及整理她所需要的一切，好繼續執行神經發光的試驗。沒有什麼進展。她發現自己希望伯克在身邊，而這大概是第一百萬次了。不僅因為他的協助非常必要，也因為她想要打破如同被繭包圍住的寂靜。她幾乎不會自言自語，但為了驅趕沉默，她已經開始每隔幾小時就對自己說話。

「最好開始了。」吉莉安移動到最接近的工作檯坐下，其中一部數位顯示器上有她和伯克最近在地球上完成的試驗資料。她看過數字三次了，而她之所以一直重複這個步驟，是因為她的眼睛不斷望向實驗室的入口。

在太空船上，這個區域的門不一樣：有一半的長度是窗口。她猜這是為了讓人進來之前先判斷裡頭是否正在進行敏感的檢測。

吉莉安將注意力移回伯克針對錐體神經元與抑制神經元之間活動而製作的縮時攝影，但她的目光又再次緩慢移向門口，差點以為又要沉浸於前一天突如其來的恐懼裡。她坐在跟現在幾乎一模一樣的位置，整理生物發光試驗需要的藥水瓶，當下有種奇怪的感覺席捲而來。

她突然明白是什麼不對勁。

有人就站在實驗室門外。

她猛抬起頭，心中有些慌亂。可是那裡沒有人。她坐著不動將近一分鐘，一邊看著窗外，一邊讓心中的理性哄勸其他部分，免得陷入恐慌。

這是妳想像出來的。妳很緊張，記住里歐說過關於人腦的事。

將情況合理化並不能阻止她小心翼翼往門口移動並向外窺看，而她也確信會看見有人站在那裡。當然，走道空無一人，毫無動靜，一片純白，就跟她從房間走過來時一樣。當下她試過克制自己，她真的試過，可是無論她再怎麼認為自己愚蠢至極，雙腳還是帶著她前往休眠區，在那裡透過大家的顯示器確認每個休眠艙裡都還有人。

後來，她吃了一顆氫可酮，煮了一杯濃咖啡，然後坐在休息區的桌子旁，一邊啜飲一邊注視著離她最近的牆面。其實她什麼也沒看到，可是她的直覺非常不同意。也許是因為焦慮，或者可能是某種對環境產生的延遲反應——說不定是拖到現在才發作的動暈症，就跟伯克的情況一樣。

「不然就是妳真的神經錯亂了。」她從記憶中回過神來，對自己說。吉莉安又注視了門一會兒，接著才逼自己不去想門外有人的事，不去想這整件事。老實說，她一直壓力很大，到現在還是如此。而從眼角餘光瞄到動靜並不是罕見的情況，會一直發生的。

「會一直發生的。」她低聲說，隨後全神貫注在筆記上。

語音檔案文字紀錄——179084號

二〇二八年六月六日

我今天算過剩下的藥丸數量。

數了兩次。我很難在實驗室裡專心，於是把藥丸從那裡帶回房間，計算數量讓自己放鬆。為了專心，昨天我吃了兩顆，然後設法準備好拿一隻老鼠做試驗；老鼠總共有十五隻，是裝在小型自潔籠裡帶來的。牠們的食物也會自動分配到碗裡。老鼠聽見飼料掉下來的聲音，就會匆忙跑過去吃；就像我跟我的小藥瓶，喀啦，喀啦。

我一整天都沒進展，最後焦慮地發起抖來，真不妙。如果接下來我把藥吃完，我覺得我會很慘。

〔短時間暫停〕

藥物或酒精會欺騙利用它們的人……老實說，應該是被它們利用的人。你會認為自己少了它們就無法運作。一個極度焦慮的人，整個早上都坐在桌子前喝蘇格蘭威士忌，後來卻跟一家大公司談成了生意？那是因為他放鬆了。結果他以為自己就是因為這樣才能辦到；全都是因為酒精，跟他的才能一點關係也沒有。我們全都必須攀爬生命這座高大平直的山，而美妙之處在於我們的登山裝備。

〔長嘆一口氣〕

我說這些的重點是什麼？也許是睡眠吧。我一直睡不好。我覺得房間太小了，在裡面每次醒來幾乎都會過度換氣。我試過在休息區的長沙發上打盹，可是每隔幾分鐘就會嚇醒。我覺得……我覺得我一直聽到聲音，一種敲擊或重擊的聲音，我不知道。說不定是太空船在運作的聲音，不過我之前從來沒聽過，但我也不確定自己是不是真的聽到了。

我以為我現在已經習慣孤獨了，可是我沒有。我考慮過使用通訊系統，甚至還去找里歐提過的使用說明，不過後來想到了約翰的嘴臉跟聲音。我寧願下半輩子都不跟別人說話，也不想再聽到他說半個字了。

〔長時間安靜。壓抑的笑聲〕

里歐。我會笑是因為我找到了他針對通訊系統留下的說明。內容寫在一張摺起來的紙上，夾在他那本《史蒂芬．金的故事販賣機》裡面。那些故事有一堆我都忘了。根據我的心理狀態，這大概不是最棒的閱讀材料，但是可以消磨時間。昨天晚上讀到了講瞬間傳送的那個故事。名稱叫〈跳特〉。如果我死了，而聽到這段錄音的人如果沒讀過，小心劇透。那是在不遠的未來，瞬間傳送變得很普及，後來有個男人跟他家人準備旅行到宇宙的另一邊。那位父親講述了技術背後的歷史，人們為何一定得要失去意識才能夠傳送，因為醒著的人都會發瘋然後馬上死掉。故事除了結尾，還有一個部分讓我印象很深刻，我還記得這讓我決定再也不看這個故事了：有位被判刑的殺人犯獲得了完全赦免的機會，條件是他答應醒著傳送。他答應了，後來在另一邊出來時，看起來蒼老到了極點，然後馬上就死了。對他而言那幾秒鐘就像經過了永恆。

〔輕咳聲〕

對啊，我知道……考量到我們再過兩個月就要處理的事，這個話題還真貼切呢。總之，這讓我思考，在瞬間移動的時候醒著是什麼感覺？我知道沒有人嘗試過——真空在幾秒鐘內就會讓人失去意識——可是身體裡每一個原子慢下來又被冷凍會是什麼感覺？時間停止會是什麼樣子呢？

〔錄音暫停。繼續〕

我扯遠了。我應該要睡覺而不是對著錄音機說話。明天有件大事，就是我要第一次在太空中進行神經生物發光試驗，恭喜我自己！我會喝點爛咖啡配那種像焦糖布丁的東西，但我確定那應該不是布丁。

〔短時間暫停〕

凱莉愛吃布丁。

〔錄音結束〕

語音檔案文字紀錄——179085號
二〇二八年六月十五日

我來這裡真是犯了個大錯。

不只是因為那些明顯的理由。九天了，試驗毫無進展，我不知道該怎麼辦。我一遍又一遍查看資料，翻閱我們所有的筆記，也讀了過去三年在神經學領域發表的每一份論文。

沒用，什麼都沒用。

問題在於抑制神經元，而這似乎出於某種原因跟海馬迴有關係。它們會在情況明朗之前就關閉生物發光的觸發機制。如果無法啟動所有的神經元，我們就永遠無法查明神經纖維糾結的位置。要是我找不到的話……

〔難以辨認〕

〔錄音暫停。繼續〕

我設法好好睡了幾夜。不過在睡前得吃顆藥丸才行。在入睡之前，我變得非常煩燥，那不是安靜可以形容的。我再也沒聽見那些聲音了，說不定那也是我想像出來的。我覺得我還是對那天看到東西的事覺得很焦慮。我知道沒有人在實驗室外面看我，但是我發現自己在走廊上時會回頭張望。我有點感覺會看到某個人就在背後兩步之外。

我開始覺得是不是一切就要瓦解了。如果我無法找出啟動神經元的方式，等我們抵達太空站的時候要怎麼辦？我有什麼用？就算我們回家以後，我還是得到了資金，那又有什麼不一樣？現在我有設備最完善的實驗室，還有一大堆時間，卻一點進展也沒有。

〔輕聲啜泣〕

我想她，我想念凱莉；我想念我們的家，我想念我們去散步，還有她總是會發現我從來沒注意過的東西。

我想念我的生活。

〔錄音結束〕

語音檔案文字紀錄——179086號
二〇二八年六月二十七日

我今天看到人了。

當時我正要繞過第二象限附近的彎道，聽到了動靜。那像是一種噓聲，我也同時看見象限的門滑動關上。我突然停下腳步，還差點摔倒，然後覺得心臟好像要從肋骨爬出來了。我不知道該怎麼辦，於是在那裡站了幾秒鐘，後來才明白一定是有人提早從休眠中甦醒過來了。我在走廊上慢跑過去，從門口掃視，以為進去時一定會看見卡森或伊斯頓坐在某一部控制台前面。

可是完全沒有人。

我進入醫療區，確信他們一定去了那裡，也許是要喝水或吃阿斯匹靈之類的，可是也沒有人。我稍微快跑到休眠區，開始檢查所有的裝置。大家都在休眠，所有人都在。

〔紊亂呼吸聲〕

所以我猜我其實沒看到人。只是……看見門關起來而已，那有可能是故障。我進出了象限十幾次來回檢查。

運作完全正常。

在那之後，我到實驗室坐了幾個鐘頭，可是沒辦法專心，就連吃藥丸也沒幫助。我吃的量已經過多了，現在一天四顆。

我們再過不到七個星期就要抵達太空站了。

還是沒有進展。

其中一隻老鼠死了。看起來是自然死亡，而且我用來試驗的根本就不是那隻。我進實驗室的時候，牠就側躺著了。或許太空不適合牠；或許太空不適合任何人。我們不應該來到距離地球這麼遠的地方。

我一直回想我對心智的理解。海馬迴；記憶、情緒、我們如何解讀以及存放經驗。是什麼讓我們之所以為人，以及這有多麼地微妙精細。

一切怎麼能夠就這樣逐漸消失，讓我們變成什麼都不是，只是個空殼，是某種會吃東西跟呼吸的東西，直到最後連這些也停止了。

〔窸窣聲。難以辨認〕

還有一件事。在我看見門關上、去醫療區檢查的時候，那裡有一種味道。我沒辦法形容。

可是我知道我以前聞過那種味道，不知為何，那讓我感到害怕。

〔錄音結束〕

語音檔案文字紀錄——179087號
二〇二八年七月四日

昨天晚上我夢到肯特了。

我們在火星上。我只能假設那是火星，因為我從來沒去過那裡，不過一切都很紅很荒涼。我跟著他穿過這片可怕死寂的景象。他穿著太空裝，我看不見他的臉，可是我知道是他。而我……我沒穿太空裝，但是我可以呼吸。他帶我到一座大凹地，這座巨大的谷地像是一道裂開的傷口，而他就站在那裡，然後回頭看。他的臉……那是……那……〔發音含糊。難以辨認〕我沒辦法阻止他，他摔下去了。

不，他跳下去了。

〔難以辨認〕

〔錄音暫停。繼續〕

去你的，丁塞爾；還有去你的，卡森。我不在乎你們帶我來這裡的時候在想什麼。

〔長時間安靜〕

我好幾天沒睡了，沒辦法工作。每次我想要轉身往不同的方向去，就像是在一座牢籠裡。就像那些老鼠，到處都是死路。感覺像有人在看；不管我在這艘太空船上往哪裡去，都有雙眼睛盯著我。

〔輕聲啜泣〕

今天是七月四號。我希望……我希望小卡會帶凱莉去看煙火。她喜歡煙火。〔發音含糊。難以辨認〕……她會怎麼想？她會覺得我走了嗎？就像她爸爸那樣走了？還是她一點也不記得了？

〔錄音結束〕

19

吉莉安拿起早上的第三杯咖啡喝。

這是她將近一個月以來第一次沒有在中午之前感到亢奮。咖啡因在她全身流動，而她的神經像電線一樣嗡嗡作響；她的頭有如鐵匠的鐵砧，肌肉軟弱無力，像是吸滿了水。

她覺得糟透了。

藥丸的效果讓過去三個星期變得一片模糊。太多了，她不知道自己在哪一天吃了多少顆。由於她的研究沒有進展，使得她先前戒藥的努力反而變成了服藥過量。

而現在她不知道自己能不能在戒斷症狀徹底發作之前撐到太空站。四十八天。

「一定會很難熬。」她對著空蕩的休息區說。她已經不再覺得自己大聲說話很奇怪了，這變成了她的第二天性。她說話的聲音和內容，有時感覺就像是她跟現實之間唯一的聯繫。在內心深處，她知道自己在應付孤獨方面其實做得很好，即使她更仰賴藥物了。她看過夠多的心理學研究，知道要是一般人早就崩潰了，沒辦法像她一樣孤獨這麼久。

「是誰說妳還沒崩潰的？」她打了個冷顫，發現背後跟肩上出現熟悉的沉重感。

感覺有人在看。

她知道這是因為藥物或藥物造成疑神疑鬼的副作用，但這麼想並沒有減輕那種感覺。就連聽到的聲音都能讓她的想像變本加厲，而氫可酮也嚴重影響了她的感官。

可是自己關起來的門呢？醫療區的那種味道呢？

吉莉安不想再去思考那些問題，於是又拿起杯子，才發現裡面已經空了。也許再喝一點咖啡，她就可以工作了。不，她需要吃點東西。這兩個月來，她的體重減輕了；她的連身服像一條掛在身上的鬆垮破布。

她離開過去幾週獨自坐著吃喝的桌子，走向小廚房。所有組員的餐點分別在架子上排列整齊，每一堆下方都有各個組員的名字。她一開始覺得把餐點預先包裝並分隔起來很奇怪，後來才覺得有道理。要是哪個人吃得比較多，幾乎立刻就會被察覺。而她的份幾乎沒有減少。

自從她減少氫可酮的用量，就一直受到肌肉震顫的侵擾，而現在她的整隻手臂又發作了，使得她一隻手撞上了隔壁組員的餐點堆。

那堆餐點往外倒，十幾個包裝散落到地上。正當她想要撿起，卻也撞倒了自己的餐點堆，從她腳上彈開並在地上越滾越遠。

「該死！」她咒罵著，而她一開始拿起的餐點也從手中滑落，掉到地上其他餐點之間。

她在原地站了片刻，淚水即將潰堤，喉嚨也覺得緊縮，然後她才注意去看到底有多少餐點從儲藏區掉了出來。到處都是。

她放聲大笑。

她笑到彎腰岔氣，隨即被逼出淚水。雖然那是荒唐、瘋狂的咯咯笑聲，但感覺實在太棒了，根本停不下來。

「哇靠，看看到底弄翻了多少啊。」她在換氣時勉強說，而這句話又引發另一陣大笑，笑到她腹部都開始抽筋了。她慢慢跪下去收拾餐點，劇烈的頭痛讓她再也笑不出來。收了幾輪之後，她準備將餐點放回架上，才發現她打翻了伯克的餐點，而她完全無法分辨哪些是自己的，哪些是他的。她查看了幾份標籤，確認裡面裝的東西都一樣，然後全部擺回去。她知道伯克在進入休眠之前吃得不多，於是照她認為的比例分配，而且這又有什麼關係？反正過去兩個月只有她在消耗物資。

吉莉安看著卡森的餐點，想像可以在上面做一些有創意的實驗。接著她看見丁塞爾的。

「可以拿去浸老鼠尿。」她低聲說，忍不住竊笑起來，隨即打消念頭。她清理完剩下的餐點，選了其中一包打開加熱，然後坐下來吃。

她對食物沒什麼好抱怨的。在跟她所處情況作對的眾多事物中，食物並不包含在內。她吃完以後就離開第三象限前往實驗室，可是速度逐漸變慢，在走道的轉角之前失去了精力。

她今天要做什麼先前沒做過的事？現在有什麼不一樣？答案很簡單。

沒有。

就算她一直藉由藥物提升注意力，卻還是沒有領悟、沒有新的突破，沒有「我發現了」。科學是以事實反覆緩慢研磨，理論則要透過檢測與試驗逐漸碾磨而成。一個人必須很有天分，而且要非常非常幸運，才能夠篩查一切並有所發現。不過就算是這樣，通常也只等於在馬拉松式的創新之中踏出一小步而已。

吉莉安垂頭喪氣靠著牆面。她伸出一隻手，訝異地發現自己竟然抓住了其中一架通往太空船中心的出入梯橫檔。梯子很窄，但她考慮了一下就開始爬上去。

她往上爬的時候格外費力，這更加證明了她很虛弱；她的呼吸變得更喘，心臟也對鼓膜敲起重擊的節奏。

梯子頂部有一個簡單的艙口，她透過艙口掃視另一邊，然後進入一個圓形的小房間；房間另一側有一扇比較特別的門。她再次掃描門禁卡，這時腳邊的艙口也緩慢關閉並上鎖。

她聽見輕微的「咚」一聲，整個房間隨即往逆時針方向轉動，門也滑開了。

一個巨大的圓錐形空間出現在她面前。整個空間向遠處延伸，有一系列支樑、存取面板、五顏六色成束的電線，以及像大樹的樹根一樣盤根錯結的管線。而就在她看著這一切時，她整個人開始飄浮了起來。

她的雙腳離開地面，使得她必須伸手抓住門口，免得撞上天花板。她不禁笑了起來，接著把自己投進太空船裡的開闊空間。

吉莉安滑行過雜亂的牆面，飛到她認為原本是太空船地板的上方五十呎處。一股嚴重的眩暈感時有時無，她真的以為重力會突然恢復，讓她筆直摔向下方的支樑，使得她驚慌地倒抽一口氣。

可是她沒掉下去，她繼續飛。

多少人曾有過這種感覺？在真正的無重力狀態下，那種全然的自由感幾乎要將她淹沒。原來幼鳥離開巢穴，發現原來自己並不受到地心引力的束縛時，就是這種感覺。

她被推出產房時也有這種感覺——凱莉出生沒多久後，身上的新氣味；鮮明的色彩與疼痛。她身體下方的病床在醫院的走廊上滑行，就像她現在一樣也在滑行。

凱莉是她懷裡一團溫暖的小東西，很快就睡著了。止痛藥效和疲勞包覆著她，但不會不舒服。她覺得像個士兵，跟連上其他人一起在小規模戰鬥中存活下來。

成功，勝利，滿足。

護理師推著她們穿過走廊，搭電梯下樓到另一個房間。

她還清楚記得被她們推進門口時的感覺。

肯特坐在一張輪椅上等著，他的雙腿跟腰部都被綁住，以防他起來亂跑。她們進房時，他的目光停在她們兩個身上，但又迅速移開，並沒認出她；沒認出他剛出生的孩子。

她的醫生曾提醒過這麼做不太好，可是她很堅持，無論肯特知不知道發生了什麼事，都一定要讓他見到他們的女兒。

護理人員將他推近，她的心跳也跟著加速。

他們的目光交會，而他逐漸恢復了認識她的眼神，那種陰鬱的困惑消失了。

他向她伸手。她一直都不知道那是出自本能或有其他原因。而她緊握住他的手。她握著他，眼眶已經泛淚，模糊了她的視線。

「吉莉安？親愛的，妳為什麼躺在床上？怎麼了？」他問的方式好像幾分鐘前才看過她，而不是將近一個星期沒見到面。她無法回答，無法讓自己開口說話。她躺在床上，將凱莉傾斜抬起，讓他清楚看見包在毯子裡的她。

他楞住了，讓她一度以為醫生說得沒錯，這是個錯誤。肯特現在就會消失，她愛的那個男人會把自己隔絕起來，只留下憤怒；怒火會擴散開來，而他又會再次被拖走，遠離她們。那個陌生人會對身邊的一切發怒，因為他什麼都不認得了。

可是那並未發生。

被綁在輪椅上的肯特盡量向前伸出手，用指尖輕撫過凱莉的臉頰。

輕輕地，非常輕。

接著他就哭了起來，目光從她移向寶寶，然後又回到她身上。

「我記得了，我現在記得了。我記得了。」

他說的話代表了一切。從那場車禍以來，甚至是更早以前，在他們之間失去的所有時間。他就在那裡，完完全全是她的丈夫。他第一次見到了他的女兒。

而他們是一家人，哪怕只是片刻。

她記得一切。

她突然睜開眼睛，甩開了眼淚，淚水就像一顆顆正在搖晃的珍珠。

就是這個。

這個啟示像是她腦中的一列骨牌，一個想法接連撞擊下一個想法，最後讓她確信了一件事。吉莉安在半空中扭轉身體，抓住最靠近她的支架。她讓自己轉身，整個人反彈出去，筆直飛向剛才的入口。

她進入另一側，刷了門禁卡關上門。

房間開始轉動，重力隨即恢復，結果她來不及反應，在落地時往旁邊絆倒了。她回到了離心旋轉的重力之中。在她腳邊的艙口打開，接著她手腳並用爬下梯子，全身上下充滿了找到新發現的喜悅。

「一定是的，那就是唯一的答案。」她邊說邊跳下梯子，在走道上往第四象限狂奔。她掃描門禁卡進入實驗室，幾乎沒停下來就穿上工作服，然後打開最靠近她的鼠籠。她把老鼠抓出來時，牠短促地叫了一聲。牠頭骨上的小開口在刺眼的光線下閃爍，而牠被她帶到工作桌時幾乎沒有掙扎。

「不會有事的，這一點都不痛。」她輕聲說，然後用實驗托盤上的小束帶將牠固定。她從附近的冷藏箱拿出一瓶新的螢光素化合物，注入老鼠的顱骨開孔。在等待顱內吸收時，她打開記錄設備，把注射管接上老鼠的顱骨開孔，配好螢光素酶的劑量，再裝進注射器。經過其他所有試驗後，這些行為都變成了老習慣，但現在她的動作隱含著一股活力。這次真的可能會成功。

「你知道嗎，螢光素（luciferin）是以路西法（Lucifer）（注）來命名的，意思是『光明使者』。很諷刺吧？」她一邊對老鼠說話，一邊在最接近的觸控螢幕上重新設定試驗程式。「說不定你可以當個名副其實的光明使者呢。」吉莉安再次檢查所有接線，然後到鼠籠把食物盤以及從飼料機掉下的一些飼料抽走。她記下時間，深吸一口氣，暫停了一下，接著伸手觸碰螢幕。這是第一百八十八號試驗。將近兩百次的嘗試，全部都失敗了。疑慮侵蝕了她幾分鐘前才感到的自信。為什麼不麻醉會造成差異？為什麼關鍵是醒著並且要感受到外部刺激？

即使這些疑惑試圖吞沒她，她還是咬緊了牙。

「因為我們都記得。」她說，然後觸碰螢幕上的按鈕。

注射器喀噠一聲，螢光素酶流過管子，進入老鼠頭上的開口。

牠的突觸立刻開始發亮。

數千個。

數百萬個。

她看著酵素流進老鼠的大腦，如爆炸般點燃了神經元。活躍的部分越來越接近海馬迴，而就在抵達那裡的幾秒鐘之前，吉莉安走向老鼠，把牠的碗放到牠鼻子前，並將飼料灑進碗裡。

室內充斥著明顯的叮噹聲，老鼠的耳朵豎了起來。牠叫了一聲，在束帶下努力想移動身體去吃食物。

吉莉安急忙回到螢幕前。

她瞪大眼睛，一隻手摀住張開的嘴。

海馬迴像波浪一樣點亮，神經元也接連啟動，一開始是錐體神經元，接著是抑制神經元。

整個大腦被生物發光的閃亮光芒覆蓋了。她看著這片景象，不敢呼吸也不敢動，深怕做什麼都會打斷正在發生的事。

注 基督教中的墮落天使。

螢光素酶繼續通過海馬迴最後的部分，往大腦的其他區域流竄。

她做到了。

她真的做到了。

「成功了。」她輕聲說，摀著嘴巴的手也放下了。「成功了。」她表現得還不夠激動，「成功了！」她用盡全力大喊，聲音在實驗室的牆面之間彈跳著。她全身上下充滿了活力，這是她以前透過化學藥物也無法感受到的。這就是她夢想的時刻，不是只像其他進展一樣往前跨了一小步。而是跳了一大步，極大的躍進。

這代表的意義實在太巨大了，她沒辦法一次全部理解，可是看著神經元啟動時，她心中知道了一件千真萬確的事。

我現在可以看見凱莉哪裡出了問題，我可以找到了。

而且我們很快就可以解決問題。

她想要跳舞，不過她只是解開了老鼠的束帶跟伸進頭部的接線。牠立刻靠向牠的餐點，開始吃了起來。

「你應得的還不止那些呢，你做得太棒了。」她一邊說一邊輕撫老鼠的毛，「你想吃多少食物都行。你會變得又胖又出名喔，路西法。」她笑著說，「可能還是要給記者另一個名字才行，不過對我來說，你永遠都是光明使者。」

吉莉安讓他繼續吃，自己則是往後站，轉身再次查看螢幕與資料。描繪出大腦異常的關鍵全都在上面，而解開這一切的就是記憶。海馬迴向來就是個謎：它如何儲存空間記憶、它如何將短期記憶轉換為長期記憶、情感在這當中扮演了什麼角色。形塑我們的，是我們的經歷、我們對經歷的反應，以及與那些反應相關的情感。

但是記憶能夠開啟存放這一切的門。外部刺激就是在這裡發揮作用的。我們有多少次因為看見某個事物或聞到某種味道而想起了過往的經歷？對她而言，她每次在家裡走動都會受到過去的侵襲，想起當時肯特還活著也很健康，而他們的生活很有保障，未來也充滿了可能性。記憶會使神經傳導路徑能夠像大門一樣開啟，讓生物發光成像能夠運作。在這個案例中，老鼠食物掉進碗裡的聲音會激發進食的愉快記憶。差異在於要讓實驗對象清醒並有意識。

答案一直都在她的面前。

一股成就感包覆著她，這是她職業生涯以來從未感受過的。不過伴隨而來的還有虛弱以及些微的噁心。大概是過度興奮的正常反應吧，而且她今天還沒吃過氫可酮。

「只吃一顆就好。」她說，然後逼自己離開螢幕前。

吉莉安去拿她後來改放在實驗室的藥瓶。她伸出手，卻在快要碰到小瓶子前停住。

蓋子鬆開了。

蓋子是斜的，一側比另一側高。

她昨晚忘記蓋好了嗎？不，她一向都會蓋緊；她早就習慣聽到安全瓶蓋的喀噠聲了。

她拿起藥瓶，在蓋子傾斜滑落到地上時屏住了呼吸。

在她伸出顫抖的手之前，在她搖晃容器之前，在她還沒撿起來之前，她就知道了。

瓶子是空的。

20

吉莉安搜索了整艘太空船。

她採取有條理的方式，從太空梭對接的氣閘區移動到所有象限。她走過一個接一個房間，並查看她最習慣的區域，最後才承認自己在做什麼。

尋找某個人。

她必須對自己坦白，這種行為不正常。

這是典型的妄想症。

除了組員，太空船上沒有其他的人，而那些組員都還在休眠裝置裡（那是她在四個象限中最先檢查的地方）。

吉莉安背靠著牆，感受整艘太空船無聲的震動。她到底在做什麼？想要揪出某個神祕乘客嗎？這個想法讓她非常不安。說不定組員之中有她沒見過的人？跟里歐和伊斯頓一起在前一趟航行時先上了太空船？不，里歐一定會提起的。

可是萬一他也不知道他們呢？

她撇開這個念頭。她並沒有阻止自己筆直落入陰謀之中；她是以傾斜的角度進入。要是她讓步接受各種可能性，這種情況何時會停止？不會停止的。每一個想法都會變得看似合理，每一個古怪的念頭都會發揮些許作用。

說不定妳糊塗了，才會想像裡面還有藥丸。說不定妳把藥瓶打翻了，而依賴藥丸的那個妳把這件事封閉起來，無法接受妳害自己完蛋的事實。因為如果不逐漸減少用量或不接受治療，就會出現這種戒斷的症狀。

「夠了。」她說。她的聲音在走道上聽起來很煩躁，像是洩了氣。她沒有在不知情的狀態下打翻藥丸或全部拿走。這不可能。

她從牆面起身，在走道上繼續前進，掃描卡片進入她經過的每一扇門，並且大致搜查室內。整齊未使用過的空床，仍然散發消毒劑氣味的狹小浴室；最糟的是櫃子。雖然得把一個人壓扁才塞得進去，不過裡面還是有空間的。她把櫃子留到最後才檢查；她會迅速打開門並往後退，每次都預期可能會有一隻手突然伸出來抓住她。

可是都沒找到人。

她甚至還去查看了太空船的無重力區域，免得有人在她背後原路折返，躲藏於支架和纜線之間，就在那裡飄浮著，等待她累到睡著，然後悄悄爬下梯子，走到她躺的地方——

吉莉安用力捏了自己的手腕內側。她必須停下來，別再胡亂想像；理智一點，保持專注。

她一隻手伸進連身服的口袋，緊握住裡面的念珠。

她在行李袋底部翻找不存在的多餘藥丸時，發現了母親的念珠。一定是小卡在她們爭吵過後藏到那裡的，她妹妹的頑固信仰現在變成了走私品。

吉莉安拿出念珠，手握成拳頭，用拇指撥過一顆接一顆木珠。她有多少次依靠這些假象來獲得安慰？從某個角度看，宗教其實就是最大的癮。還有什麼地方會鼓勵你對人寬容並時常懺悔？還有什麼地方能夠讓你免除懷疑與罪惡——你做的任何壞事——而且只要說出不必讓其他人聽見的話就行了？沒有什麼比正直更高尚的了。不過就在她沉思時，每一顆念珠所代表的祈禱也自動浮上了她的心頭。雖然她很不想承認，可是這種重複的動作能夠使人平靜，而她需要平靜。她最需要的就是理性思考。

然而這變得越來越困難了，因為她不只有無法靜下來思考的問題。她將念珠收回口袋。前往休息區時，注意到自己的身體現在幾乎都會有輕微的震顫，而這種情況之前偶爾才會發生。另一個新症狀是她的肌肉會出現惱人的疼痛，而且會迅速從某個區域移到另一個區域。

她已經多久沒吃藥丸了？差不多十五個鐘頭，也許更久？現在開始只會變得更糟，最好還是有所準備——

吉莉安在接近休息區的門口時暫停腳步，差點笑了出來，然後匆匆離開前往第二象限。

一進入醫療區，她就重新開始搜尋。這次她要找的是類鴉片藥物；為了因應緊急情況，這種東西一定會有存貨的。她打開並關上櫃門，翻找整理得井然有序的抽屜，心裡也逐漸平靜了下來。不管那些藥丸是怎麼消失的，她都不必忍受戒斷症狀了。這是個慰藉，雖然很微小，但還是慰藉。

她搜查到最後一個櫃子時，已經在流汗了。她的心臟以不規則的節奏跳動，指尖也發出一陣陣惱人的刺痛，彷彿她在冰冷的地方待了太久。

她將目光移向內側的兩層架子，棉片，藍色的紙手術衣，橡膠鞋底的拖鞋。

沒有藥。

她在櫃子裡只找到兩瓶安舒疼止痛藥。

這裡一定有東西，一定有。NASA不會不提供適當的醫療用品就把七個人丟進太空。他們不會不給里歐必要工具處理扭傷腳踝或弄斷手臂的人，他們也不會——

她的目光落在最遠處工作檯上方牆面裡一塊細長的嵌板，旁邊還有一部掃描儀。

「他們也不會把那些東西直接放在外面。」她邊說邊走過去。現在她看得出那裡有個一邊被密封起來的正方形。

她拿出門禁卡，放在掃描器前方。

機器嗶了一聲，發出明亮的紅光，然後就重置了。

吉莉安再試一次，接著又再試一次，同時覺得胃裡凝結了。效果比較強烈的藥物就放在這裡，她感覺得到，可是她的門禁卡無法開啟。這裡大概只有里歐的卡片能打開，而她之前曾看著他把卡片跟他的連身服一起收進休眠裝置對面的私人置物櫃並上鎖。

她在不到幾個鐘頭前感受的喜悅已經消失，取而代之的是一團糾結脈動的恐懼。

在凝視密閉隔間片刻之後，她依照雙腿的強烈要求坐了下來，肩膀靠著櫃子對面的床座。她看著左側幾乎完全隱藏的門，是她在里歐先前帶她認識地方時注意到的地方。不過那是一道門嗎？它的旁邊沒有掃描器，也看不出哪裡有把手。大概是通往設備井的控制面板吧。總之，她沒辦法查看裡面。

她的喉嚨出現一股越來越嚴重的刺痛感，讓她的視線變得模糊。她要怎麼辦？她往下揮拳，捶在膝蓋上，結果讓膝蓋跟眼睛一起抽痛。

最後她摀著臉放聲哭泣，讓恐懼透過淚水流瀉出來。

21

低語聲。

有人在低聲說話。雖然他們說話的內容被耳語聲的白噪音蓋過，但吉莉安聽得見。她聽得見他們告訴她某件事……不是好事，像是警告。

她發出呻吟，試著回應，想要他們大聲一點，而她則努力想脫離睡眠狀態，進入……暈眩嚴重到讓她倒抽一口氣。她張開眼睛，房間隨即傾斜，在奇怪的地方對摺，彷彿牆壁裝了鉸鏈，可以來回活動。她沒忍住，嘔吐起來。她從休息區的軟墊長椅側邊向外傾，把剩餘的晚餐都吐了出來，胃部痙攣到像是被人踢了一腳。

她咳嗽吐出膽汁，慢慢鼓起意志力坐起身。她全身上下都覺得刺痛，所有的肌肉都像是撞到麻筋那樣疼痛。她撐起自己維持坐姿時，又感到一陣頭昏眼花，可是她閉上眼睛也無法緩解這種強烈的感覺。她往前傾，再次作嘔，不過什麼也沒吐出來。

「天哪。」她說。在她睡著的時候，她的心臟位置像是移到了頭骨中間，敲擊著一種令人不舒服的節奏。她的嘴裡充滿刺鼻的粉筆味，可是一想到要喝水，她的胃就翻攪起來。

吉莉安深吸一口氣，雙腿甩下長椅站了起來，覺得自己像是在船上顛簸的甲板上。水，她必須喝水，要補充水分；只有這樣她才能撐得過去，尤其如果之後還要面對這種狀況的話。

她勉強到了桌子前，抓起前一晚喝過的水瓶，拖著腳步走向水龍頭。水流聲刮擦著她的耳膜；所有知覺都變得過度敏感，讓她痛苦地發出呻吟。她將水瓶拿到嘴邊，勉強喝了兩小口，接著喉嚨就緊縮起來，胃部也差點背叛了她。

這簡直是地獄。沒有別的詞可以形容了，她得做點什麼才行。一定要解決，要避免這樣。

「思考。思考。思考。」她一隻手抓住水槽輕聲說。唯一能減輕痛苦的東西就是用於緩解戒斷過程的藥，或更多類鴉片藥物。她確定太空船上不會有幫助戒斷的藥，不過類鴉片藥物……

吉莉安離開水槽，房間裡的色彩與形狀在她視線邊緣滑動。她勉強到了門口，掃描卡片進入走道，而走道似乎比休息區更明亮。好了，是哪個方向？她不太記得……

右側有動靜吸引了她的注意力，那一瞬間，她彷彿覺得有個模糊的白色東西在角落消失了。她揉揉眼睛，抑制住另一陣噁心發作。「看見東西了。」她咕噥著說，但還是往發現動靜的方向走去，「視幻覺跟聽幻覺。」

可是這樣不對。就算處於目前的狀態，她也知道類鴉片藥物的戒斷症狀是什麼，而幻覺並不是其中的特徵。雖然有這項臨床主張，但她已經難受到無法反駁自己的感官了，感受為憑。她繞過轉角，想判斷是否該走這條路，結果突然楞住了。

凱莉站在走道中間看著她。

吉莉安身體搖晃，左腳失去力氣，使得她摔向最接近自己的牆面。她注視著女兒，用意志力想讓這個畫面消散，可是沒有成功。凱莉穿著平常睡覺時會穿的長睡衣，她最喜歡那種睡衣。即使隔著一段距離，吉莉安仍能看出點綴在上面的粉紅色小船圖案。

「凱……凱莉？」吉莉安說。

女孩面無表情。凱莉看似沒聽見她的話，直接轉過身，在走廊上迅速走動。

「凱莉！」吉莉安大喊，同時試著趕上去。她的雙腿力氣用盡，只能痛苦地滑跪在地並用手撐住身體。她往女兒的方向爬去，而凱莉在一扇門外停下。

這是真的，怎麼會？凱莉是怎麼來到這裡的？

那道門滑開了，這時吉莉安也重新站起來，踉蹌上前。凱莉走進去，消失在視線之外。門發出嘶嘶聲關上了。

「凱莉！」她往前撲了四步，從另一邊的牆面彈開，滑停在凱莉進入消失的門前方。

那是通往太空梭的氣閘艙；凱莉不是站在他們一開始進來的開口旁，而是站在另一扇更大的艙門前。她伸出蒼白的小手觸碰控制面板，接著吉莉安就聽見她面前的出入口穩穩鎖住了。

三聲短促的嗶聲，隨即安靜下來。

吉莉安花了半秒鐘時間理解狀況，然後就開始尖叫。

外艙門逐漸開啟時，凱莉也轉過身來面向她。由於氧氣都被吸出去了，所以氣閘艙裡的空氣看得出有些微變化；凱莉往上看，吉莉安則是用力敲著窗戶，全身細胞都在希望這件事不要發生。

凱莉笑了。

一股看不見的力量將她嬌小的身軀拉出艙外不見了。

「不！」吉莉安忙亂找出她的門禁卡，用力將卡片拍到門上時還讓手流血了。她在控制面板上掃描卡片，因徹底的驚恐而嚇傻。沉浸在極度悲痛中的她，來不及意識到自己已經犯了錯。她也會被拉進太空中。但現在凱莉已經消失，這也不重要了。一切都不重要了。

可是減壓產生的拉力並未發生。

吉莉安眨著眼睛，站在氣閘艙的門檻上。艙門是關的，完全密封著。

他們的太空衣全部都在，每一套都整齊排列，大家的頭盔也都擺放在上方的架子。

她進入艙室，雙腿似乎要打結了。她努力不讓自己再次作嘔，接著從小窗口向外望向太空船後方。星星旋轉著經過。

寂靜。

吉莉安伸手觸碰艙門旁邊的控制鍵盤。螢幕閃出紅光，出現了「必須使用門禁卡與密碼」這幾個字。

這不是真的，是她想像的。整件事都是幻覺。

她彷彿從某個很遠的地方突然摔回原處。她大聲吸氣，感到寬慰，思緒也安定下來。這當然不是真的，凱莉在地球上。這項推理又讓她更加平靜了，就像在她身上多蓋了一條毯子。雖然如此，但剛才發生的現實又將她的毯子抽走了。她再也不能相信自己所見了。

不能相信自己。

⧓

吉莉安從緊扣的工具箱裡找到跟其他工具一樣塞在泡棉中的撬棒。工具箱固定在一面牆上，位於第二與第三象限之間走道上一個狹窄的維修間裡。

多層工具箱裡整齊排列著各種形狀與大小的工具，而她猜測其中大部分是要在太空船外面執行太空漫步和維修工作時使用的；有好幾條由纜線編織成的繫繩支持她的假設。

可是她完全不需要使用其他設備，她只需要撬棒。

她手裡握住撬棒冰涼的鋼柄，重心不穩地在走道上前進。她打量著撬棒，一邊是寬扁的鐵條，另一邊則是末端有顆鋼質圓球的握把。

在前往控制區的途中，吉莉安不得不暫停休息好幾次，差點因為頭暈跟翻攪的胃而摔在地上。每次她都會穩住自己，在腦中重演凱莉被吸出氣閘艙的畫面，然後鼓足氣力繼續前進。

她掃描進入控制區，接著前往醫療區，直接停在她確信存放著藥物的小型嵌入式面板前。她舉起撬棒扁平的一端，試圖插進密封的隔間邊緣。

她才開始撬動，手臂的肌肉就使不上力，撬棒便滑開了。

「可惡。」她咒罵著，再次舉起撬棒的尖端，試著在密封處找到施力點。

她使勁撬動，感覺到了阻力。

有用了。

她推得更用力，費勁到吐出了所有空氣。

撬棒再度滑開，讓她撞向工作檯。她的額頭流下汗水，將頭髮黏在她的側臉上。吉莉安重新站好，使出全力用撬棒猛擊密封處。撬棒彈開時，把牆面敲下了一塊碎片。她對這個情況充滿了無力感，於是用撬棒較沉重的另一端砸向嵌板中央。嵌板雖然發出咯咯聲，卻沒有遭破壞的跡象。

她再次揮擊。

再一次。

再一次。

每一次撬棒就像被敲響的鐘在她手裡顫動，讓她雙手和手臂都感受到震動引起的疼痛。她又一次舉起撬棒，然後暫停動作，費力地呼吸。

嵌板出現了刮痕跟缺口，可是並未變形，就算她用力推也沒有彎曲。

「好吧，好吧，你這混蛋。」她喘息著說。她大步走出醫療區，掃描卡片進入休眠區。

一切就跟她上次來這裡時一樣。她有股強烈衝動想檢查每一部裝置的使用狀態，不過卻轉身走向通道另一側的置物櫃。要是她無法藉由暴力弄到藥物，她就要改用巧妙的手段。

里歐的置物櫃位於他的裝置斜對角處，門與框之間的縫隙比醫療區的那塊嵌板更細。儘管如此，她還是用撬棒的尖端猛力插向縫隙。撬棒沒發揮作用，直接滑開，刮下了一片油漆。

「該死！」她又戳了置物櫃兩次，然後把撬棒轉到另一邊用握把猛敲。吉莉安把剩下的力氣跟即將爆發的憤怒投注在每一次揮擊，而每次撞擊時的刺耳碰撞聲都讓她不由自主皺起了臉。

她的挫折感已經瀕臨極限。

吉莉安一鼓作氣從置物櫃前轉身，把撬棒當成球棒舉到肩膀上，踩出一步，使出全力揮向丁塞爾的休眠裝置。

撬棒在休眠艙的上蓋彈開，從她手中旋轉著飛出附近的門口。

她氣喘吁吁站起來，肩膀起伏像是在繞圈，震顫的感覺像游動的鰻魚在她全身流竄。

吉莉安轉過身，嘔吐出一小口膽汁與黏液。她咳嗽時，眼淚混合了汗水從她的鼻尖滴下。丁塞爾的裝置沒被她敲擊出任何痕跡，不過她在如酒醉般身體搖晃時，漸漸理解自己到底做了什麼事。

如果他剛才站在那裡，她就會打爆他的頭了。

她到底在幹什麼？她變成了什麼樣子？

她得離開這裡，離開她正在做的事。

她盡量控制住雙腿走遠。經過撬棒時，她稍微考慮了一下是否要拿起來，但那樣實在太費力了，現在就連走路都要撐不住了。

她絆到腳，在迎面撞上冰冷無生氣的地板之前勉強撐住了自己，眼前只看見地板的一整片白。

而她逐漸沉浸其中睡去，就像混進霧氣中的鬼魂。

22

吉莉安一醒來便在走道上爬行。

她最先看到自己糾纏混亂的頭髮，像是一大團粗厚的蜘蛛網，讓後面的一切扭曲變形。她的雙手每次施力就會抽痛。大概是因為之前用力敲打了氣閘艙的窗口，也可能是敲擊撬棒時的震動造成。

她趕緊移到牆邊靠著身體，這時也回想起了過去幾個鐘頭裡發生的事。她不知道自己是怎麼離開控制區的，一定是設法站起來掃描了門禁卡。暈眩像一群盤旋的黃蜂對她發動攻擊。

她需要水。

需要食物。

試了三次之後，她終於站了起來，沉重緩慢地走到了休息區。她從貯藏區胡亂抓了一包餐點，但已經懶得加熱了。飢餓撕抓著她的胃，而一想到要吃東西又讓她噁心到發抖。

專心與決心。

她一匙接一匙吃下高熱量的混合物，同時搭配喝水，抑制住不斷出現的嘔吐反射。

她吃下一半的餐點後，就撐著桌子起身離開，倒在長椅座位上，蓋著一條毯子冒汗。意識時有時無，而發燒時的神智不清使得她陷入了熔化的世界，裡面有胡鬧的惡魔偽裝成她認識的人，或者該說是她以為她認識的人。那個世界裡有邪惡的聲音，從殘破的喉嚨發出尖叫。那裡的溫度高到她覺得皮膚起了水泡，然後又冰冷到讓她的血管變成了十二月的溪流。

吉莉安聽見更多低語聲，她打開一邊眼睛，相信聲音會隨著惡夢慢慢消失。

雖然房間往右側嚴重偏斜，但即使在暈眩的狀態下，她還是看見了休息區的門滑動關上。

她突然坐起來，一股電流般的疼痛在她腦中沸騰，她的心臟也失控而不規則跳動。

她看見了，門關上了；她沒在睡覺，非常清醒。

妳也看見妳女兒被吸出氣閘艙了，妳不能相信自己看見的事。

在她的脈搏之外，她聽見了其他聲音。

走道上逐漸退去的腳步聲；雖然很小聲，但確實有。

吉莉安勉強站起來再次注意聽。她的身體晃動，注意力全部集中在站立與傾聽。

什麼都沒有。

不，有。那不是另一道門在某個地方打開的聲音嗎？

她移動到休息區的出入口，猶豫地將門禁卡舉到掃描器前。萬一有人就在外面等著她呢？等著一開門就撲過來抓住她？她想像自己勉強透過屏障聽見了對方激動的呼吸聲。

她掃描門禁卡，門滑開了。

空無一人。

吉莉安進入走道，某個聲音讓她停了下來。

絕對是隔壁走道有門關上或打開的聲音。

她覺得自己像是原野上的老鼠，被一隻老鷹的影子籠罩著。雖然她必須離開走道，可是突然想到一個主意，使得她從休息區往聲音傳來的相反方向移動。

掃描進入控制區後，她坐在其中一部控制台前方開始觸碰螢幕，一邊暗罵自己沒早點想到這麼做。在暫停了幾次防止暈眩發作之後，她設法找到了控制攝影機的選項。

「存取系統多重檢視」

她觸碰選項，螢幕隨即分割成在太空船上的十幾個視角。

攝影機拍攝著實驗室、在籠子裡跑動的老鼠、組員宿舍區域的空蕩走道，不過攫取了她注意的是外部攝影機。

火星就飄浮在黑暗的太空中。

雖然那顆星球仍然很小很模糊，不過她看得出它特別的淡紅色澤以及顏色更深的斑點，而她只能猜測那些是殞石坑或地表的裂縫。

這片景象讓她怔住了，甚至足以讓她忘掉暈眩和作嘔的感覺；就算是幻覺造成的不安恐懼也減輕了。她看得見目的地了，她要去另一顆行星了。一股敬畏油然而生，而她也有點好奇人們第一次理解夜空中那些遙遠光點是什麼的時候，是否也有這種感覺。

螢幕右下角的動靜讓她回過神來。

那是氣閘室的畫面，她正好看見通往太空梭的艙口關閉。

她覺得胃裡一沉，而這跟戒斷症狀完全無關。

有人剛關上了艙門。

不，妳又產生幻覺了。

她的目光緩緩離開螢幕，接著停在通往休眠區的門口。

他們其中一個人醒著。

是誰，而且要做什麼？

她遲疑著起身，正要掃描門禁卡時又突然停住。如果其中一個組員醒了，對方很有可能會操縱休眠艙的顯示器，讓她以為他們還在休眠。

這樣一切就說得通了。

但是在找到解釋的同時，另一個問題也困擾著她。

他們要做什麼？

她向左邊移動，結果腳碰到了某個東西，它在滾動時發出輕微的鏘鏗聲。

是那根撬棒。

吉莉安從地上撿起撬棒，感受著重量。

他們對她撒謊、下藥，還突然粗魯地將她帶離唯一能讓她撐下去的人。不管他們要做什麼，都不會是好事。

她抓起撬棒，前往走道。

二〇三〇年二月五日，發現者六號災難事故十八個月後《科學脈動》與NASA前任務行動計畫負責人詹姆斯・康羅伊之訪談

《科學脈動》（科）：康羅伊先生，非常感謝你願意接受我們的訪問。

詹姆斯・康羅伊（康）：這是我的榮幸。

科：我知道你去年因為發現者六號任務的相關爭議而非常忙碌。你已經不替NASA工作了，還寫了一本書談論你在那裡的任期。

康：是的。這本書有部分算是回憶錄，不過主要是為了獻給發現者六號——我知道大部分人會看這本書主要是因為發現者六號，而不是因為聽說過我的經歷。

科：嗯，那是個很好的出發點：你的經歷。你在海軍擔任過七年的IT專家。你曾在矽谷短暫工作一段時間，後來接受了NASA的職位。你在那裡待了十七年，以計畫負責人的身分帶領了五次任務。我的重點是，你在去年發表的聲明受到許多批評，即使你在職業生涯中沒發生過醜聞，也有很多人想抹黑你的經驗或紀錄。關於這點你怎麼看？

康：嗯，這就像有人站出來提供了跟當局聲明相反的資訊，他們一定會受到批評。有人會大喊是騙局，接下來的人就會說那是陰謀論。這是必然的。

科：你在書中提到了某些牽連，以下我引用書中的內容：「數個由聯合國僱用的不知名承包商擔任發現者號任務的直接聯繫點，一切都要經過他們。我們只是近郊住宅前方的柵欄——用來為他們隱藏祕密的官方外表。」引用結束。

康：沒錯。我對天發誓，我見過的每個任務聯絡人都叫約翰。他們全都非常冷酷，而且講究實際，不是你會想在下班後一起去喝啤酒的那種人。

科：所以你是說這些人會過濾任務的資訊，然後交給你解讀並提供給行動團隊？

康：對，沒錯。

科：你覺得原因是什麼？

康：說實話嗎？因為在任務文件裡陳述的內容之外，還有很多事沒說出來。

科：例如？

康：因為實在有太多限制了，所以我只能假設，不過我確實看過一些備忘錄提到一種很先進的運輸系統。那是某種完全創新的過程，會改變人類從一個地方移動到另一個地方的方式。

科：所以聯合國就是因為這樣才會參與嗎？

康：我幾乎敢打包票。

科：除了這個可能存在的運輸系統，你可以解釋一下其他關於任務比較鮮為人知的部分嗎？

康：〔笑聲〕你指的是俄國人提出報告的「太空疾病」吧？

科：對，除了其他事以外。

康：我不確定到底是什麼造成那場災難，不過疾病很可能是一個顯著的因素。就太空疾病而言，我沒聽過有任何醫學診斷符合萊恩博士提出的觀察。

科：那又是另一個有趣的主題了：萊恩博士。你相信由NASA副署長安德森．瓊斯組成的調查委員會在兩個星期前提出的官方報告嗎？

康：你是指影射她要對事故負部分或全部責任的影射嗎？

科：是的。

康：〔長時間安靜〕我不知道。她發出求救訊號的時候我在場，那聽起來絕對不像是造成隨後那件事的人。她聽起來很害怕，但還能控制自己的心智能力。然而真正的問題也就在這裡，不是嗎？誰又真的知道一個人能夠做出什麼呢？

23

接近氣閘艙時，她在走道的腳步聲吵到了極點。過去兩個月以來，她已經越來越習慣太空船上的寂靜、自己的呼吸聲、自言自語。這變成了常態。不過現在試圖靜悄悄前往氣閘艙門，又要在作嘔狀態下保持重心，她卻覺得任何聲響都很刺耳。

吉莉安停在門外，先冒險往裡頭看了一眼才躲起來。

一切似乎都很正常，而且沒人站在窗口的另一側。

她吸了一口氣保持沉著，手裡的鐵棒感覺冰冷而濕滑。要是真的發現裡面有人，她到底該怎麼做？打破對方的頭嗎？當然不是。問出他們為什麼要在太空船上偷偷摸摸，還把她嚇得半死？對，一定要的。

她又往窗口看了一眼，確認氣閘艙裡還是沒人。不管那是誰，一定仍在太空梭裡。她的內心敲響了一陣警鐘。情況不太對勁，不只是有一位組員沒進入休眠而在暗中行動這件事。她想弄清楚到底是什麼，但根本想不出來，就像只聽過一次的歌曲卻要記住歌詞那樣。

可能是因為裡面根本就沒有人。妳病了，而且妳也脫離現實了。

「我真的有看見。」她低聲說，隨後掃描門禁卡。

門迅速打開。

無聲。寂靜。

吉莉安緊盯著通往太空梭的艙口，強迫自己前進。也許她可以在這裡等他們回來再質問他們就好了。如果他們以為她還在休息區睡覺，在太空船上通行時就不會那麼謹慎。

她開始全身顫抖，胃部也因此痙攣起來。不，她不要在這裡監視；她必須正面對決，查出他們在做什麼，然後再去廁所。

她拉開鎖栓，打開艙口，看見往下通往太空梭的梯子。

裡面很暗。她沒料到會是一片黑，沒想到要帶手電筒。可是在第三根橫檔下方吞噬了梯子的黑暗，帶出一個令她更加不安的問題：他們獨自在黑暗中做什麼？

她舔了舔乾裂的嘴唇，打算朝下面大喊。她要說什麼？不管對方是誰，做的都是壞事；這是一定的。不過要是他們知道自己被發現了，會有什麼反應？雖然她無法想像有哪個組員會做出暴力行為，但她腦中一閃而過想起了丁塞爾曾把針頭扎進她的肩膀。坦白說，除了伯克和卡森，她跟其他人並不熟，而卡森的行為也不太能夠提升她的信任。

她凝視著黑暗，想看出裡面是否有任何動靜。有東西在下面移動嗎？吉莉安抓緊撬棒，身體向前傾。她張開嘴巴，終於決定要大喊，可是有個聲音阻止了她。

雞皮疙瘩讓她的皮膚刺痛，感覺強烈到像是踏進了一座鐵處女(注)。

因為聲音不是來自下方的空間，而是從她的背後傳來。

她轉身看見一排整齊掛好的太空衣，而先前那種不安的感覺突然徹底變得清晰透明了。

她在控制區的螢幕上看見動靜時，其中一個掛鉤上是空的。

而現在所有掛鉤都是滿的。

距離她兩步遠的那套太空衣動了起來。

她尖叫並往後絆倒，差點掉進腳邊打開的艙口，這時她也注意到太空衣上方連接著頭盔。

太空衣對她伸出一隻手，想抓住她的衣服。
她揮開那隻手，感覺撬棒在她手裡滑動。
接著太空衣離開牆邊朝著她過來，像是成真的惡夢。
不過更糟的是頭盔面罩裡的東西。
肯特腐爛的臉注視著她。
他的眼睛消失，陷進黑洞裡，在突出的顴骨上那層皮膚就像羊皮紙。他的嘴唇是黑色的蟲，乾枯皺縮露出黃色的牙齒。而她在他撲過來之前的那一瞬間就已經知道，她看到的是他在墳墓裡的模樣。這是他在地底下待了八年之後的臉。
他抓住她的手腕，使得她放聲尖叫起來。
吉莉安扭開身體，摔在地上，撬棒在她試圖站起來時滑到她的前方。
她的精神就快要崩潰了，她丈夫的屍體在壓制住她之後會怎麼做？
戴著手套的手指抓住她腳踝。
她的理智像是在暴風中一盞搖曳的燈火。
她往前推，掙脫他的手，然後撈起撬棒。
腎上腺素爆發的她轉身揮動金屬棒。
沉重的握把呼嘯畫了個圓，向上擊中他的胸口。
他發出痛苦的悶哼聲，搖晃著往旁邊移動。她的心裡有一部分不斷要她繼續揮擊。打破頭盔，不管裡面是什麼都要砸成碎片，因為那是令人憎惡、從地獄逃脫出來的邪惡東西。

注 中世紀的刑具，是一種外型為女性的箱子，內部具有尖釘。

但心中更強烈的想法強迫她逃跑。

吉莉安撞向氣閘艙門，用僵硬的手指笨拙地翻找門禁卡，在經過感覺漫長而煎熬的片刻之後掃描過感應器。

某個東西擦過了她的頭髮，她一邊尖叫一邊迅速衝出氣閘室並在走道上奔跑。

她只是一隻逃跑的獵物，所有感官都被驚慌與恐懼遮蔽了。

她能去哪裡？這裡沒有地方可躲。

吉莉安重踩著腳步繞過轉角；她吸進的空氣就像酸類，而她腿上的舊傷也在抽痛。左前方是第二象限的出入口。

她滑停下來，再次忙亂翻找門禁卡，回頭張望她跑來的方向時沒對準感應器。

走道是空的。

她無法將目光從最接近的轉角拉開，於是摸索著掃描門禁卡。

萬一全都是她想像出來的呢？她剛才見到的——那不可能，那不是……

這時肯特繞過轉角跑向她，他的手臂在身體兩側揮動，慶幸的是面罩遮住了他的臉。

她飛奔經過伯克和丁塞爾的房間，然後繞過轉角到她自己的房間。

她幾乎沒放慢動作就掃描卡片衝過門口，差點能停下來將房間上鎖，可是要鎖門必須輸入四位數的密碼，而恐懼害得她回想不起來。

她穿過房間時，雙腳往前滑，一條腿感受到劇痛，橇棒則從她手中滑開，像風車轉了一圈後就消失在床底下。

沒時間拿出來了。她聽得見他就在走道上，腳步聲越來越近。

她從地上彈起來衝進小浴室裡，猛力甩上門，然後翻找門鎖。她的手指不聽使喚，沒辦法轉動零件。

她聽見房間的門打開了。

轉動門鎖。

他就在外面。

轉動門鎖！

她的手指扭轉，接著傳來了輕微的喀噠聲。

門鎖上了，半秒鐘後，門和門框發出了短促的撞擊聲。

吉莉安用力貼著門對面的牆，發出恐懼的嗚咽聲。

門又晃動了一陣。他進得來嗎？他會不會找到橇棒就破門而入？天哪，還有他進來以後會怎麼做？

天哪，拜託，拜託讓他離開，拜託，拜託，拜託，拜託。

在她吃力的呼吸聲以及機關槍般的脈博聲之外，傳來了腳步滑動的聲音。

安靜了好一段時間。

此時，恐懼已經到達無法容忍的地步了。她有種強烈的衝動想要打開門鎖讓一切直接結束，甚至發現自己一隻手正顫抖地伸向門把。

吉莉安十指交握，緊貼手掌開始祈禱。

「拜託，拜託，拜託。」她低聲說。

房間裡傳來另一陣聲音，抽掉了她肺裡的空氣。

門打開又關上。

他離開了嗎，或者只是安靜地在外面等著？

她吞了吞口水，鼓起勇氣把耳朵貼到浴室門上注意聽。

沒聲音。

沒有動靜。

她等了將近五分鐘才慢慢後退。看來他離開了。

可是他真的出現過嗎？

對，她看見他了，也感覺到撬棒碰到他的胸口。不過現在她的記憶就像夢一樣具有消散的特質，那些細節全部混在一起，就像潑灑上松節油的油漆。

突然之間，她再也無法承受這一切，整個人癱軟在地。她爬進淋浴間，盡量遠離門口；她讓自己盡可能縮小，整個人來回搖動。也許那是另一個幻覺，就像見到凱莉那樣。也許她現在根本就不在浴室裡。也許她就跟其他所有人一樣都在休眠中沉睡，而過去兩個月的事全都只發生在她腦中。

她用手掌抵著眼睛抽泣起來。她的右手腕隱隱作痛，於是她放開雙手往下看。

一道鮮紅色環繞住她的手腕。肯特曾在氣閘艙裡抓住她，這證明了她不是在幻想。不過她真的相信自己眼睛看見的嗎？她丈夫的屍體攻擊她，追到她的房間，試圖在浴室外破門而入？

她周圍的空間開始晃動，淚水從眼角滑落。她讓膝蓋更緊貼胸部，專注在她所知唯一真實的事情上。

一邊流汗一邊顫抖的她開始想像凱莉，回憶起她們的最後一次擁抱，並且輕聲說出她在離開她之前說的最後一句話。

「沒事的，永遠。永遠，永遠⋯⋯」

語音檔案文字紀錄——179088號
二〇二八年八月五日

我想我又見到他了。

肯特，就在控制區附近的走道。我……不知道。有人在那裡。我再也無法……〔沉重呼吸聲〕無法分辨什麼是真實了。我又一路跑回房間，然後把浴室門鎖起來。

我在這裡至少待了一天，只為了要找食物、為了得吃東西而離開。發抖的情況很糟。沒辦法專心，暈眩非常嚴重。不知道這到底會不會結束。

我……〔無法聽見〕非常抱歉，親愛的，我根本就不應該離開妳的。不該離開。好想妳。我希望妳知道，如果我沒回去……

我這麼做是為了妳。

〔錄音結束〕

24

吉莉安走出淋浴間並擦乾身體，手指稍微撥弄頭髮。

洗手台上面的方鏡顯露了她過去兩週受到的創傷，從她的黑色眼袋及灰黃的臉就看得出一切。羞愧像激流一樣用力拉扯著她。這種感覺一點也不陌生，雖然她猜大部分成癮的人或多或少都懷有這種感覺，可是這次完全不一樣。她的狀況到底有多糟才會看到跟感覺到那些東西？

在短時間內嗑掉一堆氫可酮卻不記得，妳的狀況就是那麼糟啊，這位大姊。

只有這樣才能解釋一切。她一定是在某個時候忘掉了時間，然後毫無節制吃下了比以前更多的藥丸，大概還把剩下的灑進了洗手台而沒意識到吧。而後果就是那些戒斷症狀。

天哪，她現在根本不想去思考那件事了。距離她上次嘔吐才只過了一天，而且她還是一直虛弱無力。不過即使身體受到的苦痛很嚴重，還是無法與心理層面相比擬。

那些幻覺太真實了。吉莉安記得那種恐懼，也記得自己看得很清楚，但實際的記憶卻是在發燒作夢時被遮蔽的輪廓。現在那一切都毫不合理，也跟現實沒有任何關聯。

凱莉打開氣閘艙後被拉出去。太空衣活了起來，面罩內是肯特腐敗的臉孔。間歇的敲打與撞擊聲，伴隨著幽靈似的腳步聲。

全部都是由她大腦製造出來的。可是現在她自由了。

她離開浴室，環視房間其他部分。地板上散落著六七個餐點外包裝和兩個水瓶；一個角落堆滿了髒衣服，床上的毯子亂成一團，而且還有汙漬。她記得自己在某個時候帶著恐懼忙亂地離開房間，她很不舒服，卻也很飢餓，而她到休息區搜刮了一番之後就趕緊回到這裡。當時她覺得自己看到了什麼。走道上有人。那只是她在掙扎中的精神狀態又稍微發作了而已。後來，戒斷症狀開始逐漸減輕了，每一天都有越來越多理性恢復。這足以讓她不再進浴室鎖著門睡，而是回到自己的床上。

她深吸一口氣，開始穿上最後一套乾淨的連身服，不過在抓住拉鍊拉上時露出了痛苦的表情。她的手掌上有一道淺割傷，而她卻不記得是怎麼受傷的。又是另一段失落的時間，就跟過去兩週裡發生的其他許多次一樣。但當然不只是過去兩個星期而已。這些年來她花在滿足藥癮的時間有多少？太多了。

吉莉安嘆息著。雖然這是事實，不過她現在能做的就只有繼續前進。她在突然戒癮的過程中活了下來，獲得了另一次機會，而且她的思緒也好久沒這麼清晰了。

她開始慢慢撿起房間裡散落的垃圾。她被自己衣物的氣味嗆到想吐，但她不知道該怎麼做，於是全部塞到櫃子底部。接下來她將床清空，床單、毯子都跟衣服放在一起。這裡看起來真的開始有點像是正常人的房間了。她在彎腰要拿起滾到床下的一個水瓶時暫停了動作。

撬棒不見了。

她皺著眉，跟自己的記憶角力了一段時間。她在逃離腦中的幻影時把撬棒掉在這裡，看著它滾到床下，而她不記得曾經取出，就算離開房間去拿食物的時候也沒有。可是那不一定表示她沒這麼做。關於它可能的下落可以有很多解釋，但她沒多餘精力去分析自己腦袋被藥物弄糊塗時做出的所有決定。

她整理房間剩下的部分，考慮了所有的因素。雖然不完美，但如果有人看進來，他們不會一開始就覺得不安或噁心。房裡的味道可能是另一件事了，不過目前她已經盡力了。

吉莉安抓起連接著門禁卡的掛繩，套進自己的頭，然後一隻手撐在牆面上，等待一陣暈眩出現及消失。她還沒完全脫離戒斷的症狀。她離開房間，從容地在走道上移動。通道和寂靜的房間不會再像她狀況變糟之前那樣對她造成相同效果了。現在那些就只是走道跟空房間而已。不會因為她腦中製造出的東西散發恐懼和威脅。

她掃描進入控制區，感到一股不安。根據里歐寫在筆記裡的日期，組員們會在今天醒來。吉莉安往醫療區的方向看，想像她試圖撬開嵌板時造成的損壞。她已經盡量清理了整個區域，不過還是會有許多需要解釋的地方。往好處看，她可以向大家展現她清醒時在神經製圖方面的突破，這可是具有無可否認的內在價值。

吉莉安坐到一部工作檯前。自從她試圖撬開里歐的置物櫃、想拿他的門禁卡那天起，她就沒進過休眠區了。也許她應該進去，看看能不能整理一下她造成的破壞。她從座位站起來，可是完全沒往隔壁房間移動。因為她其實沒辦法讓他們不注意到她破壞的地方。她必須坦白這件事，就像她做的其他選擇；沒有替代方案。至少她沒做出比刮掉一些油漆跟損傷一塊嵌板更嚴重的事。

她坐回椅子上，感到一陣興奮。等大家從休眠甦醒之後，她會說明發生的事，或許可以說服卡森傳訊息給凱莉和卡崔娜。至少這是他欠她的。

接下來的半小時，她一邊等待一邊想著自己真的能夠看到凱莉的臉，沉浸在幻想中，覺得自己能夠聽到她的聲音，還能告訴她自己有多愛她。

就在她考慮去休眠區拿些水跟點心時，她聽見休眠區傳來了第一陣聲音。吉莉安從椅子上起身，走到另一個房間的門附近。對，她聽見了休眠艙開啟時那種特別的嘶嘶聲。

她鼓起勇氣，掃描卡片，門隨即打開。

裡面的休眠裝置紛紛開啟，彷彿巨大的嘴巴在打呵欠。她立刻注意到正在休眠艙裡移動的伯克，一股洶湧的情緒幾乎將她淹沒。她不知道自己有多麼想念他。看著其他人從休眠艙出現，看著他們動作遲緩如仲冬時的家蠅，她的感覺也越加強烈。她在過去兩個月裡忍受的孤獨與恐懼已經煙消雲散，而儘管見到卡森仍然令她憤怒，但他從房間中央走向她時，她的眼裡還是湧起了淚水。吉莉安往前走了一步，正要開口打招呼，卻又突然停了下來。

他露出了警覺的表情，後來她循著他的目光看過去才明白。

丁塞爾的裝置還關閉著，而她過了好幾秒才看出原因。兩條她在維修間看過的粗厚繫繩緊緊綁住了整個休眠艙，讓上蓋幾乎完全打不開。不過她的目光只在這個奇怪的畫面停留片刻，就被裝置旁地上某個長而發亮的東西吸引過去。

她往右走了兩步，看清楚休眠艙後面的區域。

撬棒就擺在從室內牆面通往休眠裝置後方的補給管與電線旁邊。管線的中間處被粗糙地切斷了，參差不齊露出的銅線和彎曲的鋁在光線下發亮。

吉莉安盯著看，目光從密閉的裝置移到斷掉的補給管，移到地上的撬棒再移回來，然後她就被推開了。

卡森推開她，跪在休眠艙的底座旁。他試圖解開繫繩，衣服下的肩膀和背部因為用力而收縮。同時間，室內開始有人問起問題，越來越多組員聚集過來。吉莉安覺得自己的後腦一陣顫動——她無法處理眼前的景象。

不合理。

她的目光從卡森的雙手往下移向撬棒，並試圖吞下正在侵襲她嘴巴與喉嚨的乾燥。撬棒的握把上有深紅色汙漬，痕跡已經乾掉，幾乎變成黑色的了，而在斷開的補給管下方還有更多汙跡。

血。她的目光逐漸往下滑到自己右手上正在恢復的那道傷口。

一切就如夢境般離奇，使得她好奇自己是否仍深受戒斷症狀影響，這會不會又是另一個可憎的幻覺？

一種帶喉音的咕噥聲傳來，接著是金屬鬆開時發出的輕微啪噠聲。卡森站起來將兩條繫繩拉開，然後抓住裝置的上蓋舉起。

氣味瞬間傳出，刺激她自動想像出畫面。

在陽光下腐爛的肉。蠕動的蛆。

死亡。

吉莉安逼自己走上前時，有人正好作嘔並轉身離開。

丁塞爾的眼睛睜開，在眼窩裡浮腫，他的下巴張得很大，裡面有個變黑的東西可能原本是舌頭。他臉皮上有像是自己抓出來的深深血痕，而在她終於逼自己將目光從他臉上移開後，就看見他的手指變成彎曲的深紅色爪子，但末端因為費力想逃出上鎖關閉的裝置而變鈍。

在接下來漫長的一秒鐘裡，他們似乎全都再度進入了休眠狀態，被休眠艙裡毛骨悚然的景象怔住了。

卡森回過神來，把手伸進休眠艙，用手指將丁塞爾的下巴往上推。他保持姿勢站了片刻，而在他轉身背向已經變成棺材的休眠艙，吉莉安心裡那個微小的希望也破滅了。

他的目光掠過大家，最後停在她身上，眼神也變得灼熱。

「我的天哪，吉莉安。妳做了什麼？」

機密

語音檔案文字紀錄：吉莉安・萊恩博士與匿名聯合國官員之通話錄音

二〇二八年八月六日，與UNSS會合前十一天，發現者六號災難事故前十五天

萊恩博士：聽得見嗎？

聯合國：吉莉安，我沒想到妳會再打來。

萊恩博士：這裡有人，在太空船上。

聯合國：太空船上有好幾個人，他們叫作組員。吉莉安，妳還好嗎？

萊恩博士：他們應該全都在睡覺才對。其中一個人醒了，我很清楚。卡森說謊，丁塞爾說謊，他們還在說謊。我聽得見他們在竊竊私語。

聯合國：〔長時間安靜〕妳沒事吧，吉莉安？

萊恩博士：〔無法聽見〕地板在流血。到處都有血。還從我的門底下滲進來。〔無法聽見。笑聲〕

聯合國：妳最好先躺一下，免得妳傷害自己，這樣風險很大。記得我們之前談過的嗎？

萊恩博士：記得。你不肯讓我跟她說話，凱莉。

聯合國：吉莉安，我覺得妳——

萊恩博士：你把她從我身邊奪走了。

聯合國：吉莉安，妳女兒很好。

萊恩博士：我會殺了你，我會殺了你們所有人。

〔通話結束〕

25

在離開氫可酮籠罩下的陰影後，她以為失眠就已經夠糟了。

但現在更嚴重。

她的大腦無法停止運轉；就像一組齒輪，有時候可以互相嚙合，形成有凝聚力的思維，接著又會鬆開並依慣性自由轉動，劇烈翻攪著不連貫的記憶。

肯特跟她一起睡時，呼在她頸間的溫熱氣息。

凱莉兩歲生日時，提前在冰箱裡發現了她的蛋糕，於是整張臉埋進去咬了六七口，後來才被吉莉安阻止。看見凱莉那張小臉蛋上沾滿了多到她吃不完的藍色糖霜，吉莉安大笑到還得坐下來才行。

老鼠的神經元一波接一波啟動，牠的海馬迴像縮小版的煙火亮起。

丁塞爾全身腫脹，從休眠裝置裡面往外盯著她，用指控的眼神咒罵她。

吉莉安在床上坐起，雙腿踩到地上。她以鼻子吸氣，從嘴巴吐氣，同時試圖甩掉最後那幅畫面。可是它不肯離開。這就像注視某個過度明亮的東西之後留下的殘影，不幸的是在她腦中無法讓影像變得模糊。

她看得見一切，記得一切。

休眠裝置跟牆壁的連結切斷後，使丁塞爾維持在休眠狀態的化合物也停止輸送了。這表示他會在黑暗中醒來，沒有食物，沒有水，就像被活埋一樣被繫繩困在裡面，經過了不知幾天把手指都抓摳成殘肢，最後因為脫水而死。

她無法想像出比這更慘的死法。

一想到那個男人經歷過什麼，她自己做過什麼，她的胃就一陣翻騰。

不，她沒做。她不可能做出那種事的，不可能……

吉莉安發現自己左手的拇指撫摸著右手掌上正在復原的割傷，於是將兩隻手都握成拳頭。她不是殺人犯。沒錯，她是個有藥癮的人，但那跟有能力殺死別人差得太遠了。不過在她試圖安慰自己時，卻十分清楚地回想起曾用撬棒攻擊丁塞爾的休眠艙。當時她可能會殺了他；這點她無法欺騙自己。

是她做的嗎？她暫時擱置大腦的自動自我防衛機制，讓這個念想進入腦中並完整成形。對，她是很討厭丁塞爾，從他們第一次見面時就不喜歡他了，不過要讓另一個人遭受那種痛苦？用那種方式殺死他？

所有人都看見妳在他進入休眠之前打了他一拳，妳看起來完全就像個瘋子。還有現在他們都知道妳的藥癮問題有多嚴重了。妳什麼都可能做得出來，而且自己還不知道。

她試圖讓頭腦清醒，想像腦中那場熟悉的暴風雨逐漸平靜下來，然後回顧過去兩個星期裡能夠記得的一切，尋找她能確定是真實的事情。其中大部分都是模糊的影像、作嘔的感覺，以及仍能讓她起雞皮疙瘩的極度恐懼。

吉莉安走過床邊，在桌子旁轉身，再踏出四步，讓自己正好背對浴室的門。已經三天了，她被鎖在房間裡三天。丁塞爾的裝置打開之後，卡森就帶她過來這裡，伊斯頓也沉默地跟在後方，而她則是不斷懇求他們。卡森冷酷到了極點，不願跟她說話也不理她。她的手臂甚至像是被岩石鎖住了：冰冷、強硬、不為所動。門滑動關上時，她最後看到的是他的眼睛，眼神中已經絲毫沒有在進入休眠之前的那種情感，當時他是想要告訴她……告訴她……

吉莉安覺得走道上有聲音，於是停止踱步注意聽。也許又是里歐帶著她的餐點過來了。自從她遭到監禁以來，就只有見過那位醫生。起初他會稍微檢查她的狀況、抽血、詢問一些關於她藥癮的問題，再問她是否有其他疾病。而當她將話題轉到丁塞爾的死，他就會變得僵硬，然後離開房間，丟下她獨自面對亂成一團的想法和疑慮。

「我會記得的。」她說，然後又開始踱步。但事實是，她不知道自己到底記不記得。孤獨而又害怕自己做了可怕事情的她，從來沒像現在這樣如此想念凱莉和她們的生活。

門外有人接近的聲音讓她放慢動作，她等待著，接著就看見門滑開。

伯克站在那裡，整個人完全填滿了門口。

「我可以進去嗎，博士？」

原本屏息的她呼出一口氣，在他進房間之後擁抱了他。他像平常那樣拍了拍她的背。他放開她時，她才發現他不是一個人。里歐也進了房間，迅速對她點了一下頭。

「很抱歉我沒能早一點過來。因為……被禁止了。」伯克說。

「卡森需要一些時間才能……」里歐開口說，但手勢作到一半就將手放下了。

需要時間決定怎麼處置我。

吉莉安坐到床上，伯克則是靠著桌子。室內瀰漫著尷尬的氣氛，後來伯克才輕咳了一下，說：「我並不知道，博士。」

她看著地上。這就是她要在完全只剩自己一個之前戒掉藥癮的原因。實在太令人羞愧了。

「沒人知道。」她勉強開口說，「也許有些人會懷疑，可是沒有人知道。」

「多久了？」

「肯特死後一年半。我在凱莉確診的時候戒掉，後來又破戒了。」她舉起手掌，然後放回大腿上——結果就是現在這樣。

「妳現在還在吃藥嗎？」伯克的目光從她身上移向里歐。

「沒有。我……我幾個星期前已經不吃了。雖然很脆弱也還會發抖，可是已經戒掉了。」沒人說話或移動，於是她繼續推進話題。「我沒殺他。」

伯克舔了舔嘴唇。「博士，他們讓我看了醫療區跟置物櫃受到的損壞。」

「我知道，我知道，那是我做的，我記得自己做過。可是……」可是什麼？「攝影機。」她說話時，內心又燃起了一線希望，「里歐，太空船上有監視攝影機對吧？」

醫生與她眼神交會，但又立刻看著自己的腳。「有。」聽見他這種簡短回答的語氣，她的希望跟著破滅了。「內部攝影機的檔案庫在我們進入休眠之後沒多久就停用了。什麼都沒錄下來。」

「什麼？不，那不可能。我沒動控制台的任何東西，我沒有。」她感覺全身像是被注射了麻醉藥。不可能發生這種事的。「一定是別人，我連怎麼使用攝影機都不知道。」里歐和伯克都沒看她。「該死，我沒碰控制台！」她絕望的語氣讓自己的聲音聽起來很陌生。吉莉安吞下口水，試圖讓語氣平穩。「我看到人了，太空船上還有別人。有人醒著，一定是其他人的其中之一。我以為我產生了幻覺，可是現在我才知道那一定是真的，他們關掉了錄影功能，殺了丁塞爾。」

「吉莉安，是誰？我們全都在休眠啊。」里歐說。

「我不知道。但是這有可能，對不對？萬一有人醒著呢？他們可以進出休眠艙，看起來就像他們還在睡。」

里歐似乎因為某件事而掙扎。「對，有可能。不過這可是要在裝置裡進出兩個月，而且他們在外面的時候還要躲開妳。」

「我看過控制區的門關上。我以為是有人提早醒來，於是跟著進去。醫療區裡有一種味道，就像剛有人待過。」

「吉莉安，妳說的話一點也不合理。」里歐露出奇怪的表情，「撬棒上的血，是妳的。」

一股不真實的感覺席捲了她。「不，那不——」她正要說「不可能」，但她已經低頭看著自己的手，那道正在恢復的割傷仍然粗糙而且發紅。

「我認為妳因為戒斷症狀產生了有視幻覺跟聽幻覺，而且……」

她搖搖頭，視線被淚水模糊。「鴉片類藥物不會讓人出現幻覺。」

「每個人都很獨特，那可能會對妳造成不同的影響。」

原來是這樣。她被關起來的時候，大家已經決定她有罪了。

「等我們到那裡以後，我會怎麼樣？」她問。

「我不知道。」他往門口移動，而她也站了起來，以為自己的雙腿會失去力氣。她沒失去力氣，接著她望向伯克。他看起來氣餒而蒼白，不過最令她難過的是他咬緊下巴生氣的模樣。他對她感到憤怒。

他們離開了房間，由里歐帶路，伯克跟在後面。他們一邊走，她的思緒一邊往前衝，略過接下來幾個月，直接跳到他們返回地球時。他們降落之後會發生什麼事？她猜她會正式遭到起訴。

還有凱莉，她要怎麼向她解釋這一切？

吉莉安的喉嚨緊縮，還得迅速眨著眼睛不讓淚水潰堤。在絕望試圖吞噬她時，她也發現了情況有多麼諷刺。她是被帶來這裡協助釐清謎團的——可能是要解決一件謀殺案。

而現在她自己就被指控犯案了。

但攝影機……她知道不是她關掉錄影的。如果不是她關掉的，那麼一定是別人，其中一個假裝休眠的人。可是為什麼？為什麼要殺掉丁塞爾並嫁禍給她？

他們接近控制區，里歐掃描讓大家通過時，這些混亂的念頭都被掃到了一旁。

他們進入時，控制區充滿了活動與聲音。十幾部螢幕閃爍著資料，上方某處傳來輕微的嗶聲與一陣機器般的語音，而周蓮和卡森則是坐在最靠近他們的兩部控制台前。

她進入時，他們兩個都望向她。她回望他們，感覺自己像是在顯微鏡下的某種危險病毒。

「大家都坐好吧。」卡森說，接著將注意力移回他面前的螢幕，「我們再過十分鐘就要對接了。」

里歐帶她到整個區域最後面的位子，告訴她把腿部和胸部的兩組安全帶繫好，就像其他人一樣。伯克坐在她左側；雖然她看著他側臉，他卻不肯直視她的眼睛。

伊斯頓在幾分鐘後出現，往她的方向看了一下，然後向卡森報告：「氣閘艙可以連接了，所有外部設備已經預檢完畢。」

「謝謝。」卡森說，然後朝旁邊的座位點頭，「我們準備執行對接程序。」

命令區裡有一堆螢幕亮了起來，紅光覆蓋了整個室內。

火星散發出陰鬱的光芒，占滿了整個顯示器。

儘管發生了那麼多，吉莉安仍再一次心生敬畏。那顆行星現在距離近多了，它的影像十分清晰，而且逐漸逼近，讓她同時覺得自己很渺小、很孤獨，而且也被迷住了。

在卡森和周蓮透過耳機互相對話時，吉莉安注意到了行星表面的某個東西。

不，不是在表面，是在上空。

那個物體的形狀像一座金字塔，底部很寬，而且疊上了另外兩層，每一層都比前一層小。四根方形支柱從底部向上延伸，在第三層上方的一個鈍點聚集。隨著他們接近，太空站也變得更加清晰，穩定支桿像一道鋼鐵蜘蛛網跨越了不同的區域，那些區域覆蓋了好幾十片反光板。吉莉安猜測那些是遮陽板，同時也能夠收集太陽能。

太空站越來越大，直到遮蔽了攝影機的全部視野。卡森迅速說出在高速行進時的核對清單，周蓮則一一確認，這時太空船開始大幅度轉向，優雅地畫出圓弧，與太空站最靠近的支柱平行。

「對接開始。」卡森說，他似乎正在聽耳機裡的某個人說話。「確認。接觸時間五，四，三，二，一。」

地板傳來一陣輕微的震動，攝影機的畫面斷續了一下。

「裝置連接成功。」周蓮說。

「同步氣閘。」卡森回答。

「同步中。」

太空船抖動了一陣，隨即靜止。

「成功。」周蓮說。

卡森環視四周，目光在吉莉安身上停留了一下，然後解開安全帶站起來。

「歡迎來到火星。」

26

他們從她看見凱莉被吸出去的氣閘艙移動到太空站。是幻覺。她提醒自己。吉莉安看到他們經過的那一排太空衣，發現見過肯特面孔的那一套時，全身突然無意識地顫抖起來。

氣閘艙通往另一個空間，跟他們剛才離開的地方很像，只是比較大，而且每一面牆都有加了鉸鏈的儲物櫃，以及櫃子下方的長椅。門在他們後方咚一聲緊緊關上，幾秒鐘後，前方的門滑開了。

他們看見一條寬敞彎曲的走道，還有兩個穿深灰色連身服的高個子男人，他們的頭髮剃得像軍人一樣短，表情鬆懈，站在入口的一側。

「勒克指揮官？」其中一位問，同時朝卡森點了頭。

「沒錯。」卡森邊說邊跟男人握手。

「史蒂芬·瓦斯奎茲。」瓦斯奎茲看見了吉莉安，目光將她釘在原處無法動彈。

「對。」卡森說，然後往旁邊站，瓦斯奎茲跟另一個男人則走上前。

「跟我們走吧，女士。」瓦斯奎茲往氣閘艙左方做了個手勢。

「你們要帶我去哪裡？」她問。

「暫時安全的地方。」卡森在她經過身邊時回答。他不再擺出冷酷的表情，而是一片木然。

她就像一件要被拖走的家具。

「博士？」伯克問，然後往她的方向走了一步。

「沒關係。」她說話時，瓦斯奎茲一隻手移到了掛在腰帶的一把小電擊槍，「我不會有事的。」

他們在走道上離開，瓦斯奎茲在她左側，另一個男人在她右側。雖然兩個人都沒碰她，但她幾乎能感覺到他們的手在她手臂上，也知道要是她突然做出任何動作，那種感覺就會變成真的。

走道持續向右彎，她邊走邊觀察牆面，在壁板的部分閃爍著呆板的白光。偶爾會出現一道窗，讓她在最簡短的時間裡瞥見窗外的太空。她的腳步很輕，輕盈到讓她覺得自己可以飛，而她猜想太空站的重力應該跟太空船差不多。她回過頭最後一次望向同伴時，他們已經不在了。

前方有一面實心的隔牆擋住了他們的路，而瓦斯奎茲拿出一張很像他們在太空船上使用的門禁卡刷過掃描機。

障礙的一部分往旁邊滑開，接著他們繼續走了十幾步，然後放慢速度，停在設置於左側牆壁的一道門旁邊。瓦斯奎茲再次掃描他的門禁卡開門。

裡面的房間很狹小；如果她舉起雙手，指尖就會碰到牆面。房間裡有一張矮床，床的上方是一面能夠往外看見太空深處的窗戶。在視線下方，火星的紅色邊緣畫破黑暗，一道隱約飄浮在表面的光環就像血液在水中擴散，沾染了整個房間。

「角落有一間浴室，如果妳需要什麼就敲門。」瓦斯奎茲在她踏入房間時說。

「我什麼時候——」可是他已經離開了，門也像水平式的斷頭台迅速關上。

寂靜無聲。

吉莉安走到浴室，打開燈，關掉。她移動到窗邊，然後往下看。

在這麼近的距離，她可以清楚看見峽谷的鋸齒邊，以及火星表面上被殞石撞擊出來的黑色巨大坑洞。一切都帶有那種血色的光芒。

這有種催眠的效果，同時也令人感到不舒服。

她稍微轉身環視房間，非常單調。如果有牢房的話，就會是這個樣子。也許她就應該待在這裡，關在安全的地方，讓她不會傷害自己或其他人。

她倒在床上，整個人被疲勞往下拉。她彷彿就要被拉著穿過床、地板，直接落到那顆紅色星球上。可是她知道自己睡不著，這就是殘酷的現實。她想要也最需要的東西在很遠的地方。

結果，她的思緒向外伸長，抓住然後又丟棄在過去幾個月裡發生的一切。

除了對氫可酮仍有殘存的渴望之外，她也不斷想起攝影機的事。

他們的錄影功能被關掉了。不是她做的，這點她很確定。其他的就沒這麼肯定了。不過這代表一件事。

「有別人醒著。」她在房間裡輕聲說，然後在火星的紅光中閉上眼睛。

⋈

門滑動開啟的聲音讓吉莉安從睡夢中醒來，而她非常訝異自己竟然睡著了。

卡森站在走道，瓦斯奎茲的臉像是垂在他左肩上。

卡森看著她一會兒，開口：「我一下就出去。」

他走進房間，門隨即關上。

吉莉安眨眨眼擺脫睡意，盡快讓自己清醒。

「妳覺得怎麼樣？」卡森靠著門邊的牆問。

「很狹窄，」她在小房間裡揮手，「但至少氣氛不錯。」

他們沉默了一段時間。她等待著，不想先說話。

「妳不必那麼做的。」卡森終於開口，聲音小到快聽不見了。

「卡森，我——」

「我知道我們騙了妳，可是這樣……」

「我沒殺他。」

「橇棒上有妳的血，吉莉安，拜託。」

她伸出手。「我不記得有這道割傷。」

「根據里歐說的，妳很多事都不記得了。」

「我記得，只是很……模糊。不清楚。」她吸了一口氣，「我知道我出現了幻覺，可是大部分的事我都還記得——螢光素試驗、企圖打開醫療區的嵌板跟里歐的置物櫃。不過丁塞爾……」

她搖搖頭。

「我知道這是我的錯，我真不應該帶妳來的。」

「你應該對我說實話。」

「然後呢？妳會拒絕，然後回到實驗室把資金用光，然後凱莉就會死。」

「你又不知道。」他的話讓她的胃部翻攪，「而且你根本無權帶我來這裡。」

「是我的錯。」他又說了一遍，「可是那並沒改變有個人死了的事實。」

「我沒殺他！」

「那是誰做的，吉莉安？誰？」

「其中一個組員。有別人醒著，我看見了。」

「誰？」卡森離開牆面，眼睛沒看她，「妳看見誰了？」

「我不知道，可是太空船上還有別人醒著。」

「好，那不會是丁塞爾，因為他已經死了。」卡森彎曲一根手指，「我確信妳那個巨人不是嫌疑犯，而我猜妳也不認為是里歐。所以剩下誰？周蓮、伊斯頓，還有我？」他面向她，「妳覺得是我殺了他嗎？」

「我根本就不知道你們為什麼帶我來這裡，所以我覺得一切都有可能。」她下了床站起來，憤怒在全身流竄。「這件事讓你得到了什麼？」

他瞪著她。「我在太空站晉升為指揮官了。」

「那麼你大概是不想讓丁塞爾關閉這個地方。」

他搖著頭。「妳完全沒變，妳知道嗎？」

「你也是。」

他們打量著對方，而她一直跟他對望，直到最後他別開眼神。

「可惡，吉兒。說真的，這是在搞什麼？」

他挫敗的語氣讓她的怨恨消退了一些。他聽起來已經精疲力盡了。

「聽著，」她過了一會才說，「我不知道太空船上到底發生了什麼事，可是里歐告訴我攝影機被動了手腳，而我知道我並沒有讓錄影停止，我根本就不知道怎麼停止。」

「好幾個目擊者都看見妳打他了。」

「我知道。雖然我很厭惡那個人，可是我沒殺他。」她看著他往窗戶走了一步並向外望。

「這實在太……不應該了。一切都不應該。」

一陣沉默。

「現在會怎樣？」她問。

「我不知道。我沒別的選擇，只能讓妳待在這裡。」

「任務怎麼辦？」

他似笑非笑。「怎麼辦？」

「我們來這裡是要解決問題的，我可以幫忙。」

卡森轉身走向門口時看了她一眼。「不，那樣行不通的。」

「你可以讓一個守衛隨時跟著我，我沒有武器。」

「吉莉安——」

「讓我幫忙吧。」她說，「拜託。把我關起來，等我們回去以後讓我接受審判，隨便都行，但讓我試一試吧。這樣至少凱莉……」她的喉嚨快要緊縮起來，可是她繼續說下去，「至少我可以幫她。」

卡森在門口停下，他的拳頭停在門前，然後攤開壓在門上，手指關節都發白了。

「我很抱歉。」他說，接著敲了敲門。門向旁邊滑開，他隨即走出房間，將她獨自留在牢房。

⋈

時間慢慢過去。每個小時都比前一小時更久。

她看著火星，發現他們並沒有繞軌道運行，看起來像是固定在一個地方，難以置信地在行星的表面上空維持不動。這個情況似乎燃起了她的科學精神：這是不是某種新科技，就像起初讓他們來到這裡的那一種？可是她的思緒又回到了整件事的起因。為什麼會發生這一切？

她回到床上，雙手交握，用大拇指搓揉手掌上的割傷。丁塞爾是要來這裡做什麼的？評估情況，再次檢查任務及安德那項技術是否成功。他當時是怎麼說的？

我的工作是評估這整件事要繼續前進，或者停止並帶回地球進一步研究。

就是這樣。為什麼？

有人不想讓丁塞爾執行他的工作。她重新考量太空船上每一個人犯案的可能性。誰會想要他失敗？誰會不計任何代價讓計畫繼續進行？

思考，思考，思考。

她跟其他人都不熟，沒辦法做出結論。她不知道他們的動機或立場。可是她會去了解的。

經過了幾小時或幾分鐘，她的思緒消散了，這時走道上傳來一陣聲音。門打開了，是卡森。他站在外面，一隻手靠著門櫃。他的目光環視房間，最後聚焦在她身上。「跟我來，我帶妳去看讓我們到這裡來的原因。」

27

「電梯，這裡到處都是。」卡森看著電梯的天花板說。瓦斯奎茲站在他們左後方角落，像個在監視的幽靈。

「那不是不必要的風險嗎？更多移動零件？」吉莉安一邊問一邊揉著手腕。

瓦斯奎茲在卡森提出抗議之前就給她扣上一副緊到刺痛的手銬。後來他們解開時，她的皮膚上已經有深深的痕跡。

「對，可是太空站的設計需要這個，不能用梯子。」

接下來他們就安靜沒再說話了。在重力減少的情況下，電梯上升時的推力跟在地球上不一樣，感覺比較像是她正朝著天空飄浮。

電梯停止時沒有聲音，門打開後的通道兩端都是死路。前方是拱廊，門廳裡是位黑髮女人坐在一張簡樸實用的桌子後方，在她面前有一塊觸控螢幕。

「勒克指揮官，很高興見到你。」她的笑容一見到吉莉安就動搖了，「還有你的客人。」

「我想安德博士正在等我們。」卡森說。

「是的，直接進去吧。」她邊說邊觸碰螢幕。門發出嗶聲，他們直接走進去。

眾人立刻就被組合式沙發擋住。

沙發總共有三張，排在一起變成像一張大床，橫過他們前方的空間。在最遠的那面牆上有一塊很大的平面螢幕，高度從地板延伸到天花板，寬度至少有二十呎。目前，畫面上顯示的是潦草的法文字，她覺得那句話有點熟悉，但一時記不起來。右邊是一面普通的牆，中間有一道雙扇門，左邊則有一張「L」形的長桌，桌面很雜亂，有隨意堆疊的紙張、一堆觸控螢幕，以及看起來像是模型飛機的東西設置在小型台座上整齊排列好。

有位銀髮男人背對著他們坐在一張旋轉凳上，面向最靠近他的一片螢幕。門關上時，他轉了過來，長長的臉上露出了笑容。

「卡森！天哪，真高興見到你，孩子！」艾瑞克・安德迅速從凳子起身，不像是他這年紀的人會有的動作。他跟卡森握手，然後抓住卡森的前臂。「抱歉一直到現在才見你。」

「沒關係的，博士，我知道你有多忙。這位是吉莉安・萊恩博士。」卡森說。

「很高興認識你。」吉莉安說，同時伸出手。

安德往下看，猶豫地跟她握手。他短暫露出某種她無法解讀的表情，接著對卡森說：「你確定要這麼做嗎？」

「不確定，可是我們得嘗試所有方法。」

「好吧。」安德說。

吉莉安對他們當面討論她的事而感到憤怒，但又在安德往其中一張沙發移動時釋懷了。

「我會提供必要的資訊。」他說。

卡森跟著吉莉安到附近的椅子坐，這時房間右側的門打開了。

一名跟他們年紀相仿的男人出現。他穿著寬鬆的黑色長褲跟一件正式的襯衫，袖子沒扣並捲起來，露出肌肉發達的前臂。他看起來整潔體面，黑色頭髮剃得很短，下巴鋒利，藍色的眼睛十分敏銳。原本正在操作觸控螢幕的安德轉頭看著正往他們移動的男人。

「歐林，過來認識卡森・勒克指揮官和吉莉安・萊恩博士。這位是我兒子歐林。」

歐林停在他們面前，先跟卡森再跟吉莉安握手。他的耳朵前方有一道白色的細疤，消失在髮線之中。吉莉安記得讀過他曾經在海外服役，而且見過真正的場面，在歸國之後獲頒了某種勳章。他鬆開她的手時，她才發現自己一直盯著他看。「很高興認識兩位，我……」歐林說，他看著她時，眼神有點改變。「噢，妳是……」

「她是來這裡聽情況簡報的。」卡森說，然後清了清喉嚨。

歐林的目光從他移回她身上，接著點了點頭。「當然。」

他們坐下時，大型平面螢幕亮了起來，出現一個彩色線條圖表。「我就不說客套話了，博士，我會直接切入重點。」安德說，然後站到他們前方，「目前世界上每一個人都知道汙染率越來越高的後果。以前從未出現過霧霾的大城市，現在都面臨了空氣品質的問題。水質下降的情況更加明顯，災難性的風暴變得越來越常見，而物種滅絕的紀錄光是在過去十年裡就增加了將近三倍。」他比著螢幕，「這些是環境保衛組織最新發表的溫室氣體讀數，他們跟NASA科學家合作進行了一個為期兩年的研究。這些就是實際的結果。」

安德觸碰螢幕中心。圖表改變了，中間的欄位從原來的位置變成兩倍大。

「總之，他們的研究結果很嚴重。地球的溫度在二十世紀增加了華氏一度，這造成了巨大的環境問題，但是這跟即將發生的事比起來恐怕不算什麼。研究顯示在接下來一百二十年內，全球的溫度會再上升三度。以大環境的背景來看，上一次的冰河時期只比地球目前的溫度低五度而已。」

吉莉安皺起眉頭。「生產潔淨能源的發展呢？我聽說最新的報告——」

「是刻意誇大的。」歐林插話，他苦笑著，「恐怕一切都太遲了。」

「可是一定有影響吧。」

「根本不夠。」安德說，接著再次觸碰螢幕。畫面變成了一幅時間序列圖。「到了西元二一三五年，極地的冰帽不只會消失，大海也會開始以快於一般水循環的速度蒸發，造成乾旱、疾病，食物供應鏈瓦解的情況增加。」他暫停了一下，「就我們所知，這會是地球上所有生命終結的開始。」

吉莉安眨了眨眼，試著吸收這些資訊，但這已經超過她理解的範圍了。「你的意思是什麼？沒有希望了嗎？」她望向卡森，他的嘴唇緊閉成一條蒼白的線。

安德皺起眉頭。「一定有機會能夠發展某種技術來應對災難，不過到目前為止，所有的進展都失敗了。部分原因是這些年來汙染的累積速度還在加快。想像一輛正在滑下坡的半掛卡車，而有個人抓住了後保險桿拚命想阻止。那就是人類目前的嘗試。」

「我不明白。」她說，「這一切跟你的突破有什麼關係？為什麼我們要來這裡？」

「地球化。」

「地球化？你是指火星？怎麼——」

腦中的碎片緩緩拼湊起來，形成一幅她勉強才能想像出來的圖像，更別提要用文字形容了。「我們要放棄地球。」她終於擠出這句話，然後看著卡森；他則眨了一下眼，就盯著地上看。「瞬間傳送是要在地球化完成的時候使用，對不對？要大規模把人類傳送到火星。」

「妳的方向對了。」安德說，接著又觸碰螢幕，整個房間隨即充滿紅光。一顆明亮的深紅色球體在螢幕上發光，熔化的表面正在起伏。「這叫『比鄰星b』，是一顆紅矮星，屬於距離地球四點二光年遠的半人馬座南門二星系。在二〇一六年初期，南美洲的天文學家確認有一顆像地球的系外行星存在，並且繞行著比鄰星。軌道的距離以及所有相關的情況紀錄都指出，這顆叫比鄰星b的行球可能含有液態水，也可能有生命。」安德一隻手撥弄著亂髮，「火星是顆不適合居住的行星。雖然有液態水的蹤跡，但卻是鹽水。白天和夜晚之間的溫差非常極端。換句話說，火星不是我們的目的地，這裡是我們的試驗場地。」

「目前在火星地表上有三個正在運行的生物圈。」歐林在她身邊說。他的聲音很小，幾乎有種虛幻感。「地球化的實驗進行得很順利。那就是太空站部署的目標：看看我們能不能在缺乏可用資源的最嚴苛狀態下建立氣體。」

安德點了點頭。

「所以我們離開地球的時候，不是到火星。」她緩慢地說。

「對，我們要去那裡。」卡森看著螢幕說，「比鄰星b。那裡很可能有水、可以呼吸的空氣，說不定甚至還有可食用的植物群與動物群。這是我們的第一選項，火星是第二選項。也許兩顆星球我們都會居住，但火星並不理想。」

房間一片靜默，吉莉安試圖了解一切，但這對她而言實在太過複雜了。她吞下口水，不知道自己會不會作嘔。

「要理解並不容易。」卡森說，「太空站上的組員跟太空船上的一樣，都是經過挑選，並且要遵守由聯合國同意的嚴格機密限制。這是一場全球行動，每一個大國都有參與。」

「自組裝設備以及一些最先進的生物技術，現在正藉由太陽帆以光速百分之七十的速度前往比鄰星b。」安德說，「已經組裝好的太空船則需要三到四倍的時間才會抵達目的地。」

「而你的其中一部機器也會跟著一起建造。」吉莉安說，「你要把人從地球傳送到那艘船上。」

「是的，在適當的時候。當太空船跟機器組裝成功，就會有勇敢的探險家透過瞬間傳送過去。這會花上一段時間，因為我們的瞬間傳送移動跟光速一樣快，而就算是光也需要超過四年才能經過那麼遠的距離到比鄰星b。」

「設備是什麼時候發射的？」

安德笑了。「超過兩年前。」

「人們完全不知道這件事嗎？」吉莉安問。

「任務以外的人都不知道，原因是他們的感覺也會跟妳現在一樣。」安德說，然後靠近她。

「絕望，恐慌，消沉。在我們摧毀人們的希望之前，我們得找到問題的答案。」他的目光垂到地上。「這就是我們正在努力做的——希望。」

「可是你擔心瞬間移動出了差錯。」

安德和歐林都變得很僵硬，卡森則是瞪了她一下。

「我們不完全確定這件煩人的事是由瞬間移動造成的。」安德說，「但無可否認其中的相關性很令人困擾。在瞬間移動過的組員中，有將近百分之三十的人回報發生了症狀，可是電腦斷層掃描跟MRI的結果完全沒有異常。」

「妳認為會是羅氏症嗎，博士？」歐林輕聲問。

「有可能，可是以前從來沒有集體發作的紀錄，只有神經檢測才能確定他們發生了什麼事。」吉莉安說。

「嗯，好吧。」安德說，「不管是什麼，妳說得對，萊恩博士，除非找出原因並解決，否則我們就不能繼續檢測。」他打量著她，「根據現在的……情況，妳還可以執行任務嗎？」

她直視他的眼睛，盯住不放。「可以，我一定要可以。」

28

「我會準備同意書讓所有願意接受試驗的組員簽名。」

在他們離開安德房間、經過外面那張桌子時，卡森說。

「好，我需要一間專用實驗室跟伯克。」吉莉安皺眉，「如果他願意的話。」

「也許應該讓里歐過去再為妳檢查一次，確認——」

「他在我戒斷症狀結束之後檢查過了，我沒事。」

他安靜了片刻。「只要妳不在實驗室，就必須關起來。」

「也只能這樣。」電梯正迅速向下到她房間所在的樓層，而她發現他正在看著她。

他們進入走道時，卡森對瓦斯奎茲比了個手勢。「去喝杯咖啡吧。」

瓦斯奎茲露出懷疑的表情，卡森則是點點頭。

「是，長官。」瓦斯奎茲看了吉莉安最後一眼，然後大步離開。

他們往反方向走，前往她的房間，她的牢房。

「妳知道我沒選擇的餘地。」他在沉默許久後說。

「總不能危及你的新控制權吧。」

他咬緊下巴，在到她的房門前都沒再說話。他掃描開門，她走了進去。

「一切就緒之後我會通知妳。」他說，然後就轉身要離開。

「卡森？」

他停下來，一隻手放在門框上，但是沒有看她。

「謝謝你。」

他用最輕微的動作點頭後就離開了，門隨即關上。

她再度孤獨一人。

⧖

睡醒時，吉莉安又想吃氫可酮了。那感覺比渴望更強烈；吞下一顆藥丸的想法就像緩慢達到高潮，令人愉悅而著迷。

她在床上坐起來，熱烈的渴望隨之減輕。她已經擺脫藥物了，已經結束了，而且一想到又要掉進上癮的惡性循環，她就覺得毛骨悚然。這並不是因為她害怕藥物以及藥物對她有什麼影響，而是因為她有多麼渴望。

吉莉安沖了澡，將這些念頭隨著汗水與汙垢一起洗掉。她不知道現在幾點，也不知道日期。在火星的紅光下，時間是一種不相容的東西；時間應該用於工作和學校的進度，就寢提醒和鬧鐘。在這裡只有睡意的拉扯，疲憊就像是她看不見的時鐘指針。

洗好以後，她離開浴室，穿上乾淨的連身服。她用手指梳理頭髮時，聽見了敲門聲，門隨即打開，外面是歐林．安德。

「噢，我很抱歉。」歐林說話時，她正把連身服的拉鍊一路拉到喉嚨。「勒克指揮官不太舒服，所以他要我陪妳到實驗室。我……我在外面等。」

門發出嘶聲關上，而她盯著門看了一會兒，才把頭髮弄到頭頂上緊緊綁成一團。她準備好後，敲了敲門，門就打開了。只有歐林在走道上等她。

「我很抱歉，我應該再等久一點才進去的。」他說。他的聲音仍然有種虛幻的特質，跟她先前注意到的一樣。「他們跟我說妳會準備好。」

「沒關係，我只是嚇了一跳而已。」

他們在走道上行進，經過幾個往反方向去的人。他們向歐林打招呼，而吉莉安感覺得到他們的目光逗留在她身上。接近第一個檢查點時，歐林掃描通過，然後往他們剛才過來的方向側頭。

「他們第一個月的時候也是這樣看我。我不是太空人，所以是外人。」

「你應該沒被指控殺人吧。」

歐林皺起了臉，繼續往前走。

進入電梯後，她又偷瞄了他頭部側面的疤痕。疤痕深埋在皮膚中，皺縮的皮膚形成一道閃電。他一看她，她就別開眼神。

「如果你不是太空人，那你是做什麼的？」她試圖化解尷尬。

「我是偉大的艾瑞克・安德之子。」他露出微笑說。

「只是湊熱鬧的？」

「其實是機器人學；主要是操作，不過我也會做點設計。」

「我猜你在地表工作對嗎？」

「不多。在我們剛到這裡的時候執行過一些樣本收集研究。」

「所以你應該瞬間移動過了？」

他點頭。「有幾次。」

「感覺像什麼？」

「說實話嗎？嚇死人了。不是我最喜歡做的事，但可別告訴我老爸。」他又對她笑了一下。「只要可以我就會使用運輸船。當然，後來一切就變得……」他的聲音逐漸變小，而就在她要問他另一個問題時，電梯門就打開了。

歐林帶她經過一條短走道，旁邊有成排窗戶可以從驚人的高度向下看，看見那顆壯觀的紅色行星。這片景象讓她知道他們在安德辦公室的下一層。

經過另一道門後，他們進了一間凹室，可以通往一個由玻璃圍住的區域，裡面有許多觸控螢幕以及兩張可以向後躺的椅子，而這讓她想起了上次帶凱莉去看牙醫。伯克站在房間中央，附近一張工作檯上擺滿了他們帶到太空船上的設備。他一聽見他們進來就抬起頭看。

「博士。」她聽不出伯克的語氣代表什麼；沒有寬慰，也沒有輕蔑。

「嗨。」她看著歐林，他待在門的一側。她走近時，伯克也繼續整理他們的工作空間。

「真是一大步，在兩個月內從老鼠進展到人類。」

「伯克，我……」她掙扎著，「謝謝你幫忙。」

大塊頭停頓了一下，然後迅速點頭。「這就是我來的原因。」

「你知道我的意思。」她在他正要拿起一段橡膠管時把手放到他手上。

他看著他們的手。「妳從一開始就可以對我坦白的。妳應該要的，這是我應得的尊重。」

「你說得對。我很抱歉，實在……」她嘆息著，「實在很難開口求助。而且正當你決定要求助了，有時候又會覺得已經太遲了。」

「我明白。」他停頓了一下才說。他的目光與她交會時，眼神改變了。「我相信妳，博士。」他的聲音小到她差點聽不見了，「我不知道發生了什麼事，可是情況不是表面上看起來那樣。」

她的心裡同時感到開心與不安。就在她要回答的時候，實驗室的門打開了。

卡森大步走進來，安德緊跟在後。卡森看起來像是沒睡覺，而安德似乎穿著跟她上次見到他時一樣的衣服。

「都準備好了嗎？」卡森問。

吉莉安輕咳了一下。「對，我們好了。」

「好，那就開始吧。」

⋈

生物學家的名字叫丹尼斯．肯尼森。他又矮又瘦，髮線後退得嚴重；脖子掛了一條細繩，末端連接著一副他無法停止撥弄的眼鏡。他停留在實驗室的門口，輪流看過他們每一個人，然後對歐林笑；歐林則親切地跟他握手。他們招呼過後，肯尼森的注意力回到了吉莉安擺放在設備旁邊那張有底座的椅子上。

「去吧，丹尼斯。」安德邊說邊拍了拍男人的肩膀。

肯尼森遲疑著，又看了她一眼。她不怪她會猶豫：太空站的每個人都知道關於她的指控。她在他走近時盡力露出親切的笑容。「你好，博士，謝謝你願意見我們。」

他點了頭，迅速坐上躺椅，而她也坐到他旁邊的椅子上。在這麼近的距離，她看見了他的眼眶很濕，而在他四處張望時，眼神深處似乎有某個東西在游動。恐懼。他很害怕。

「所以這到底要做什麼？」肯尼森的聲音尖細，很符合他的外表。「某種腦部掃描，還有什麼？」

「首先我會問你一些問題。接著我們會插入一種小型的顱部開口，再進行神經系統分析。」

吉莉安說，然後在最靠近她那塊平板電腦上的「自動錄音」按鈕。

「你在這裡的工作是什麼，博士？」

「大部分是解剖植物學。我研究生物圈的植物結構，確保沒有突變。沒有生長抑制劑或營養缺乏。」

「你是第一批到這裡的嗎？」

「對，在太空站完全組裝好以前。」他邊說邊對他們所在的房間比出手勢。

「你第一次瞬間移動是什麼時候？」

肯尼森在椅子上扭動身體。「在第一個生物圈密封後的兩個月。我……」他看著安德，然後繼續說，「我從這裡下去地表。」

吉莉安看著他。「感覺如何？」

「就像……就像出生一樣。」

「出生？什麼意思？」

他輕咳一下。「妳曾經有過一夜好眠，就是休息非常充足，覺得自己跟之前上床睡覺時是完全不同的人？就像那種感覺，再乘以十倍。純粹的愉悅。」

「那麼你總共瞬間移動了幾次？」

「六次。」

「你是什麼時候開始發現不對勁的？」

「第二或第三次。」他沉默片刻，只有手裡那副眼鏡發出的喀噠聲，「心裡有種惱人的感覺。就像妳離開雜貨店的時候知道自己忘了某個東西。」

吉莉安跟伯克對看了一眼，伯克稍微揚起眉毛。

「可以告訴我們你最近感覺如何嗎？」她問。

眼鏡摺起來。

打開。

「焦慮和疲累，沒辦法好好專心工作。有時候我覺得我坐著或甚至站著的時候就睡著了，因為我會突然醒來，好像暫時中斷了一下。」他緊張地笑，又擦了一下嘴唇，「那樣正常嗎？」

她再次露出笑容。「我相信很快就會正常了。還有其他症狀嗎？」

肯尼森迅速眨眼。「會忘記事情。」

「什麼事情？」

「我應該記得的事情。都是小事，大部分都無足輕重，譬如我家的房子是什麼顏色。我知道我家地址，我也知道有多少房間以及外觀，可是顏色……」他搖著頭，「就不在那裡。我不知道那是藍色或黃色或紅色。」他眼中的閃光突然溢出，就這樣哭了起來，而吉莉安發現他從一開始說話時就在忍住不哭了。「這不應該讓我覺得困擾，對吧？可是還不止這樣。我母親五年前過世了。我跟她一起住，照顧她到最後。」肯尼森咬牙切齒地說，彷彿光是說話就很痛苦。「我沒辦法想像出她的臉。如果妳讓我看照片，我沒辦法確定我可以認出她。」他的語氣在最後一個字崩潰，開始大哭起來。

吉莉安站起來，走到最近的一面牆邊抓了幾張紙巾。在走回去的途中，她望向卡森和安德，但無法理解他們的表情。歐林眉頭深鎖，像是陷入了沉思。吉莉安將紙巾遞給肯尼森，他接過以後用來擦臉。

「對不起。」他說，「太可怕了，我是指不記得。」

在那一刻，他就像個小男孩而不是中年男子，就像某個人的孩子被嚇到了。

「覺得害怕沒關係，可是我們要找出問題是什麼，好嗎？」

他輕輕擤著鼻子，點了點頭。「我有時候也會覺得憤怒。」

「憤怒？」

「在記憶不見的時候。那就像在找眼鏡，眼鏡應該在妳放的盒子裡，可是卻沒有。所以我才會像這樣一直帶著，不然會一直弄丟。我會試著回想某件想不起來的事，有時候就會感覺到憤怒。這就像別人在生氣，不是我，而是外面的某個人。」

吉莉安覺得自己的頭皮刺癢了起來。

「我們無法回想起某件事的時候，感到憤怒是很常見的反應，在我看來很正常。」

他又擦了擦眼淚，然後輕輕點頭。

「如果你準備好了，我們現在就開始程序。」她移動到設備附近的桌子，桌面上整齊擺著器具。她拿起一根裝滿麻醉藥的小針筒。

「妳不會讓我睡著吧？」肯尼森的目光從她移向安德，再移回她身上，「他們說我會醒著。」

「對，不會全身麻醉。睡著的話對你有問題嗎？」

肯尼森吞了吞口水，在椅子上調整姿勢。

「我一直會作夢。」他說，「惡夢，所以睡得不多。」

「你方便告訴我們內容嗎？」

他點點。「像是……像是一個洞，但又不是洞。我在一個開口的邊緣，然後我……」他的聲音逐漸變小。

「沒關係的。」

「我往下看，看不到盡頭。裡面什麼都沒有，永無止境。我會在掉進去的時候醒來。」他的上唇有一顆發亮的汗珠，而他將它擦掉。

吉莉安的手指轉動針筒，試著穩住雙手。

「我們不會讓你睡著的，只是要稍微麻醉我們插入開口的區域。」

肯尼森放鬆了一點，往後躺在椅子上，禿頂面向她。伯克遞給她一塊利多卡因(注)棉片。她替肯尼森頭頂一小片區域消毒，然後擦上棉片。幾秒鐘後，她以某個角度將針筒插進要麻醉的皮膚，然後壓下柱塞。

「這會痛嗎？」肯尼森在她回到桌面拿起小型手術鑽頭與顱部開口時問。

「你應該不會有感覺。如果你想要鎮靜劑，可以說——」

「不。不，我可以的。」

吉莉安深吸一口氣，用鑽頭抵住肯尼森的頭骨。她跟伯克目光短暫交會，然後壓下扳機。

鑽頭嗖嗖作響，整個房間都是尖銳刺耳的聲音，而她聞到骨頭加熱的氣味。鑽頭直接沒入他的頭部，塞好的顱部開口轉了一下，然後鑽頭就離開了。

完成了。

「好了。」她說。當她一開始鑽孔，卡森就往她的方向走了兩步，但她沒理會。她朝伯克點頭，伯克便將一條軟管和神經監控線路接上開口，再把一劑螢光素注入肯尼森的頭骨。他在椅子上重新調整姿勢。「覺得還好嗎？」吉莉安問。

「還好。我的頭會冷，有點刺痛。」

「那是螢光素化合物。如果感覺太強烈就告訴我。我們要等幾分鐘，所以試著放鬆吧。」

注 原文為lidocaine，一種局部麻醉劑。

她望向卡森，他已經轉過身在門邊跟安德和歐林在討論某件事。

伯克坐到凳子上面對一堆螢幕，開始記錄肯尼森的生命徵象。「目前一切看起來都正常，博士。血壓跟心率稍微提高。」他看了她一眼，輕聲說，「不過如果我是第一位接受試驗的人類，我也會這樣的。」

「化合物都是有機的。」她說。她繞過他好清楚看見畫面。「我們會面臨的最糟情況就是在注射區域的感染。」

「可是我們怎麼知道會成功？」伯克繼續壓低聲音，「萬一這只是亂槍射鳥呢？」

「亂槍打鳥。」她不自覺糾正他。卡森看著她，然後安德又說話吸引了他的注意力。「因為我們全都記得。」她說。

幾分鐘後，他們注入螢光素酶，吉莉安也再次坐到肯尼森旁邊的椅子上。「還好嗎？」

「當然。」

「很好。好了，肯尼森博士。再過幾秒鐘，我會要你做某件事，而我不希望讓你覺得煩惱。我要你去想你最快樂的回憶。」生物學家迅速眨了眨眼，然後就緊閉雙眼。「我告訴你的時候，你要專注在那個回憶上，想像自己又出現在那裡。你做得到嗎？」肯尼森點頭，但是沒張開眼睛。

她指向伯克，他隨即觸碰其中一塊螢幕。

螢光素酶在軟管裡滑動，消失在開口裡。她在面向她的顯示器上看見肯尼森的神經元正在發亮。她有一股不可思議的衝動想要就這樣看著神經元反應，看著另一個人類的本質發出最私密的光芒。這種驚奇感幾乎快跟第一次近看火星一樣。而她現在目睹的不只是幾百萬個細胞在發光，而是數百億個。

她勉強讓目光離開螢幕，將注意力拉回到肯尼森身上。「博士，你找到回憶了嗎？」

「找到了。」他輕聲說。一滴淚水從他右眼角滑出。

「很好，繼續保持。」

化合物湧入肯尼森的海馬迴區，整個區域不斷爆發出短促的光芒。有效了。

神經閃光越來越密集。活動的速度快到她來不及追蹤，然後聚集成一顆超新星，充滿了大腦其他部分。吉莉安試著呼吸，但她的肺像是麻痺了。她注視著肯尼森，但他完全沒顯露出腦中出現風暴的跡象。

神經元逐漸變暗，由化合物造成的閃光也越來越少。

她望向伯克。他的嘴稍微打開，目光跟她交會時，眼眶濕潤了。

他點點頭。「成功了。」

吉莉安差點從椅子上跳起來，整個人充滿喜悅。要從動物試驗轉換到人體檢測，當然會有一些疑慮——如果要她老實說，其實有非常多疑慮。可是現在他們找到了具體的證據，可以證明理論與研究都很完備。而且如果這對肯尼森有效，就會對凱莉有效。

她輕碰肯尼森的手，而他看了看周圍，用手心擦了擦臉頰。「我昏過去了嗎？」他問。

「沒有，你做得很棒。我們完成了。」

「一切都充滿了生氣。就像一場夢，但是……」他搖了搖頭，「那太真實了，就像又經歷了一次。」他逐漸露出微笑，「真美。」

「我很高興。」

「結果多久會出來？」

吉莉安移動到他後方，從開口取下監控線路和軟管。「不超過一天。我們一弄好就會通知你的。」她用鑷子輕輕扭下他頭頂的開口，在小洞上放了一塊縫合墊。「那應該很快就會癒合了。」她邊說邊扶肯尼森站起來，「繃帶要放十二個小時，還有接下來兩天別把頭弄濕。」

「沒問題的，這裡不常下雨。」

吉莉安笑了，肯尼森也再次露出微笑。

「謝謝妳，博士。」肯尼森點頭，顯得清醒而冷靜。他停留在她面前，握著眼鏡的雙手稍微顫抖。

「你確定你沒事嗎？」吉莉安問。他的氣色在幾秒鐘內就變得很蒼白。

肯尼森舔了舔嘴唇，側著頭，彷彿聽見了無法辨識的聲音，這讓她以為他是不是快要昏倒了。「他們不太對勁。」他輕聲說。

吉莉安從他肩上望向門邊的三個男人。他們正在交談，沒往這裡看。

「誰？」她也壓低聲音問。

肯尼森突然向前傾，嚇得她差點往後縮。他的嘴唇動了起來，她幾乎只看到唇語而沒聽見聲音。「所有的人。」

29

吉莉安看著肯尼森走向出口。她的思緒亂成一團，試圖釐清剛才發生的事。肯尼森接近門口時，安德跟他握了手，然後低聲說了些話，讓生物學家皺起眉頭。吉莉安想注意聽他說了什麼，卻因為卡森和歐林一前一後走向工作區而分心了。

「成功了。」卡森說。

「對。」她試圖鎮靜下來。

「妳不確定會成功對不對？」

「對，處理人類心智的問題時沒有什麼是確定的。」

「可不是嗎。」

歐林繞過桌子，站在伯克後方。

「所以你們記下了每個神經元的位置？」他的眼睛一直盯著螢幕。

「看起來是這樣。」她回答。她看見安德拍了拍肯尼森的肩膀，接著生物學家就離開了。

「這能讓你們判斷瞬間移動是不是原因嗎？」

「掃描會告訴我們神經元是否以任何方式受到損傷，以及在大腦中的位置。」

「我之前沒提到，不過這真是令人吃驚的突破。」安德說，他走到卡森身旁，開始打量螢幕上的讀數。

「從發明瞬間傳送的人口中說出來，我就當這是讚美了。」吉莉安說。

老人的臉上閃現過一副覺得有趣的表情。「我沒發明，只是讓概念達到完美。」

「我不知道該不該說是完美。」歐林說。安德看著他的兒子，表情變得陰鬱了。

卡森摀著嘴咳了一聲。「妳說結果要等二十四小時？」

「我猜差不多吧。至少那是我們一開始的預計時間。」吉莉安說。

「胡說。」安德說，「把你們的程式上傳到太空站的主機吧。那可是量子電腦，只要比一天更短的時間應該就可以得到結果了。」

「多短？」伯克問，然後開始敲打面前的鍵盤。

「幾分鐘吧，可能更快。」

伯克楞住，像是被打了一下搖了搖頭，接著繼續敲鍵盤。「好喔。」

吉莉安把監控線路跟軟管繞成兩圈重疊放在桌上，腦中迴盪著肯尼森最後說的話。

「有辦法下去地表嗎？當然，不是瞬間移動。」她在看見安德跟卡森的表情後補充說。

「為什麼？」安德問。

「我想參觀一下生物圈，試著排除可能造成這個問題的外部媒介；而且看見他們工作的環境，有可能會發現我們在這裡沒注意到的心理層面。」

「我們已經針對從地表回來的每個人做了很多檢查。」安德說，「他們的身體狀況很好。」

「也有心理檢查嗎？」

「潘德拉克博士會負責評估，直到……發生了那件事。」安德停頓了一下，露出一陣痛苦的表情。「除了那些症狀，組員在心理上都很正常。」他把話說完。

「也許真的是，不過因病所苦的人只有兩個共通點：第一，他們全部都瞬間移動過不止一次；第二，他們都去過地表。」

「這兩項我都做過，但我很好。」安德說，「歐林也很好。」

「可是大多數人並不好。」

「她說得有道理。」歐林說，「而且，明天剛好也有兩個組員要下去換班，對吧？」

「對。」他皺起了臉，「卡森，你覺得呢？」

卡森看著地上。「我覺得必須探索各種可能。我們來了這麼遠，不謹慎一點不行。」

「好吧，我是這裡的少數。登陸器早上離開，我會通知駕駛員，說妳要跟組員下去換班。」

吉莉安轉身面向最接近的螢幕，一邊看著資料編譯，一邊讓思緒延伸。他們不太對勁。

安德在肯尼森離開時對他說了什麼？她看著老人，發現他也在打量她。

「哇塞，那也太快了。」伯克的話吸引了所有人注意。他輕敲了鍵盤幾下，然後轉動螢幕給他們看。肯尼森大腦的神經製圖在右上方角落以生物發光的影像循環播放著。畫面的其他部分以分隔的方式顯示了編譯資訊的類別。吉莉安經過卡森身邊，瞇起眼睛看著螢幕。她的目光由上往下迅速掃過資料。

「所以呢？」經過一段深厚的沉默後，歐林開口問。

「正常。」她轉身面向大家，「完全正常。沒有創傷或神經纖維糾結。」

卡森眨了眨眼，眼神陷入沉思，安德則是上前親自查看螢幕。

「這表示什麼？」歐林問。

「他的神經元沒有實質損傷。」伯克說。這句話讓吉莉安的背脊發涼。

「沒有。」安德的語氣聽起來像是在說「勝利」。

卡森雙手環抱胸前，然後又放開，就像肯尼森不斷摺起又打開他的眼鏡那樣。

「確定了嗎？」

「這讓ＭＲＩ變得看起來就像神奇畫板而已。」吉莉安心不在焉地而。她咬著嘴唇。「這確定排除了羅氏症。」

「那麼瞬間移動呢？」

「不一定。」

「什麼意思？」

她皺起眉頭。「瞬間傳送可能還是有我們沒看到的問題。」

「可是又沒有神經創傷。」安德插話，「妳自己說的。」

「我知道，只是……」

「只是什麼？」卡森輕聲問。

她再次瞇起眼睛看著顯示結果，不過最後搖了搖頭。

卡森看了她一會兒，然後說：「既然我們在這裡有了一些結果，就得再探索其他可能的原因。還剩下什麼？」

「也許是毒素或某種外部媒介，就像萊恩博士提到的。」安德邊說邊離開螢幕往後退，「檢測中漏掉的東西。」

吉莉安低頭看著盤繞交纏的監控線路和軟管。她腦中深處某個沉睡的東西翻動了一下；那個想法尚未甦醒，還不夠明顯到能夠稱為想法。不知為何，她聽見了火車的聲音，也看見它轉動著匡啷作響的車輪經過。

「我想要檢測他們。」她的目光循著監控線路的曲線移向卡森。

「誰？」安德問。

「情況最嚴重的兩個人。我想要見殺了你搭檔的人。」

30

安德和卡森在隔壁桌低聲討論時，吉莉安與伯克重新調整了設備。

她偶爾會聽見卡森的音量稍微變大，而從他們過去的爭執判斷，她知道他正在說明他一直堅持的論點。

「我不太喜歡那個男人看妳的方式，博士。」伯克在她身邊說。

她抬起頭，發現歐林坐在室內另一側的椅子上看著她。他的眼神有種從容感，像沉思的天文學家正望著天空中出現一道新的光芒。

「他還不錯。」她低聲說，「應該是因為很久沒見過新面孔吧。」

伯克哼了一聲。

她看著他處理一瓶螢光素，雙手很穩。「我一直沒機會問，你醒來之後覺得如何？」

他停止動作，彷彿在盤點自己的身體狀況。

「其實非常好。一開始有幾次暈眩發作，可是不像之前那麼慘。」

「沒有聲音或……看見什麼？」

伯克臉紅了。

「沒有。我相信妳說得對，博士。我睡眠不足，壓力大，而且很可能脫水了。」

「我很高興。」她露出笑容，覺得這幾乎就像是他們在實驗室度過平常的一天。就像她沒被指控殺人，也沒離家三千萬哩遠。

離凱莉三千萬哩遠。

過去幾個小時裡，她一直努力跟對凱莉的想念保持距離，在那些念頭出現時迅速避開，這樣她才能夠繼續工作，可是那些念頭一直都在，只剩著半個心跳的距離。而現在，少了檢測時的匆忙與興奮感，女兒的缺席讓她感到一種如潰瘍般的痛。

找出傳送裝置，然後瞬間移動回到地球。

這個想法突然讓她的心頭一團亂。

就她所知，那些裝置可以正常運作，最早期的其中一部還在佛羅里達州的NASA園區裡等待訊號。她可以在幾分鐘之內回到家。

可是她不知道這麼做對她會有什麼影響。

說不定根本就不是瞬間移動造成的。有可能是外部媒介，是目前科學還不知道的某種病毒或化學品，任何檢測都找不出來的某種東西。

這種誘惑太令人陶醉了，她逼自己不去想。在他們知道到底發生了什麼之前，她不能讓自己或凱莉有受到感染的風險。

天哪，她需要一顆氫可酮。

「還好嗎，博士？」伯克問。

「很好。」她繼續重新設定螢幕上的程式。

「好了，條件是這樣。」卡森邊說邊走向他們，「我們會先讓瑪麗．克蘭斯頓過來，她是另一個受到嚴重影響的組員。如果一切順利，我們再檢測戴佛。」

「為什麼檢測她會不順利？」吉莉安問。

「克蘭斯頓也攻擊了一位同事，但那不在妳收到的報告裡。雖然沒造成什麼實際傷害——只有幾道淺割傷——但她被認為有危險性。」

「還有什麼是報告裡沒提而我們應該知道的嗎?」

卡森看了她一眼。

「不知道。」卡森說,「沒有目擊者,不過被她攻擊的組員說,他在太空站的下層發現她正在繞圈,就像迷路了。他問她還好嗎,結果她就用她之前砸破窗戶的玻璃割傷了他。」

「好極了。」伯克說。

「別被她的外表騙了,她可能很危險。」卡森正要說別的卻突然停住,然後回去找安德,而安德正僵硬地站著,雙手環抱在細窄的胸前。

不到十分鐘後,瑪麗・克蘭斯頓出現了。

瓦斯奎茲跟另一個曾在他們抵達太空站時押送吉莉安到房間的男人帶瑪麗進入實驗室,兩人都抓著她的上臂。她看起來很瘦弱,頭髮金黃到像是頭上的一團白霧。如果要吉莉安猜的話,她認為這個女人大約四十幾歲,不過她的皮膚光滑,所以可能更年輕點。她骨瘦如柴的手腕上有一副堅固的手銬,而手銬的粗厚跟女人形成了驚人的對比。

守衛讓她坐到檢查椅上,接著就往後退。瑪麗環視室內,眼皮半閉著,彷彿就要打瞌睡了。吉莉安坐到她身旁,按下錄音機。

「妳好,克蘭斯頓太太,我是萊恩博士。我該叫妳克蘭斯頓太太或是瑪麗?」

瑪麗斜起一邊嘴角微笑著。「只要別太晚叫我吃晚餐就好。」

「好,我們就用克蘭——」

「『晚餐,supper』,也許這個詞的來源是『sup』,喝東西的意思。有人認為它來自法文,『souper』或『soup』,沒人能確定。」克蘭斯頓的目光離開她,停在歐林身上。她的頭側向一邊。「你很帥。如果沒有那些疤，你就會好看極了，應該說可以『打砲』。」

歐林在他的位子上坐立不安。克蘭斯頓對他使眼色。

「克蘭斯頓太太，我們想問妳一些問題。」吉莉安繼續說。

「答案，問題的相反。」

「是的。我知道妳是一位通訊專家，對不對？」

「也許吧。也許是別的。」

「妳不記得了嗎？」克蘭斯頓坐著靜止不動，沉默了將近一分鐘後，吉莉安才傾身靠近她。

「太多地方了，混沌。那樣形容很適合。在中間。」

「妳從哪裡來的？哪個州？」

「在什麼的中間。」

「一切。」

吉莉安往後坐。「根據妳的檔案，妳丈夫的名字叫雅各，對嗎？」

克蘭斯頓點頭。

「妳可以告訴我一些他的事嗎？」

「我現在想走了。」

「我們還有幾個問題想問妳。」

「去通道，那是個好地方。永遠的通道，永遠永遠。」

「什麼通道，瑪麗？哪一個？」

「唯一的一個，那一個，我要的那一個。我現在就想去那裡。」

吉莉安看著克蘭斯頓，她則聳聳肩膀。安德怒視著，眉毛都皺在一起了。「妳記得下去過地表嗎？下去火星？妳曾經在生物圈幫忙建立通訊，對嗎？」

克蘭斯頓開始左右搖晃。她開始小聲用微顫的聲音唱著：「掉，掉，掉進黑暗裡。冬天提早來到我心裡。你離開把我留在這裡。為何不打給我，親愛的？你的愛離開，也將我撕開。掉，掉，掉進黑暗裡。」歌詞結束在一個刺耳的音，讓吉莉安的手臂起了雞皮疙瘩。克蘭斯頓停止搖晃，下巴垂到胸前。

吉莉安試圖讓嘴唇濕潤，可是她的舌頭像是覆蓋著沙。「瑪麗？」

沒反應。

「妳聽得到我嗎？」吉莉安靠上前，「瑪麗？」

克蘭斯頓突然抬起頭往後轉。她的牙齒咬合發出喀的一聲，距離吉莉安的臉只有一吋。吉莉安畏縮退開，從椅子摔下，尖叫聲在喉嚨卡住了，這時兩名守衛則是衝上前將女人壓回椅子上。伯克站起來，用一隻大手抵住克蘭斯頓的額頭。

「通道！」她大喊，表情因為憤怒而扭曲。

吉莉安站起來，四肢像是有電流通過，肌肉都在顫抖。她迅速走了兩步繞過桌子，抓起螢光素和螢光素酶瓶子旁的一根針筒。她毫不遲疑，移動到正在劇烈扭動的女人旁邊，把針頭刺進她的肩膀，用拇指將針筒裡的液體注入。

克蘭斯頓從椅子滑下，她還在掙扎，露出牙齒猛咬守衛的手臂。卡森在她腳邊出現，抓住她細瘦的腳踝並壓制住。

「壓住她！」安德從室內的另一側大喊。

她對他們發動最後一次攻擊。接著，克蘭斯頓就像一陣失去力氣的風暴，她的抽搐放慢，逐漸緩和下來，最後往身體的一側倒下，鬆開了拳頭。

「她昏過去了。」一位守衛說，然後將她舉起挺直在椅子上。

「老天！我就知道這是個餿主意，我不是告訴過你了嗎？」安德指著卡森說。可是卡森沒聽進去。他站在吉莉安身旁，一隻手放在她肩膀上。

「都還好嗎？她有沒有傷到妳？」

「沒有，我很好。」吉莉安說，但她突然覺得噁心想吐。她吞下膽汁，一隻手撐在桌上。

「妳還說沒事。」

「我會沒事的，讓我喘口氣。」

卡森又打量了她一下，然後才走向安德，而安德看起來就像是隨時又要再度爆發。歐林站在克蘭斯頓的椅子另一邊，往吉莉安點了點頭。「還好嗎？」

「嗯，我很好。」這不算是謊言。她的手腳已經恢復了一些力氣，心跳從衝刺緩和到慢跑的速度。她發現自己一隻手移到了連身服的口袋，手指正在尋找已經不在裡面的藥瓶。

「帶回她的房間嗎？」其中一位守衛對卡森說。

「既然她打了鎮靜劑，我們就對她檢測吧。」吉莉安很高興自己的聲音沒發抖，「我給她的量不多，她可能會在幾分鐘內恢復足夠的意識。」

卡森看了安德一眼，安德則是把頭向後仰，閉上眼睛，然後呼出好長一口氣。

「好吧。」安德說，「但是你們的手別靠近她嘴巴。我可不希望有人手指斷了。」

⧗

「正常。」吉莉安轉身側開，讓其他人能夠看見螢幕。在量子處理器回傳結果的幾分鐘前，兩名守衛扶著克蘭斯頓半走半拖離開了；她仍昏沉地重複著檢測時觸發了記憶的那個詞。

通道。通道。

「我不明白。」吉莉安看著自己的手說。

「妳預期會查到什麼嗎？」歐林說。

「從她的行為方式嗎？當然。她有失智症的典型徵兆，包括記憶喪失、與現實脫離。」吉莉安思考了一下。「也許就像熱帶性海魚毒。」

「我有位弟兄在部署到太平洋時好像就中毒過。」歐林說。

她點點頭。「人們會中毒是因為吃了以真核生物為食的特定魚類，而真核生物會產生一種毒素。這種毒素除了會導致各種身體疾病，也會造成神經系統的問題，例如短期記憶喪失。可是瑪麗的症狀不止這樣。她要不是無法理解問題，要不就是無法想起答案。」

「所以妳是說她可能攝取了毒素？」卡森問。

「我不知道。沒有任何神經損傷的跡象，所以神經毒素並不合理。不過如果我們要處理的東西超出了我們的經驗範圍，那麼我猜它應該來自地表。」

大家逐漸理解她這席話的含意。

「妳是指外星生命？某種生物？」安德說。她聳聳肩，而他不以為然地笑了一聲。「很抱歉，博士，那太難接受了。」

「我沒有冒犯的意思，不過幾個月前就我所知，瞬間傳送還只是科幻小說的產物。」

安德看著她，然後別開眼神。

「而且我指的不一定是生命。有可能是我們沒見過的礦物。看看汞中毒的效果就知道了。」

「姑且先認定是生物好了。」卡森說，「在五十五位組員中，只有十八位回報發生症狀。在五十五個人中，有四十八個人曾經瞬間移動並且去過地表。如果這會傳染，效力應該不強。」

「說到數字，瑪麗．克蘭斯頓只瞬間移動過四次。」安德說，「比丹尼斯還少，然而她的情況比他糟得多了。」

「戴佛呢？」吉莉安問。

「只有九次。我們有好幾位組員的次數是他兩倍，而且還完全沒症狀。我看不出真正的關聯。」

吉莉安嘗試提出回答，可是每個論點在安德的推理下都站不住腳。

「她一直提起的通道呢？太空站上有像那樣的東西嗎？」

歐林和安德對看，雙雙搖了頭。

「就我所知沒有。」歐林說。

「地表呢？有任何鑽孔或挖掘的地方嗎？」

「沒有。」安德說，「不過從主要生物圈到第二大的生物圈之間有一條臍狀的走道。那可能有點像通道吧。」

吉莉安點點頭。「好，算是線索了。」

安德看著最靠近他的螢幕。「抱歉，我得去處理事情了。」

「我想我們今天就這樣吧。」卡森說，「伊斯頓跟周蓮明天可以陪我們去地表協助調查，然後我們再檢測其他有症狀的組員。」

吉莉安有點想提出異議，告訴他們應該現在繼續檢查組員，可是她更高興能夠離開實驗室，即使她只能回到她的小房間。

她緊握伯克的手道別，接著心裡又想起了肯尼森說的話，那種感覺就像用舌頭去碰少了牙齒的缺口。除此之外，關於那位生物學家的檢測結果，伯克還提到了一件她很想弄清楚卻仍不明白的事。他的神經元沒有實質損傷。

沒有損傷。

「今天的表現真令人佩服。」卡森的話將她拉回現實，他們現在來到了走道的交接處。

「謝謝。」

「如果我們可以解決這件事，我要妳知道我會在妳回到地球後盡全力幫妳。」

「如果解決不了呢？」

「妳的狀況不佳，我會作證的。」

「我沒碰那些攝影機，卡森。我沒殺他。」

在剩下的一百碼距離，他們沒再說話了。太空站有如人工子宮嗡嗡作響。他們停在她房前，卡森掃描開門時，她轉身面向他。

「我不擔心我自己，幫幫我的女兒。」

她走進房間，等待他的回應，可是只聽見門在背後關上的聲音。

她的眼眶泛淚，而她眨了眨眼睛壓抑住，然後到浴室把臉浸在冷水中，直到感覺灼痛為止。

她準備脫掉衣服躺下，不過她知道自己一定會失眠。這時她發現薄毯的一個角落掀了起來，在床中間的毯子下方有個小小的隆起。

吉莉安抓住毯子往後拉開，心跳似乎停了一下，又加速跳動。

藥瓶是深琥珀色，即使透過染色的瓶子，她還是認得出瓶裡那些氫可酮的形狀。

31

吉莉安看著卡森手中的藥瓶。

她後來才發現他問了她某件事，而在她倒帶回想之前，他就說：「妳有在聽嗎？」

「有。」

「妳是從哪裡弄到的？」

「我告訴過你了，我回房間的時候就在了。」

「有人放到妳床上？」

她點頭。

「為什麼？」

「因為不管對方是誰，都知道我有藥癮。他們要逼我。」

「逼妳做什麼？」

「再開始用藥。」她遲疑著，「服藥過量。」

「那一點也不合理。」

「如果是我偷帶來這裡然後再告訴你，這才不合理。」

「所以有人想要讓妳害死自己？」

「我不知道他們想怎麼樣。」坐在床上的她站了起來指著瓶子，「可是那證明了我不是太空船上唯一醒著的人。」

「這什麼也無法證明，除了妳以某種方式在實驗室弄到手。」
「我什麼時候有機會那麼做？」她的語氣因為憤怒而緊繃。
「在安德博士跟我抵達之前，說不定是伯克偷拿給妳的。」
她差點失控了。「你是認真的嗎？」他注視著她，「恕我直言，你真是愚蠢到不可思議。」
卡森的眼神變得嚴厲。
「那艘太空船上沒有人醒著，而且我相信他們，甚至敢託付我的生命。」
「你沒辦法真正了解一個人的，卡森，沒辦法。」
「終於有我們都同意的事了。」他看了她最後一眼，「睡一下吧。我們再過十個鐘頭出發。」
吉莉安看著門在他離開後鎖上，差點挫敗地大喊出來。她壓抑住衝動，轉過身看著窗外的火星，那是在黑暗太空中的一大片紅。
吉莉安離開床邊進入浴室，抓住洗手台後跪在地上。在不鏽鋼水槽下方的牆面上有一顆突出的小螺絲，她捏住螺絲頭轉動了六七次將它鬆開。
由螺絲固定的壁板角落從牆面彈開來。她撬開壁板，把手伸進去，把藏在細窄支架上的十幾顆氫可酮弄到手裡。
吉莉安立刻離開洗手台邊，背靠著馬桶坐在地上，手心裡是鮮明的粉紅色藥丸。她未經思考就將這些鴉片類藥物藏了起來——她一把藥丸倒出來後就進入了熟悉的自動模式，同時內心還有個聲音尖喊著妳在做什麼？
保留一些證據。證明她沒瘋，證明太空船上發生的一切不是她想像出來的。
還有呢？
試圖否認她心裡那個成癮的人跟藏匿藥丸無關，就跟假裝太陽不存在一樣。可是她一顆都不會吃的。她通過了那個階段，現在已經沒有藥癮，也能清楚思考了。

「如果妳能清楚思考，就不會留下藥丸了。」她低聲說。她用意志力讓自己移動，在地上往前滑，然後將藥丸放回藏匿處。她轉緊螺絲，回到床上坐著，手肘撐在膝蓋上，雙手捧住下巴。是哪個組員做的？雖然里歐可以拿到藥，可是無論如何她都沒辦法想像他會把丁塞爾的休眠裝置綁起來並切斷生命線。卡森一整天都陪著她檢測，所以就剩下伊斯頓跟周蓮了。

不，這樣也不對。卡森是在歐林帶她到實驗室之後才出現的。他可以輕易地把藥丸帶到她房間。然後還有安德，那位科學家對太空船上發生的事瞭若指掌。他在肯尼森離開實驗室的時候說了什麼？生物學家聽了並不開心；這點很明顯。她必須私下找肯尼森談一談。

她覺得腦袋好像被拿出來切成了四塊，每一塊都無法理解她所知的情況。

吉莉安吐出一大口氣，然後躺在床上。她凝視著被行星光線染紅的低矮天花板。

「得機警一點。專心與決心，專心與決心。」她重複著這句舊口號，直到陷入不安寧的睡眠之中。

⧓

「登陸器大概跟你們想得不一樣。」歐林說。大家從太空站最底層離開電梯時，他走在前方帶路。「它有很多用途。比較像一艘太空船，而不是從太空站到地表的滑橇。」

吉莉安聽著歐林談論登陸器的各種功能以及行程會有多久，可是一直有背景噪音令她分心。他們一邊走，她也一邊打量著團體裡的其他人。

卡森走在歐林正後方；她跟著卡森，伊斯頓與周蓮在她的兩側。卡森那天早上幾乎不理她。

周蓮比他更壓抑；他們在上一層的鄰接走道碰面時，她只點了一下頭當成打招呼。伊斯頓則是例外。他一直問歐林關於太空站的事，還講了幾個讓自己大笑的笑話，但其他人都沒笑。吉莉安想像他們各自把藥瓶放到她房間的樣子，試圖從他們的表情中看出罪惡感。

「所以登陸器是Exo Mark三號？」

伊斯頓提問時，他們正經過一處轉角，進入右側的走道。

「沒錯。」歐林回頭說。

「我們在地球做過一些模擬訓練，有些幹勁了呢。」

「那當然。」歐林在走道開始分歧前放慢速度，指著一道密封的門，「這裡是高度控制區，裡面的技術能讓我們固定在行星上空。」

「我正好奇這個。」吉莉安說，結果大家都轉頭看著她，「我注意到我們沒繞軌道運行。」

「全都在裡面。」歐林回答，「從本質上來說，人類所打造過最強力的磁鐵就在門後。它會抵消行星的磁場與帶有磁力線的太陽風。整個區域周圍也有一片反向磁場好讓太空站保持完整。我爸曾經向我解釋過一次，不過如果你們想知道更多細節就要問他了。我只知道，如果身上有任何金屬就千萬別靠近那個區域。下場可能就是整個人被翻轉或更慘。」

他們開始繼續移動，而吉莉安看著那道雙扇門，發現旁邊有一部讀卡機以及一塊告示牌，上頭用粗體字列出了進入區域前的十幾項警告。

他們經過走道交會處，在一扇不起眼的門前停下，接著歐林掃描開門讓他們進入。裡面有一排到腰部高度的窗戶。在玻璃的後方有個東西讓她放慢速度停了下來，一隻手放在隔牆上。

瞬間傳送裝置就跟她在安德那段測試影片中看到的一模一樣，只是這部看起來更大。管子將近有四呎寬，而連接著管子的量子電腦聳立於室內其他所有設備之上。

「從這裡走，萊恩博士。」歐林說，他擋著通往走道的另一扇門，其他人都已經過去了。

「抱歉。」她從他身邊經過。

「沒關係，我猜這是妳第一次親自看到。」

「對。」

「知道它的功用後會覺得有點不真實吧？」

「非常不真實。」

下個房間是一間狹小的等候室，牆邊擺了幾張椅子和長椅。有位理平頭的高個子男人站在一座拱門旁，門後有看起來像是以高聳的隔間牆排列而成的空間。

「這位是我們的駕駛員拜倫．蓋瑟瑞。」歐林說，「現在由他接手。」

歐林從他們旁邊經過，在離開房間時短暫對她笑了一下。

蓋瑟瑞輕揮了一下手，接著雙手叉腰。

「平常的行程不會有這麼多人。通常只有兩個人每隔幾週輪換一次。改變一下步調很好。」

隔壁的房間傳來嘶嘶聲，看起來像是蒸汽的羽狀煙從牆邊升起，像霧氣聚集在天花板。

「程序是這樣的：那裡有兩間消毒站，左邊跟右邊；一次一個進去，別耍花招啊，各位。」

沒有人笑，於是他輕咳了一下，表情變得嚴肅。「通過消毒站後，就換上乾淨的連身服，然後再穿你們的太空衣。等你們著裝完畢，我會……」

蓋瑟瑞的聲音變得模糊，無法理解了。吉莉安再次用鼻子深深吸氣，感官能力變得極度強烈。不可能。

她往後退了一步，看著其他人，他們正全神貫注聽蓋瑟瑞說話，而他正以單調低沉的聲音說明關於氣閘艙的事。

可是她沒聽進去。在砰然的脈搏聲下，她什麼都聽不見。

那個味道，她認得那個味道。她之前怎麼會沒認出來？

她倒抽一口氣，而伊斯頓看了她一眼，表情瞬間從訝異切換成關心。

「博士，妳還好嗎？」他問。她沒回答，無法呼吸到空氣，於是他抓住她的前臂。

「嘿，指揮官，這裡出事了。」

大家聚集在吉莉安周圍，她則是搜索著味道的來源，但其實答案很明顯。那些蒸汽般的雲霧，一定是。

「吉莉安，怎麼回事？」卡森靠近她問。

她吞嚥了一次，兩次，試圖聚集不在嘴裡的口水。

「我跟你提過在太空船上的味道，現在我記起來了。我記得是從哪裡來的了。」

32

吉莉安從塑膠杯喝了幾大口水，嘗到金屬跟一些氯的氣味。

她跟卡森面對面坐著，房間遠端的消毒區入口仍持續飄出那種味道，讓她的胃像是要翻了一圈。其他人站在通往瞬間傳送裝置的門邊小聲交談。

卡森在等她，看著她把水喝完。「還要嗎？」他在她放下杯子時問。

「不用了。」她的嘴裡又乾掉了，她先前的恐懼變成一種強烈的味道殘留下來，就算水也無法沖掉。卡森繼續注視她，她則是往後靠，肩膀抵著牆面。「肯特死前，在我去醫院看他的時候，他用一把剪刀刺我。那是在快結束的時候。他不知道自己在哪裡或自己是誰，因為他也不認得我，所以就猛力攻擊。」

「天哪，吉兒，」卡森說，「我不知道這件事。」

「沒人知道，除了幫我縫合的護理師跟醫生。」她看著消毒區，「肯特以前就有那種味道。那是他們為他塗抹的某種抗菌化合物，讓他的褥瘡不會受到感染。我討厭那種味道，感覺就像他們想要讓氣味變得好聞，像是香草味或薰衣草味那樣，可是失敗了，那很臭。」她的目光回到他身上，「你們休眠的時候，我在太空船上就聞到了。」

「也許妳不應該去地表。」

「我沒瘋。」她向前傾並壓低聲音，「卡森，有別人醒著。我沒殺丁塞爾。」

他的下巴左右移動。他沉默了將近一分鐘，整個人靜止不動，只有眼睛來回看著他們之間的地板。最後他說：「妳覺得妳可以嗎？」

「可以。」

「就算要通過消毒區？」

她遲疑了一下。「對。」

「那就走吧。」

⧓

吉莉安嘗試用嘴巴呼吸，然而她還是聞得到消毒化合物的氣味，就像葬禮用的花在花瓶裡腐爛後那種令人膩煩的味道。她在迷宮般的區域中迅速通過噴霧，用紙巾盡量擦乾淨身體，然後換上乾淨的連身服。不過即使到現在，穿了太空衣、戴著頭盔，坐在登陸器的位子上繫好安全帶後，那股氣味還是變得越來越強烈，在她皮膚上聚集成某種有生命的東西，一心想藉由她每次呼吸流進她的肺裡。

小型船艇震動了一下，坐在她對面的每個人也都跟著搖晃。那兩個要去地表跟同事換班的組員——透過他們的面罩，兩人看起來似乎覺得很厭倦。她試圖回想他們的名字，可是記不起來。

「好了，各位，我們要出發了。離開太空站的時候會暫時掉落，然後在進入大氣層時會遇到一些亂流。在那之後就一帆風順。」蓋瑟瑞在她頭盔裡的耳機說。

墜落的感覺太強烈了，比她搭過的任何雲霄飛車都強烈，而訓練時的拋物線飛行也像小巫見大巫。他們從太空站下墜時，她全身所有細胞都在嗡嗡作響，而她咬緊牙關忍耐著。重力突然完全恢復時，她彷彿就要沉進椅子裡。有人咒罵出來，她也差點發出呻吟。

船艇半途轉向後扶正，接著他們又墜落了。

在觀察窗外，太空站寬大的底部逐漸遠離，他們後方只剩下空蕩的太空。

船艇發出咯咯聲，把繫著安全帶的他們往前甩。

「現在可以哇出來了。」蓋瑟瑞咕噥著說。

「不好意思啊，各位，嗚呼！」伊斯頓大聲喊。

「伊斯頓。」卡森說。

「抱歉，指揮官。」

「你才不覺得抱歉。」周蓮的話裡帶有笑意。

「抱歉我不覺得抱歉。」伊斯頓回答。

船艇再次顛簸晃動，窗外的大氣層變成一層白色薄紗。

「安德安排讓兩位植物學家帶我們參觀，我們降落之後就分成兩隊。」卡森說，「這樣可以看到比較多地方。」

接著他們又經歷一段自由落體，再來是比先前更強烈的震動，最後則是一片平靜與穩定的重力，船艇也平穩飛行。

「抱歉，」蓋瑟瑞說，「有的時候登陸比這次還順利。」

「你他媽的再說一次。」一位太空站的組員咕噥著。

「我覺得很滑順呢。」伊斯頓說。

「你真是個變態，你知道嗎？」周蓮說。

「只是享受一下刺激的感覺嘛，這會讓人精神煥發，我把這東西稱為『生命』。妳偶爾也該嘗試一下。」

周蓮冷淡地沉默著。

儘管心有疑慮，吉莉安還是在伊斯頓與她目光交會並使眼色時露出了笑容。

登陸器迅速下降，不到五分鐘後，他們猛然向右旋轉，而她感覺到船艇放慢到幾乎要停住了。一會兒過後，船艇的起落架放下，她感覺到像是碰撞了兩次。他們著陸了。

所有人解開安全帶後沒過多久，船艇前方的出入口以螺旋形向外轉，然後滑向一側，外面是一間寬敞的氣閘艙。

「我們現在的氣壓正常，所以可以脫掉太空衣了。」蓋瑟瑞邊說邊解下頭盔，「各位會去參觀主要及第二生物圈，然後再去三號區域。把你們的裝備放在門外的推車上，我會推到下個氣閘艙，讓你們可以著裝走出去。」

吉莉安解開頭盔，扭轉摘下。伊斯頓在她旁邊做一樣的動作，她則是開始拉下拉鍊。

「我們要出去？」她問他。

伊斯頓側著頭。「妳在上面沒聽到歐林說的嗎？」

「沒有，我猜我沒注意聽。」

「技術簡報真的無聊死了，那是一定的。」

她用力脫掉太空衣剩下的部分，掛在手臂上摺起來。「你剛才似乎很享受。」

伊斯頓咧開嘴笑著。

「這就是我來的原因啊，博士，我愛搭乘的感覺。我在軍中的時候老是會飛得比正常速度更快。我夢想有一天可以來到這麼遠的地方。如果他們肯，我還會跑得更遠。」

「你們兩個準備好了嗎？」卡森從氣閘艙門旁問。

「帶路吧，指揮官。」伊斯頓說。

卡森打開門走進去。

一股濕重的空氣以及新鮮泥土的強烈氣味向她襲來，氣閘艙後方的生物圈是個開闊的空間，她眨了眨眼睛，查看環境。

整個地方綠意盎然。在白色塑膠墊地板上有架高的苗床，上面生長著各種植物；有些只有幾吋高，其他的高度則有六呎以上，形成漂亮的樹冠層。圓頂構造的牆面之間至少有一百碼的距離，這些牆面在上方高空聚集成一座拱頂，裝設了灑水器的水管在那裡縱橫交錯。前方成排的植物之間，有一片一路延伸到另外一端牆壁的長方形水池，那裡有一座年輕樹叢，令人有種看見森林邊緣的錯覺。

卡森輕碰她的肩膀，讓她從這場奇觀中回過神來。他朝附近的推車比了個手勢，上面裝著其他組員的太空衣和頭盔。她把裝備跟其他人的放在一起，接著蓋瑟瑞就將推車推走，往水池的另一個方向移動。

「外星入侵者。」一聲音從最靠近他們的一排灌木中傳來，有個中年男子拿著一個長形塑膠袋出現。他長得不高，肩膀粗壯，走路起來像公牛。他笑的時候露出非常平整的牙齒。

「每次我們輪班時都會講一樣的屁話。」從吉莉安身旁經過的一位太空站組員不苟言笑地說，「換點新花樣吧，范恩。」

范恩的笑意並未減少。「各位好，我叫范農・費格。」他邊說邊跟所有人握手，「我是編制內最高階的植物學家，也是你們今天的導遊。大家都叫我范恩。」他望向來換班的太空站組員，他們正穿過成排的植物離開。「行程表已經更新了，老兄，一定要先處理好你們的核對清單再——」

「是，是，范恩。這又不是我們的第一場牛仔競技。」他們繼續走，其中一個人回頭說。

范恩看著他們離開，稍微皺起眉頭，然後雙手拍在一起。

「好吧。我聽說你們全都要參觀，我帶你們逛一下吧。」

「費格博士？」卡森說，「我聽說你團隊裡另一個成員可以為我的其他組員簡報，這樣對我們比較有效率。他在嗎？」

「噢，我可能沒收到備忘錄吧。目前不在，他在第三區。」

「沒關係，他們會著裝走過去。」卡森轉身面向周蓮和伊斯頓，「查看所有的樣本資料，確認跟我們在太空站看到的內容一致。如果我們結束時你們還沒回來，我們會到那裡跟你們碰面。」

伊斯頓與周蓮穿過植物往蓋瑟瑞離開的方向走，他們的腳步在人造地板上嘎吱作響。

「我還以為我們會一起行動。」范恩說，「不過算了，我相信班會照顧好他們的。往這裡走。」

范恩帶他們朝左走，跟太空站組員離開的方向相同。他們一邊走，其中一具灑水頭正好打開，對著幾排植物下起了毛毛雨。

「先從球體開始吧。」范恩說，一邊走一邊稍微轉身面向他們，「雖然看起來是不透明的，不過外殼上的太陽板其實會讓適量的陽光穿透照到植物，同時也會收集足夠的能量讓設施運作。」

他們接近左側牆面的一扇門，旁邊有一部輸入鍵盤與掃描器。

「裡面是什麼？」吉莉安在范恩經過時問。

「噢，那是傳送室。我都是這樣稱呼的，瞬間傳送裝置就在裡面。自從開始發生問題以後就封閉起來了。」

「你之前瞬間移動過嗎，博士。」

「拜託，叫我范恩就好。有，大概十幾次吧。」

「我注意到你完全沒提出其他組員經歷過的問題。」

范恩笑了，響亮的轟鳴聲消失在圓形牆面與枝葉之間。「不，不，我的記憶清楚得很，沒有任何問題。其實那讓我覺得很振奮呢，你們有幸體驗過了嗎？」

「不，我沒有。」

「可惜，真的很棒呢。」

他們繼續走，來到一座拱門，後面是一片小型工作區域，兩張摺疊桌上雜亂擺放著電腦和幾盤正在發芽的植物。桌子後方有個小廚房區，兩位太空站組員就靠在那裡啜飲著咖啡。

「這裡是我們的主要工作站。我知道像個豬窩，不過能讓我們完成工作。我照你要求的收集了所有列印出來的實體資料，指揮官。」范恩邊說邊從最近的桌子上抓起一份大型活頁夾，「這會跟記錄在太空站的所有數位資料一致。」

「從你們開始探勘以來，曾經從地表採集過其他任何樣本嗎？」卡森接過活頁夾時問。

「沒有。自從歐林．安德帶他那台漫遊者下來之後就沒有。不算是我們的專長。我們來這裡完全是為了看能不能在最荒涼的環境中打造出適宜居住的生物圈。」范恩再次咧開嘴，同時對牆壁比著手勢。「而我們成功了。我們再也不必使用二氧化碳洗滌器。這個球體裡的植物所製造的氧氣量可以完整供應給十五個人，很大的成就。」

吉莉安一邊聽，一邊經過他們進入房間；她不理會太空站組員看她的眼神，逕自查看牆面與工作檯。咖啡的味道幾乎蓋過了這個密閉空間的溫室氣味，而她也慶幸地發現自己再也聞不到皮膚上的消毒味了。

「你們兩個人都瞬間移動過？」她問他們，不過她的目光仍注視著一塊白板中間草率畫出的長條圖。

「對。」其中一個男人回答，「十二次，跟十四次。」

「記憶有發生任何問題嗎？失神，易怒？」

「只有在范恩把最棒的冷凍乾燥食物全吃光的時候。」另一個男人邊竊笑邊喝咖啡。

「你們兩個遇過任何奇怪的事嗎？看見或聽到不尋常的事？」

「小姐，這裡是火星，這裡沒有尋常的事。」

她轉身面向他。「什麼意思？」

「我們在孤立的情況下工作，只要一個微小的錯誤就能立刻害死妳，隨時都很緊繃，就這樣。有些人比其他人更能適應。」

「你是指發生症狀的人精神失常嗎？意志薄弱？」

他聳了聳肩，只有一邊嘴角笑著。「我是指這個地方會影響妳。」

吉莉安注視著他一會兒，然後點頭。「我看得出來。」

范恩拍了一下手。「我們繼續吧？」

那位太空站組員露出笑容並繼續與吉莉安對視。她轉身跟著卡森和范恩走出房間，在離開時感覺到那個男人沉重的目光。

「我為那兩個人道歉。他們對植物學都很在行，對人際相處卻不太行。」范恩說，接著就帶他們穿過一排正在開花的蘭花，旁邊還有一盆長滿流蘇狀穗軸的玉米桿。

他們越來越深入由綠色植物組成的迷宮，一種有如幽閉恐懼症的感覺籠罩住吉莉安。她感覺這就像有人跋涉通過一座野生雨林，而大自然在數量上對人類占有壓倒性優勢；只是少了猴子的吶喊以及藏在樹頂的鳥叫聲。

不過，這裡的空氣中毫無聲響，只聽得見他們的腳步聲。

「這些山楊在過去六個月裡真的長得飛快。」范恩說，然後在一行人經過水池末端的樹林時輕拍著其中一根細長的樹幹。

「這裡有一些是移植而不是從種子發芽長大的，所以它們才會這麼高。」

在樹林後方是球體帶有弧度的牆壁，而牆面有個開口，連接著一條延伸出去並向右轉出視線的圓頂走道。

他們接近時，吉莉安用手肘輕推了卡森一下。

「那就是通道。」她輕聲說，他則點了點頭。

她在跟大家穿越走道時檢查牆壁和天花板，可是沒有任何確切的證據，就連結構也毫無值得關注的地方。結構的材質跟球體相同，頂部有等距離分布的細長燈條。如果瑪麗．克蘭斯頓指的是這條通道，吉莉安實在看不出任何獨特之處。

他們進入另一個生物圈，是他們剛離開的主區域縮小版。這裡有許多一樣的植物，以及好幾盆蕨類，那些蕨類長得非常厚實健康，讓她好奇要是去碰其中一片結實的葉子會不會割傷手指。在一行一行的植物正中央，有一座圓形的小水池。

「第二區這裡的安排也是一樣，只是少了些植物與維護。」范恩說，「說真的，除了讓土壤中保有適量的礦物質，以及在這裡記錄資料以外，可以做的事並不多。有時候我們會重播以前的情境喜劇打發時間。你們看過《歡樂單身派對》嗎？」

卡森沒理會植物學家，而是一邊往水池移動一邊看著吉莉安，對她露出的表情像是在問看夠了嗎？

她看夠了，但又覺得不夠。這些生物圈太令人佩服了。一想到他們外面的世界，她幾乎肅然起敬。外頭完全空無一物，沒有生命，也沒有真正的大氣層；只有空曠，以及遙遠的太陽傳來盛衰交替的陽光。她看不出任何使人聯想到威脅的東西，看不出是什麼可能會影響組員的症狀。如果他們真的在地表發現了會讓大家有感染風險的東西，那麼他們一定是密謀要完全保密。

他們不太對勁。

「吉莉安，準備走了嗎？」卡森打斷她的思緒。

「嗯，我準備好了。」

他們穿過球體剩餘的空間時，有顆水滴從灌溉系統掉進了水池，在水面掀起漣漪，形成不斷向外擴張的圓環。

她跟著兩個男人來到一座氣閘艙，跟他們從登陸器下來後進入的那一座很像。載著他們裝備的推車停在一側，而從強化玻璃製成的觀察窗可以看穿遠端的門。吉莉安走過去往外看，第一次在這麼近的距離瞥見地表。

地表是紅色的，但不是她從太空中看到的那種血紅色。近看時地表顏色變得柔和，是由橘色與棕褐色組成的混合物，再點綴上岩石。在一顆跟房子一樣大的巨石旁邊二十碼外有另一個生物圈，大小是他們這裡的一半，圓形的外殼在火星的景觀下看起來有如雪花石膏。

「為什麼不用另一條通道連接第三個生物圈？」吉莉安問，接著轉頭面向卡森與范恩。

植物學家揉著後頸，皺起了臉。「我們在開始組裝的時候發生了技術失誤。建造人員把兩座臍狀通道放在一起裝進了第一跟第二區域之間。等我們發現錯誤時，安裝已經完成了。於是我們就改成穿太空衣走過去三號了。這其實沒你們想的那麼不舒服，尤其是一天中的這個時候，溫度大概是華氏零度吧。再等幾小時，就會降到零下五十度了。」

吉莉安再次往外看著這片景觀的荒涼美感，不自覺想到這個環境有多快就能殺死一個人。而她也是第一次真心希望安德那艘太空船正在前往的遙遠星球能夠解決人類的困境。她無法想像人們在這裡生存，更別提要繁榮發展了。

范恩大聲彈了一下手指。

「該死，我剛剛才想到我得帶幾盤火鶴花過去，你們兩位可以好心幫我帶給他們嗎？」

卡森看著吉莉安，她聳聳肩。

「當然，反正我們會去。」卡森說。

「謝謝你們。這樣我就不必去儲藏室挖出我的太空衣了。那麼我先跑回去工作站拿東西。」

「需要幫忙嗎？」卡森問。

「這樣就太好了，那些盤子有點笨重呢。」

「妳在等的時候要不要先著裝？」卡森問吉莉安，他的眼神有點不耐煩。

「當然。」她說。

「馬上回來。」范恩說，接著就跟卡森進入生物圈，消失在植物群中。

吉莉安走到牆邊的推車找到她的太空衣，然後從卡森的太空衣下方拉出來。她移動到牆邊一段距離外的長椅，坐下之後就開始穿起沉重的裝備。在她關閉主拉鍊上的第一道壓力密封口時，聽見腳步聲在塑膠地板上輕微地吱嘎作響，而且正在接近氣閘艙入口。

「還真快。」她邊說邊站起來將拉鍊一路拉到脖子。她看著門口，以為會看見卡森跟范恩在那裡拿著花盤，可是氣閘艙前的區域沒有人。

寂靜。

她等待著，注意聽。

另一陣嘎吱聲，還有別的——

消毒化合物的味道。

她的心跳像是暫停了，又隨即加快速度。

「卡森？」她說。

一連串細微的嗶聲傳來，頭頂的門迅速下降關閉，切斷了她跟生物圈的出入口。

吉莉安衝上前。她滑倒了，重重撞在牆上。她從小觀察窗看過去，努力想看見門的兩側。

沒東西，沒有人。

上方傳來冷淡如機械般的女性聲音。

氣閘艙減壓十秒後開始。

「不，不！停下來！我在這裡！」吉莉安大喊，用拳頭敲打玻璃。

九。八。七。

恐慌吞噬了她。她轉過身，用模糊的視線看著另一側通往外面的門。門旁邊的一塊控制面板上閃爍著綠燈。

六。五。

她衝向面板，開始亂按按鈕。在找到「緊急關閉」選項後，她用指尖用力戳下。

四。三。

她按了一次又一次，沒有反應。

吉莉安轉過身，知道現在只剩下一個選擇了：在減壓之前戴上頭盔。她跑向推車，但是跑了三步就楞住了。

她跟卡森的頭盔不見了。

二。一。

較外側的門釋放密封，發出嘶嘶聲與「啪」的一聲。

她吸了兩口氣屏住，這時門升起了，火星的塵土飛進了室內的地上。她瘋狂尋找四周，一眼就看得出來頭盔不在這裡。

吉莉安趕到控制面板前，一次又一次用力按下「密封」選項。

門繼續上升。

寒冷吞噬了氣閘艙，試圖奪走她的空氣。

她轉身往生物圈的出入口窗戶尋找卡森或范恩的蹤影，可是那裡沒有人。

她的肺已經開始覺得在悶燒了。

門匡啷一聲完全開啟，她聽見外星的風在外面吹出空洞的嗡嗡聲。

她用力敲了「關門」的選項三次。

沒反應。

她的視線閃爍，眼睛周圍有一種奇怪的刺痛感。她試著眨眼緩和，但卻讓感覺變得更加強烈。在不得不完全閉上眼睛之前，她最後看到的是在紅色平原對面那座三號生物圈的入口。

吉莉安開始跑。

那種寒冷就像明尼蘇達州的一月：冷酷、無情。這顆行星的重力不同，讓她覺得像是跑在一張蹦床上；接著她被一顆碎石絆到，勉強維持了平衡。地面想要絆住她，讓她摔倒。她還是在往對的方向跑嗎？

她胸腔內的空氣變得灼熱，被堵住的肺部因為想要更多氧氣而燃燒起來。

可是這裡沒有氧氣。

某個東西撞上了她的左手臂，而她搖晃著身體避開。一定是她從氣閘艙看到的那顆巨石。她已經朝生物圈跑了一半的距離。反胃的感覺湧出，意識開始顫動，現在真的不能再沒有氧氣了。

汙濁的空氣從她肺部噴出，而她尖聲吸進一口氣，同時張開了眼睛。

生物圈就在十幾碼外，門因為她的視線模糊變得忽隱忽現，而她的眼睛在逐漸發燙的同時也變得刺痛又乾燥。感覺就像在沙裡游泳。她咳嗽起來，剛才吸的那口氣幾乎完全無法緩解她對空氣的強烈需求。

吉莉安絆倒了，有舊傷的那條腿感到尖銳的疼痛。她在塵土裡費力爬行，發出極度痛苦的嗚咽聲。她往前爬，生物圈的邊緣出現在她視線上方，但正在一秒一秒變暗。她的舌頭彷彿是羊皮紙，在她徒勞無空吸進另一口氣時裂開。

她向前撲，最後一絲氣力就像她身體的水分蒸發掉了，這時她腦中湧現了一個畫面，是凱莉在陽光下的海灘。

她一隻手重重落在某個實心的東西上。她很冷，非常冷。

有人在大吼，喊著她的名字，可是她再也撐不下去了。

永遠。她想到這最後一個詞，牢牢記住凱莉的畫面，此時黑暗的翅膀包覆住她，而她也任其將自己帶走。

前NASA任務通訊主任杜恩・費曼與前聯合國作業支援專家奧莉薇亞・勒佩之通話錄音文字紀錄，發現者六號災難事故十一個鐘頭後。用於聯邦調查100987第32號案件之紀錄證據；此外也作為針對發現者六號災難事故向NASA提出不當致死集體訴訟原告所提之物證A12。

勒佩：喂？
費曼：妳聽過簡報了嗎？
勒佩：一部分，到底發生了什麼事？
費曼：我們還不是很確定，不過就我們判斷，是場災難。
勒佩：災難，請定義一下。
費曼：全毀了，跟磁力作業有關。
勒佩：操。現在知道些什麼？
費曼：幾次不合理的緊急通話。我們目前正在整理內容並且過濾出原因。
勒佩：機械或人為錯誤？
費曼：〔無法聽見〕
勒佩：你說什麼？
費曼：我不覺得是機械問題，不會到這種程序。
勒佩：我們需要找人進行損害控制。查清楚誰知道哪些事，在我們有行動計畫之前先保密這件事。如果這件事在我們提出簡報之前落到媒體手上，我們每一個人都會完蛋。整個計畫大概會完全廢止。

費曼：我認為已經結束了，這件事沒有挽回的餘地。剩下的就只能看這是不是一場意外了。

33

吉莉安聽見波浪湧上岸。

那種傾瀉的聲音觸發了一種深沉的平靜感，從她身體的中心向外擴散。她回到家了，就在卡崔娜家前面的沙灘上。凱莉在玩沙，而她一定是在陽光下睡著了。有個東西勒住她的手臂，緊繃到會痛。

吉莉安突然睜開眼睛。

她起初以為是太陽的東西，如今分解成了頭上的一盞燈光；周圍是乾淨樸素的天花板和牆壁。她手臂上的壓脈帶在洩氣時放鬆，而海浪變成了氧氣從鼻管送進她鼻孔時的穩定嘶嘶聲。還有別的。有人正低聲說話。

歐林坐在她左邊一張椅子上。他正讀著一本書，封面的書名被他一隻手擋住了。他發現她轉頭，於是暫停動作，接著把書放到一旁，站了起來。

「歡迎回來，妳覺得怎麼樣？」

她評估自己的狀況，舔了舔乾裂的嘴唇。「眼睛跟嘴巴都會痛，胸口也有一點。」她試圖移動一隻手臂，表情痛得扭曲。她覺得身上的關節都變成了碎玻璃。「發生什麼事了？」她的聲音粗濁，接著她感受到些微止痛藥的效力，那是種舒服的熟悉感。

「妳沒穿太空衣就出去散步了。」

記憶逐漸恢復，像陽光一樣慢慢清晰。「有人打開了氣閘艙。」

歐林皺眉。「誰？」

「我……我不知道。我……」

她不得不停下來，因為嘴巴和喉嚨都乾燥到讓她說不出話了。

「來。」歐林遞出一個頂部插著吸管的容器。

她喝了一小口，冰涼的水美味到了極點。「謝謝你。」

「妳沒看到是誰做的嗎？」

「對，那裡沒有人。而且……他們拿走了頭盔，所以我才……」她破音了，然後搖著頭。

「現在沒事了，好好休息吧。我自願陪妳，讓卡森去休息了。從妳被帶回來以後，他幾乎一直待在這裡。」

「多久了？」

「大約十八個小時。可是妳很幸運，伊斯頓看見妳過來，就在妳昏倒之後把妳帶進了三號氣閘艙。醫生說沒有永久性傷害的跡象。妳的眼睛跟舌頭會痛，是因為妳體內的水分在沒有大氣壓力的情況下蒸發了。妳也有輕微的減壓症。關節會痛嗎？」

「會，覺得像宿醉。」

「那當然。我去告訴卡森妳醒了。」

歐林快到門口時，她輕咳了一下，然後說：「謝謝你。」

他點頭。「不客氣，好好休養吧。」

接著就剩下她一個人，聽著醫務室外人們移動和說話的隱約聲音，聽著床邊一台監測器風扇的嗖嗖聲，而最細微的是她緩慢的心跳聲。殘留在她體內的藥物企圖將她拉回睡眠之中，不過她抵抗著，而且一想到有人要殺她，現在說不定還在附近，她就立刻清醒了。

沒過幾分鐘門就打開了，卡森走進來，里歐緊跟在後。卡森接近時，她從表情看得出他鬆了口氣，另外還有一種說不上來的感覺。

「嘿，真高興妳醒了。」他說，停在她床邊。

里歐對她露出親切的笑容，然後開始根據讀數檢查她的生命徵象。

「很高興能醒來。」她回答的聲音比之前好聽了些。

「嚇了我們一大跳呢，」里歐說，「妳記得我是誰嗎？」

她點頭。「你是史蒂芬．金的書迷，跟我一樣。」

他又笑了。「我想應該沒有永久性的傷害。妳會發疼，嘴巴跟眼睛也會不舒服幾天，不過妳會完全恢復的。」

「真是好消息。」

「很抱歉，他們給了妳一劑嗎啡。他們在我解釋妳的情況之前就打了。現在開始妳可以用布洛芬（注）了。」

她點點頭，對卡森使了個眼色。

「里歐，可以給我們一點時間嗎？」卡森問。

「當然。」他對她說，「按那個『呼叫』鈕我就會衝過來了。」

「謝了，里歐。」

醫生關上門後，卡森就把歐林剛才坐的椅子拉向床，然後坐在椅子邊緣。她現在可以更清楚看懂他的表情了。一種不安的緊張感從他的表情向下延伸到肩膀和全身。

「現在相信我了嗎？」她輕聲問。

他呼出好長一口氣。「怎麼回事？」

她敘述她記得的一切。在她訴說自己逃出打開的氣閘並盲目跑向三號生物圈的情況時，恐懼就像一陣冷風吹過她的皮膚。「以為我死定了，」她最後說，「我也在最後放棄了。我還以為我的鬥志不止有那樣。」她擦掉從右眼湧出的一滴淚珠。

「妳沒事已經是奇蹟了，」卡森說，「大多數人走得還沒妳一半遠，我很慶幸伊斯頓剛好就在那裡。」

「我也是。」她深吸一口氣，將那些記憶造成的焦慮抽乾。「是誰？其中一個植物學家或是蓋瑟瑞？」

他沒有立刻回答。「都不是。」

「什麼？」

「范恩跟我到辦公室的時候，蓋瑟瑞正在那裡跟另外兩個人聊天。我們拿了植物，回來以後門就關上，妳也不見，已經在隔壁的生物圈裡了。」

「不可能。有人關閉了氣閘艙還打開外面的門。有人想要殺我，卡森。」她覺得自己又快要歇斯底里起來，床邊監測器上的脈搏光點也開始加速。

「我知道。」

她本來以為他會嚴厲制止她，向她解釋剛才發生的事，或是把錯怪在她身上。

「你相信我？」

「對。我們發現頭盔被藏在前往二號生物圈半路上的一堆肥料後面。」

她逐漸理解這一切的嚴重性，同時又有另一段回憶出現，在她陰鬱的心中變得鮮明。

注 即 ibuprofen，一種非類固醇類消炎藥物。

「我又聞到了，那種消毒化合物的氣味。就在門關上之前。」

他僵住了。「我想我知道原因。」她安靜等待著，於是他舔舔嘴唇並往前傾。「使用那種化合物的地方不只有消毒區，傳送裝置的內部也塗了一層。那會殺死管子裡的所有細菌和病毒，這樣傳送時才不會有汙染的風險。妳的原子重新組合時都會沾染到那些東西。」

「卡森——」

「很抱歉我沒相信妳，不過妳得明白，只有妳醒著，而橇棒上又有妳的血。其他一切都不合理，還有丁塞爾的死法……」

幾秒鐘後，一切都拼湊起來了。「船上有傳送裝置。」她說。

他一隻手摀住自己的嘴巴，往後靠向椅背，眼睛看著她。

「在哪裡？」她問。

「醫療區有一道祕門。安德博士要我們保守祕密不告訴組員，只有丁塞爾跟我知道。」

她見過入口的輪廓，記得曾經打量一番，好奇門的後方是什麼。

「為什麼？」她過了一陣子後問。

「我不知道。安德說是跟試驗有關，不過一直到妳提起消毒味，我才想到有那種可能。」

「有人傳送到船上了。」她說，這時一種刺癢的感覺慢慢遍及她的後頸。

卡森像是一尊雕像，只有下巴稍微左右移動。

她壓低聲音。「是太空站的人。」

他輕點了一下頭。

「那就是我在船上看到的人。有人殺了丁塞爾，他們不想讓他來到這裡，而且他們也傳送到地表想殺掉我。我沒有產生幻覺。」

卡森別開眼神。「那只對了一部分。」

「什麼意思？」

他遲疑了一下，然後就倉促地說：「伯克的食物裡加了一種叫賽凡寧的藥物。這是一種衍生物，源自一種叫鼠尾草的植物。這種藥會引起噁心、迷失方向，以及輕微的幻覺。」

她體內的怒氣沸騰。「為什麼要加進他的食物？」

「丁塞爾發現妳要帶一位助理的時候就提議過。他看到伯克以後，就非常堅持要那麼做。丁塞爾認為不使用藥物的話，等你們兩個得知我們來這裡的原因，伯克可能會代替妳逼我們放棄任務。」

「你在開什麼鬼玩笑？」吉莉安想繼續講，但她的喉嚨突然痛起來，接著就咳嗽了。卡森遞給她水杯，她忍住沒拍開他的手。她喝了水，試著讓清涼的液體冷卻怒火。「所以你們對我們下藥好讓我們乖乖聽話。」

「不包含妳，只有伯克。你們兩個都不應該醒著。我猜妳在旅程中最後吃了一些他的食物？」

她想起自己把伯克的食物容器撞到地上，結果跟她自己的混在一起了。她一直都知道她見到的景象並非典型的類鴉片藥物戒斷症狀。

「就算是你也太卑鄙了，卡森。」

「聽著，我是完全反對這麼做的，可是任務的決定權在丁塞爾手上。如果不同意他，就別想有任何進展了。」

「你是指你不可能綁架我們囉。」

卡森向後靠，臉色變得陰沉。「那種藥不會造成傷害，而且是暫時性的。」

「真是讓人寬心多了呢。」

「不，注意聽，」她忽視喉嚨的疼痛，「我要知道你是站在我這邊的，你是可以信賴的。不准再說謊了。所以要是你有別的事該告訴我，現在就說出來。」

她看著他，尋找跡象確認他是否還隱瞞了什麼，但是沒發現。

「就這樣了。」他說。

他們安靜坐著，好幾分鐘沒看對方，讓緊張的時刻慢慢過去。「我們被下藥這件事確實證明了太空旅行跟這裡發生的症狀沒有關係。我擔心可能有另一個因素。」

「這場混亂中唯一的好事。」卡森說。

「對，還真感謝你的幫忙。」

「我很抱歉。我剛說過，我從頭到尾都反對的。」

「所以這表示什麼？」她問。她已經克服了憤怒。

「我不確定，我又不是警察。」

「我對有人要丁塞爾死的原因有些想法。」

「他可能會停止任務。」

「沒錯。」她作勢比著整個房間，「在這裡的一切，尤其是瞬間傳送。」

「妳認為是安德嗎？」

「如果他的突破發生了重大錯誤，他是最有動機的人。」

「他很聰明也很執著，不過我無法想像他會做出那種事。」

「那我就合乎你的想像？」

他沒理會她帶刺的話。「那個人一定對這項技術非常熟悉，而且要有大到嚇人的膽量才敢嘗試傳送那麼遠的距離。」卡森看著她，「那才是我懷疑妳而不是太空站其他人的主要原因。我不覺得有人會想嘗試那種事，以前從來沒人傳送那麼遠過。」

「不管是誰，對方一定知道丁塞爾是個麻煩。而現在我是下一個目標，因為我要檢查組員。」她停頓了一下，「我比較接近真相。」

「這一點也不合理。」他咕噥著說。

「什麼？」

他等了很久都沒回答，就在她要催促他時，他說：「在地表發生那件事以後，我查看了太空站上妳那個房間的卡片掃描安全紀錄。」

吉莉安感覺得到有事要發生了，某種看不見的力量就要撞得她失去重心。她不想知道，甚至在她開口時也不想說出那些話：「是誰？誰在我的房間裡？」

卡森深吸一口氣。「埃文．潘德拉克博士。」

34

「潘德拉克？卡森，他死了啊。」

「我知道。我看過驗屍報告、屍體的照片，什麼都看了，可是有人用他的門禁卡進了妳房間。我檢查過影像，不過攝影系統被重置了。還不只這些。」他把聲音壓得更低，而她向他靠近，同時發現自己的怒氣已經消散一大半了。「潘德拉克的屍體不見了。」

「什麼？」

「看過安全紀錄之後幾個鐘頭，我去了他們放屍體的儲存層。值勤的太空站主管讓我進去，但是遺體櫃裡面什麼都沒有。」

「有人帶走了屍體？」

「如果不是那樣，就是潘德拉克其實沒死。」

「為什麼大家要幫忙假裝他死了？捏造一場謀殺？」

「不知道。不過……」

「不過什麼？」

「在他被殺之前，我們收到了他對特定組員的心理評估檔案所做的註記。那就是這整個任務以及傳送被中止的原因。雖然潘德拉克沒有直接說出他擔心這個計畫，可是從字裡行間就看得出來，那足以讓上頭下令暫停使用這項技術。」

吉莉安的頭往後仰，靠在枕頭上。

「所以潘德拉克開始引起麻煩，於是戴佛不久之後就殺了他。」

「也許吧。」

「到底怎麼回事？」她輕聲說，這時她突然想起什麼，安靜了一陣子。「就在我們測試丹尼斯・肯尼森的隔天，他對我說了些話。他說所有的人都不對勁。」

卡森皺眉。「他是什麼意思？」

「我不知道。他刻意只讓我聽見，然後就走掉了。說不定跟潘德拉克的死有關。」

「我們應該找他談談。」

「當然。」

「還有一件事，在我們抵達之前，有症狀的組員都拒絕簽署接受妳檢查的同意書。」

「什麼？」

「他們說對這種做法覺得不安。或許真的是那樣，但為什麼要拒絕可能會有幫助的測試？」

「他們可能因為我被指控的事而對我有戒心，可是你說得對，要是我生病了，我一定會希望有人幫忙。」他們對看著，周圍瀰漫著疑惑的氣氛。

「我要換衣服。」最後是她開口說話，接著準備下床。

「噢，妳得休息啊。」

「卡森，我已經受夠聽你的命令了。你要麼就幫我，要不就別礙事。」

他站著看了她一會，然後走向門口。「我在外面等。」

她看他離開，聽見門喀噠一聲關上，接著取下手臂上的點滴針頭，下床找她的衣服。

穿上新的連身服時，吉莉安有那麼幾秒鐘覺得自己一定會昏倒，不過她抓住門框深呼吸幾次之後，暈眩感就消退了。她的體內已經完全沒有止痛藥了，那種感覺極為痛苦而熟悉，令她想起了藏在房間裡的氫可酮。她甩開誘惑，完全專注於每次呼吸時肺部那種不舒服的抽喘感。她的舌頭像是放在砂帶機上，眼睛每次一眨就像有沙粒。

可是能起來走動感覺很好。除了一條腿會隱隱作痛，她的身體似乎比她以為的更強健。也許是她原本在戒斷之前所擁有的一些氣力正在恢復。

到了房間外，卡森跟上她的腳步。兩人經過病房區中央一張小型工作桌時，有位醫技人員用冷漠的眼神盯著他們，她灰白色的頭髮往後挽成一個圓髮髻，似乎拉得額頭都繃緊了。

「我讓他們知道妳沒事要走了。」他說。這時他們正進入一處轉角，走向中央電梯系統。

「她看到我離開似乎都心碎了。」

「沒人是真心的。拿去，妳現在會需要這個。」他邊說邊交給她一張門禁卡，「這差不多可以打開太空站所有的門了。還有這個，之前忘記放進妳的私人物品了。」他遞出她母親的念珠，而她下意識一把抓了回來，顯得急躁了些。

她收好念珠，然後翻轉卡片。「謝謝你。」

他們沉默地走了幾步後，他說：「我希望妳慢慢來，妳不知道自己有多危險。」

「這個地方有人想要殺我，還不止一次。我只想馬上離開回到地球看我的女兒，可是我們還沒弄清楚是什麼造成那些症狀。目前我沒有選擇的餘地。」

他們在電梯前停下，卡森叫了其中一部。「妳認為是因為傳送嗎？」

「其他的一切都不合理。」

「那就表示大部分組員都撒謊說他們沒有任何症狀。」

電梯門打開，他們走了進去。「也許那就是肯尼森的意思。但疾病在每個人身上發展的情況都不一樣，說不定只是還沒影響到所有的人。」

他們往上升，到了她以前沒來過的某一層。幾位組員正在右邊一個房間裡打撞球；他們後方有一座很長且擺滿存貨的吧台。卡森帶著她經過看起來像是一個大型的廚房與團體用餐區域，然後掃描進入左側的門。門後的空間很寬敞，在對面那側有一連串環形窗戶，外頭就是無盡的太空以及點綴著黑幕的無數星星。室內中間有一張會議桌，伊斯頓、周蓮和伯克就坐在其中一端。

她一進來，伯克就起身趕向她，伸直手臂緊抓住她的肩膀。「妳沒事吧，博士？」

「現在好一點了。」

他輕輕擁抱她。「我開始覺得來這裡是個錯誤了。」

她忍不住笑了。「說不定你是對的。」

他又仔細打量她一番，彷彿在確認她是不是真的，然後才終於放開她。她走到桌邊要坐下時，沒想到周蓮竟然站到她面前。

「我欠妳一個道歉，博士，」周蓮說，「包括參與欺騙妳的事還有懷疑妳的清白。」她稍微低下頭，然後才繼續和吉莉安對看。

「謝謝妳，周蓮。」

「我則是從來就不相信關於妳的那些屁話喔，」伊斯頓大聲說，「每個人都有壞習慣。我熱愛伏特加就像魚熱愛水。還有指揮官，無意冒犯，我看過你吃那些奶油小蛋糕的方式好像沒有明天一樣。」

「伊斯頓……」卡森說。

「我只是想說，妳因為被藥物弄得一團糟而殺人，這對我而言根本就不合理。」他舉起雙手，「很高興現在大家都達成共識了。」

「謝謝你，」吉莉安笑著說，「還有謝謝你救了我，要不然我不會在這裡。」

「不客氣，博士，我只是在對的時機出現在對的地方而已。妳好點了嗎？」

「正在恢復。」

「很好，現在我們可以認真處理這件事了。」伊斯頓說。

他們全都到桌子的一端坐下，伯克則為每個人送上一杯冒著熱氣的咖啡，而吉莉安完全沒料到咖啡的味道會如此濃厚。

卡森開始把他調查潘德拉克的事告訴其他人。他講完之後，所有人都面面相覷，接著周蓮才打破沉默。「所以那表示他還活著嗎？這是他做的？」

「這只表示有人使用他的門禁卡，」卡森說，「我不太相信關於那場謀殺的一切都是演出來的。還有他們為何要那麼做？」

「所以他還是死了，而有人把屍體處理掉。」伊斯頓說，然後躺靠椅背，把腳抬到桌上。

「那是我的猜測。」吉莉安說。

「這表示他們不想讓我們從屍體上發現什麼。」

「有可能。他們不想冒險讓里歐從中注意到什麼線索。」

「例如什麼？」伯克問。

「我不知道。」吉莉安說。

「聽著，我得把情況問清楚。」伊斯頓說，他的靴子從桌面滑開，整個人往前坐，「我們來這裡是要解決安德那個巫毒小組的問題，對吧？現在我們還要處理一個精神變態。我們的重點要放在哪一邊？」

「我認為這些都有緊密的關聯。」吉莉安緩緩地說。她環視所有人，腦中浮現她去佛羅里達州時杯子在桌面上凝結水珠環環相扣的畫面。「無論是誰這麼做，對方都不想要我們在這裡，不想要我們查出傳送出了什麼差錯，那就是他們殺掉丁塞爾的原因。因為他有權中止這一切。」

「因為對方知道真相。」周蓮說。

「一點也沒錯，而我知道我們應該從哪裡開始找。」

35

「所以你完全沒告訴安德在地表發生的事？」吉莉安說。

「我向他簡報了，但是沒提起有人使用傳送裝置在太空站和地表之間來去。」卡森說。

她、卡森和伊斯頓搭電梯往上，紅色數字隨著經過的每一層滴答變換。他們把伯克和周蓮留在組員宿舍的走道，卡森也指示他們去找里歐，將剛才大家談話的內容告知他。

「他會欣然接受的。」伊斯頓看著電梯的天花板說。

「在這之後，我想要見肯尼森。」吉莉安說。電梯停止時，他們的腳都稍微離開了地面。

「也許他願意告訴我們那天他說的話是什麼意思。」

門在安德的樓層打開，門廳沒有接待員。前方的博士宿舍門開著，傳來隱約的古典樂聲。

室內的燈光昏暗，大型組合式沙發變成了一塊塊粗厚的影子。她第一次來這裡時見到的那句法文仍然飄動於主顯示器上。安德向後斜靠在一面觸控螢幕前方的滾輪椅上，用手指緩緩繞圈揉著太陽穴。

「博士？」卡森說。

老人立刻坐直。

「抱歉嚇到你了。」

「不，不，沒關係的。我出神了。」安德站起來說，「萊恩博士，很高興看到妳能下床走動。妳真是經歷了一場苦難啊。」

「對，確實是。其實那就是我們來的原因，」她邊說邊打量安德的眼神。沒有擔憂或驚恐，只是平穩認真地看著她。「有人想要殺我。」

安德嘆了口氣。

「卡森把這件事告訴我了，不過他也說生物圈的所有人在事發當時都沒嫌疑。」

「的確。是別人，從太空站來的。」

他的目光在她和卡森之間移動，不小心發出了輕笑聲。「登陸器只有一部，就在地表。不可能……」他的聲音逐漸變小，接著他瞇起眼睛看著她。「你們該不會認為——」

「對，沒錯，」卡森說，「吉莉安在被迫離開氣閘之前聞到了消毒化合物的味道，而丁塞爾死前，她也曾在太空船上聞到。」

「結果呢？」

「有人在我房間裡留下類鴉片藥物，」吉莉安說，「我們查了門禁卡掃描紀錄。」

「那太荒謬了。我們執行了很嚴格的規定，已經超過四個月沒人傳送了。」

「用的是埃文．潘德拉克的門禁卡。」卡森說。

安德的目光從掃過他們，臉上慢慢浮現笑容。「這是某種笑話吧。」發現沒人說話之後，他立刻嚴肅起來。「埃文是我超過二十年的朋友了，是我發展畢生工作的夥伴。他死了，是被一個精神失常的人所殺，而我不喜歡你們這樣侮辱他的名聲。」

「他的屍體不見了。」伊斯頓說，坐到一張沙發的椅背上。

「什麼？胡說，那就在——」

「遺體櫃是空的，」卡森說，「我親自看過了。我們並不是指潘德拉克博士還活著，而是有人拿了他的門禁卡到處通行。」

安德看起來像是無風時的船帆。他坐回椅子上，臉孔逐漸失去血色。

「你知道有誰可能會這麼做嗎？」卡森問。

老人搖著頭，似乎快聽不見他說話了。

「博士？」吉莉安走上前說，等待他將目光移向她。「我們想要你調出傳送紀錄。」

安德好一會沒動。接著他在椅子上旋轉，移向最近的觸控螢幕，輸入一組代碼，然後按下一系列指令。吉莉安跟卡森和伊斯頓對看。

安德按了螢幕最後一次，打開一個新視窗。他看著畫面中間的那行文字，接著就無力地靠著椅子。

「上面寫什麼？」吉莉安問，她的心臟撞擊著肋骨。

卡森走上前靠近博士，從他肩膀上方望向螢幕，然後轉身面向她。

「在我們離開登陸器十五分鐘後，有一筆傳送下去的紀錄。」

「是誰？」

「丹尼斯．肯尼森。」

⧓

「我們進門的時候，我要你們準備好電擊槍，明白嗎？」卡森邊說邊在組員宿舍的主走道上匆忙前進。另外兩個大步走在他身邊的男人都點了頭，手也移向腰帶上的電擊槍，吉莉安則跟在後面。她的心臟劇烈跳動，從卡森十分鐘前大聲說出肯尼森的名字時就這樣了。可是感覺不太對勁，肯尼森不像是能做出這種事的人。他在接受他們測試之前很恐懼，就像等待死刑的人。他要不是個厲害到難以置信的演員，要不就是……

「妳確定妳要一起來？」伊斯頓在她身旁問。

「對啊，當然。」

「幸好這裡沒有真槍，否則場面就難看了。」

「到了。」卡森說。他們經過幾十道一模一樣的門之後，卡森放慢了速度在一道門前停下。在他們離開上層區域前，卡森要安德查看肯尼森的出入紀錄。他在兩個小時前進了自己的房間，後來就沒再通過任何檢查點了。

這是讓她困擾的另一件事。為什麼他要用潘德拉克的卡片把藥放在她房間，而傳送到地表時卻使用他自己的？

吉莉安試著不去想這件事，卡森則是看了兩名維安人員一眼，然後用卡片刷過門的感應器。喀噠一聲後，卡森把門往前推，迅速進入房間。他後方的人跟了上去，吉莉安猶豫了一下也進去了。

肯尼森的房間比她的還大，有兩扇窗面對著太空，還有一張看起來想必是加大的雙人床，旁邊還有一張大書桌。牆面上有藝術品，是幾張黑白色的小幅抽象畫。

她看見了一切，卻什麼都無法理解。

一開始她不明白為什麼鞋子會懸浮在離地面五呎的地方，大腦還試圖聯想到是不是某種無重力干擾的情況。不過後來她的目光沿著肯尼森的身體向上移，看見了他發紫的臉，從牙齒之間伸出的灰白色舌頭，以及他掛在天花板支柱下方時，那條皮帶在他喉嚨上的深深勒痕。

36

吉莉安看著眼前的螢幕，手指點選資料，卻心不在焉。

實驗室很安靜，除了太空站在背景的嗡嗡聲外，只有偶爾才會出現氧氣交換系統輕微的嗖嗖聲。她一離開肯尼森的房間就直接過來這裡，因為她知道只有實驗室才是一切都合理的地方；而自從肯特被診斷出症狀後，也只有這種地方才能讓人覺得事情有意義。她的腦中仍會閃現肯尼森面部扭曲的畫面，還伴隨著丁塞爾的死狀。她在到這裡的途中經過一位從對向帶著摺疊梯的組員，後來才明白那是用來爬高取下肯尼森吊在天花板的屍體。

門嗖的一聲打開，讓她嚇了一跳，原來是伯克拿著兩杯冒熱氣的咖啡進來。

「這是我所能弄到最好的太空烘焙了，博士。」他邊說邊將她的杯子放在桌上。

「謝了。仔細想想，其實沒那麼糟啦。」她說，然後啜飲一口深焙咖啡。

伯克做了個鬼臉。「這就是屎，我找不到更好的詞了。」

她笑了。「我猜我們不能太挑剔吧。又不能咻一下傳送到星巴克，雖然那個名稱在這裡聽起來很適合。」伯克茫然地看著她。「別在意，那是個笑話。」

「謝謝妳告訴我。」

「小心點，要不然我把你炒魷魚，孩子。」

他嘆口氣，看了自己的杯子一眼。「如果我們在家，我就會加蛋了，就像我母親的作法。」

「蛋？加進咖啡？」

「當然。這樣最棒了，瑞典的老傳統。」

她抖了一下。「聽起來好噁心。」

伯克邪惡地笑著。「真的嗎？妳已經喝過好幾十次了，博士。」

「什麼？」

「只要輪到我帶咖啡到實驗室，我就一定會加蛋。」

「你這禽獸。」

他輕輕點頭致意。「不客氣。」

經歷過去二十四小時之後，這樣亂開玩笑的感覺真好。她的眼睛和舌頭還很不舒服，可是肺部在深呼吸時已經不會痛了。吉莉安將注意力移回螢幕上，捲動查看肯尼森的測試結果，接著是瑪麗・克蘭斯頓的。

「妳認為結束了嗎，博士？」伯克問。

「你是指這裡發生的事情嗎？」她坐著沉默了好一段時間。「還沒。」

「那麼我們就不能回家了。」

「那是我最想做的事。但要是我們不知道傳送有沒有發生差錯，我就沒辦法幫助凱莉了。」

她差點說不出女兒的名字。

「既然妳現在完成了我們的研究，說不定就能找到其他辦法。或許哪裡的外科醫生——」

「沒有手術能夠解決全部的糾結，至少目前還沒有。而這裡就有答案，我不能拿她的生命冒險。」她指著螢幕，「我感覺得出來。」

「不過這個叫肯尼森的人殺掉丁塞爾是為了隱瞞什麼？」

「我不知道，我不——」她在把心裡的想法說完之前就停住了。自從見到肯尼森用自己的皮帶上吊之後，那種模糊的感覺就一直讓她很困擾。「我們還漏了什麼。」她說。

伯克壓抑住一個大呵欠，然後目光向下看著他的咖啡，露出近乎嫌惡的表情。

「你應該去睡覺，真的很晚了。」她說。

「妳也要睡了嗎，博士？」

「我要在這裡待一下，我覺得我應該會睡不著。再說，我已經不是殺人嫌犯，可以自由來去了。」她舉起她的門禁卡說。

「這讓我想到，卡森跟我說過妳的新房間已經準備好了，就在我隔壁。」

「我才剛習慣他們之前讓我住的世外桃源呢。」

「這次絕對是大大的升級。」

「快走啦。」

「好，好。」他對她揮手，「妳確定要留下來嗎？我可以等到妳準備好。」

「離開這裡，伯克，不然我就炒你魷魚。」

「妳知道什麼能讓妳好過一點嗎？」他邊說邊從椅子起身。

「什麼？」

「蛋咖啡。」

她拿起一枝筆丟向他，他側身躲過，然後走向門。他離開後，四周又被寂靜籠罩了。

吉莉安繼續回到測試結果的頁面。

正常。

正常。

正常。

他們的神經元本身沒有任何差錯。為什麼她一直想到這一點？還有為什麼每次她聽到火車聲，那種規律的碰撞聲就會使她腦中響起強尼．凱許歌曲的節奏，即使到現在也會？快一個鐘頭之後，實驗室的門打開，她轉過身以為又會看到伯克，而他會假裝睡不著，這樣才能照顧她。

結果站在實驗室門口的是艾瑞克．安德。

一開始他沒說話，後來就往室內比了個手勢。「希望我沒打擾到妳。只要有人在我工作的時候闖入，我知道我一定會很火大的。」

吉莉安讓自己平靜下來，見到老人時的驚訝逐漸變成了些許不安。

「不，一點也不會。進來吧。」

安德走到桌子旁，雙手放在可後仰的診療椅椅背上，而肯尼森幾天前才曾坐在那裡。他似乎看出了她在想什麼，於是將椅子來回轉動，說：「感覺很不真實，對吧？」

「對，沒錯。」

「我聽說妳也在場。」

她點頭。

「我完全沒想到……」他突然停住，清了清喉嚨，「我跟丹尼斯很熟。在計畫啟動之前一起工作了好幾年。他意志堅定，是很棒的科學家。這實在太不符合他的個性了。」

他過了一會才開口：「或許妳說得對。歐林一定會很難過的。」

「所有人都是個謎，就連自己也會不清楚。」

「他們是朋友？」

「對。在歐林獲准加入任務後，他們就變得很親近。他們兩個都很喜歡老電影。有時候我會看見他們在宿舍附近看電影，就跟孩子一樣呢。」

「我很遺憾。」

他看著她。「謝謝妳。發生這種事總會讓妳反省自己以及自己的行為。例如妳本來還能做什麼？妳沒注意到預兆嗎？而且一想到他要為丁塞爾先生的事負責，還差點……」他向她比了手勢，然後看了看周圍。「想要做大事的人總會說在通往成功的路上有挫折與艱難，但那些根本無法跟這種事相提並論。白白失去生命是最大的損失。」

在他才華洋溢的傲慢以及因防衛心態而盛氣凌人的外表下，吉莉安注意到了她先前未察覺的特質：同情心。

「你為什麼選擇這條路？」她問，「以你的天賦想做任何事都行，為什麼是星際旅行？」

他的臉皺起來，形成一道悲傷的笑容。「為什麼妳會成為神經放射學家？」

「我跟你交換。」

「什麼？」

「用我的故事換取你的。」

安德又露出笑容，然後坐上椅子。「似乎很公平。」

「好幾年前我曾是放射師。我先生被診斷有羅氏症，而我覺得我能救他。於是我回到學校，取得博士學位，一邊開始我的研究。」

「他過世了對不對？」安德輕聲說。

「對，他過世了。現在我的女兒也快死了。」她的眼睛開始感到灼痛，可是她繼續說，「所以我才會來這裡。」

安德往下看著自己的手，手上的皺紋和線條似乎使他著迷。「羅氏症，正在殺害地球的大規模疾病又多了另一個副作用。我讀過幾十篇文章把環境汙染加劇跟這種情況連結在一起。如果我們這次沒成功，也許我們最後全都會變成那樣：毫無意義地消失無蹤，而且沒有人會記得我們。」他搖搖頭，「我很遺憾。」

「沒關係的。」

「我母親。那就是我現在坐在這張椅子的原因。」他停頓了一下說。「她來自敘利亞。她在那裡的動亂最後幾年時遇見了我父親。我父親是位醫生，自願出國到飽受戰爭蹂躪的國家幫助人們。她被捲入一場交戰受了傷，失去了右手的幾根手指。等到我父親治療她時，傷口已經感染了。那是愛，就像那樣。」他彈了一下手指並露出笑容，「至少我父親總是那麼說的。一年後我就出生了。」安德眨了眨眼，目光陷入沉思之中。「我幾乎不記得她了，大部分是她哄我睡覺時的輪廓。我和母親跟她姊姊住在城裡正要開始重建的區域。我的父親則是繼續在國內外工作。後來戰爭又開始了。」

吉莉安看著他伸手揉著自己的臉，第一次注意到他臉頰上有稀薄的白色鬍鬚。

「當時我六歲。父親在一年前為我們申請了美國公民權。我通過了，可是我們還在等母親的文件。戰況惡化以後，她就要父親帶我走。我父親告訴我再過不到幾個月，母親就會來我們的新家了。可是她一直沒來。」

老人安靜下來，眼神變得呆滯。「發生了什麼事？」吉莉安輕聲問。

「我們前往美國的兩天後，有一顆炸彈打中了我們的房子。後來我才知道沒人能夠確定炸彈是哪邊發射的，這就是戰爭會發生的蠢事。父親在事發的幾週後收到了消息，結果無法提起勇氣告訴我。每天我都問他母親何時會來，他總是說『快了』。」安德悲傷地笑著，「所以我在等待的時候，一開始先是想像用能夠在海上高速移動的船把她和我其他家人接來。接下來是可以在一分鐘內直接飛到那裡再回來的飛機。我一直在想像。」

安德移開目光看著實驗室，吉莉安發現他的眼睛閃爍著。「真令人難過。」她說。「那是非常久以前的事了，可是我從來沒忘記自己對快速旅行的夢想，儘管父親終於跟我說母親再也不會回家了。」他整個人更陷進椅子裡，彷彿這個故事使他枯竭。

吉莉安想要說點什麼，但說什麼似乎都無法帶來一丁點安慰。

「我想要妳測試我。」安德說，然後挺直身體。

「測試你？為什麼？」

「因為我相信妳可能是對的。」他動著下巴，彷彿耗了巨大無比的力氣才能說話。「我的機器可能出了差錯。」

吉莉安往前坐。「為什麼你會那樣覺得？」

「我……我已經忘了某些事。」安德露出痛苦的表情，「一開始我不知道是因為老了還是其他因素。我的腦袋不是以前的樣子了。」

「你忘了什麼？」

「我小時候跟父親一起住的房子，我高中死黨的名字和長相，我太太的聲音。」他說到最後聲音變得沙啞，她看見他的眼眶又濕了。「一開始那些記憶只是變得模糊，所以我沒在意，結果現在它們完全消失了。我擔心這可能跟傳送有關，因為有些組員也提過同樣的事，但我就是沒辦法接受。」現在他真的哭了，淚水從臉上的皺紋滲出，就像雨水流過被乾旱肆虐的山丘。「我必須繼續測試。正因如此，我才會要卡森替我從地球上帶來兩部原型機的其中一部：為了重新檢視設計。」

吉莉安感覺一股冰冷在體內碎散開來，有某種東西崩潰了。她突然對這個老人感到強烈的怒氣，對他因自尊而隱瞞這麼多事情覺得氣憤難平。

她的憤怒一定稍微顯露在表情中了，只聽他繼續說：「妳要明白，我以為一切都很好。我在瞬間移動和那些症狀之間沒發現任何實際的關聯；而且我想要幫忙，我花了一輩子時間想要幫忙做到別人無法達成的事。這是我的機會。」

他的肩膀隨著哭泣抖動，而吉莉安不由自主伸出一隻手放在他肩上。「謝謝你告訴我。」

安德擦了擦臉，然後在椅子上坐好。

她如同機械般為測試準備，心裡卻只想著安德告訴她的那番話有何含意。如果他不是說實話，那麼還有誰也不是？

她在他的頭骨鑽了洞，插上開口，注入螢光素，然後站在他面前。他躺在椅子上，上方是刺眼的燈光，整個人看起來身體虛弱，骨瘦如柴。

「找出你最快樂的回憶，博士。找到了就告訴我。」

他閉上眼睛。她等待著。

「好了。」最後他說。

吉莉安移動到桌子旁，觸碰控制螢幕，按下注射的指令。

螢光素酶流過軟管。

她再次心存敬畏地看著化合物發揮作用。安德的心智在她眼前顯現，就在那陣形塑了他的耀眼閃光之中。

吉莉安整個人僵住，這時最後一批突觸在螢幕上亮起。一個形狀不定又巨大的想法赫然聳立在她面前，那個想法太過模糊而無法領會，但確實存在。這就像一架低飛的飛機經過時的影子，使她周圍的一切變暗之後就消失了，只留下它曾經存在過的印象。

安德呻吟著，眼皮不停顫動。她移動到他身旁。「你聽得見我嗎，博士？」

「可以，可以，我很好。」他說，但眼眶又湧出淚水。他想要在椅子上坐起身，不過她把他推回去。

「先讓我解開你。」她開始拆下顱部開口，然後用繃帶包紮他頭骨上的微小孔洞。她將掃描內容傳進大型電腦，接著轉過來看他。

「我不是故意要刺探，但那些最快樂的回憶都會讓你哭嗎？」

安德輕笑著。「只有那一個。我想到歐林從部署地點回來的那一天。」

「他是在那裡受傷的嗎？」

「對，他是爆炸物處理小組的指揮。收到軍隊通知的時候，我想到了所有軍人的父母最害怕的事。他們只告訴我他是在一場路邊攻擊中受了傷，後來我才知道他是全隊唯一的生還者。」

她回想起歐林平靜說話的方式，他那種沉思的目光。「他一定覺得很糟。」

「的確。他……掙扎了很久。這就是我在丹尼斯事件後擔心他的另一個理由。一開始是埃文，現在又發生這件事。」

「潘德拉克博士跟歐林很熟？」

安德看著她，讓她一度以為他會直接起身離開。

「埃文是歐林的治療師，」他說，「他在地球上幫助他度過痛苦的低潮好幾十次了。幸好那天早上在埃文房間發現戴佛的不是歐林。我很怕他會赤手空拳殺了對方。」

吉莉安沉默以對，這時她腦中出現一連串想法，就像猛烈的砲火攻擊。

觸控螢幕輕輕發出嗶一聲，讓她回過神來。她看著量子電腦傳回的報告，研究了好幾分鐘，接著才轉動顯示器面向安德。「完全正常，沒有神經糾結或任何損傷的跡象。」

他皺起眉頭看著讀數。「我不明白。」他幾乎在自言自語。

「我也是，」她說，「我也是。」

⧖

吉莉安走出電梯來到組員宿舍區，聽著自己的腳步聲在空蕩的走道裡迴響。她和安德針對其他可能性討論了半小時，後來物理學家向她道晚安，說他累到無法清楚思考了，或許他們可以隔天上午再繼續。他們分開以後，她就發現自己對老人的看法有些改變了。她先前沒注意到他有種坦率、真誠的特質，也許這是源自他在科學上重視直截了當吧。總之，儘管他先前並未誠實以對，她還是開始對他更有好感了。

她一隻手按住太陽穴，感覺一陣疲累在體內蔓延。現在已經非常晚了，也可以說是很早，端看自己怎麼想。

「最後一輪了。」某人說話的聲音讓她突然停下。她忍住差點發出的驚叫聲，向左看。歐林坐在休息區的吧台後方。他坐在吧台椅上往後靠，一隻手裡拿著裝了琥珀色液體的杯子，雖然隔了一段距離，她還是看得出他已經喝到爛碎了。

她走到吧台，在他對面坐下，這時他喝完了杯裡的東西，又用一個開著的玻璃酒瓶倒滿。

「你還好嗎？」她在他坐回椅子時問。

「我？很好啊。在跟我的朋友們喝酒，」他往無人的空間張開雙臂說，「要喝什麼嗎？」

「呃，不了，我正要回去睡覺。」

「拜託，一杯又不會害死妳。」他在一個平底杯裡倒了些威士忌，然後將杯子滑向她。吉莉安把手放在杯子上，可是沒拿起來喝。

「妳熬夜了。」他喝了一口酒後說。

「你也是。我對丹尼斯的事感到很遺憾，妳父親跟我說過你們是朋友。」

歐林靜止不動，然後聳聳肩膀。「我猜沒我以為的那麼熟識吧。」

她遲疑著，一邊在吧台上轉動酒杯繞圈。「你最近有覺得他奇怪嗎？」

「妳是指那天他在接受妳測試之前的樣子嗎？」

她點點頭。

「還好。我看得出有事讓他心煩，可是丹尼斯不愛談論私事。我們過了一段時間才熟悉對方。我們兩個都有失眠的困擾。有時候我們會在休息區看電影，我們都喜歡卡萊·葛倫的電影，像是《北西北》、《深閨疑雲》之類的。他很安靜，不過真的很有幽默感。我根本沒想到……」他的話含糊混成一團了。

吉莉安拿起她的杯子，一開始並不打算喝，但是經歷前幾天的壓力後，烈酒的香味實在太誘人了，於是她輕倒了一些到嘴裡。

一喝下去，她的舌頭就像著了火，同時變得麻木，胃裡也像引爆了一顆深水炸彈。她咳嗽起來，冒出眼淚，歐林則是咧開嘴笑。

「順口。」他說。

「順口。」她聲音粗嗄地說，在他笑的時候又咳嗽起來，「無論有沒有接觸到火星的大氣，也許這都不是最好的選擇。」

「我們有啤酒，還有紅酒，還有……妳喜歡什麼？」

類鴉片藥物。她心不在焉想著，接著想像藏在舊房間水槽下的那些藥。「我不用了。」

他目光堅定地看著她。「這整件事妳有進展了嗎？」

「我不確定。」

「聽說妳要離開了。」

「恐怕還沒。」

「我還以為妳會回家找女兒。」

她變得僵硬。「是誰把我女兒的事告訴你的？」

「在這個地方，大家都會說話；是誰不重要，八卦會在這裡流傳。我很抱歉越線了。我只聽說她生病了，就這樣。」

「沒關係，」她說，「對，她病了。」

「我沒辦法想像要離開那麼遠。我沒小孩，不過我爸是我成長期間唯一的親人，也是我想來這裡的一部分原因。」

「其他原因是什麼？」她問，接著驚訝地發現自己又喝了一口威士忌。

歐林傾斜酒杯直到喝光。他放下杯子。

「看來我是想逃避吧，不然為什麼還有人想大老遠來到這裡？」

「冒險精神。」

「放屁。」

吉莉安輕笑了。

歐林坐著安靜了幾分鐘，他再開口時，聽起來已經完全清醒了。「我有一陣子不太對勁。就在這裡，」他輕拍自己的頭骨說，「我被派遣出去。情況……很糟。」

「你父親跟我說了一點。」

他的目光突然移向她。

「他沒說得很詳細。」她說。

「他告訴妳什麼？」

「你是隊上唯一活下來的人。」

歐林替自己再倒了一杯，然後注視著杯子。「他有告訴妳是我的錯嗎？」

她勉強克制沒露出訝異的表情。「沒有。」

歐林一飲而盡，一隻手輕抓著杯子。他開口時，她聽習慣的那種輕柔語氣不見了，而是變得平淡空洞，彷彿是別人說話產生的迴音。

「我們在某個被毀壞的社區要清空一條小街，那座城鎮的名稱就算妳付錢我也不知道怎麼念。一輛史崔克裝甲車載著六個人打頭陣。我跟我的隊伍是下一批，後面跟著兩部吉普車和大約二十個步行的，總共三十九個人。好人，最棒的人。他們來自各地，每一個都是去做他們該做的事，就這樣。」歐林露出痛苦的表情，而她看見他緊咬著牙齒。

「你不必——」

「我們來到一處交叉路口，我突然覺得很不安。在那裡一半的時間我都有那種……我不知道妳是怎麼稱呼的……預兆嗎？預感？我學會相信那種東西。抵達路口時，我要大家停下來。我的隊伍跟我向前移動，而在一根折彎平貼在塵土地面的路標旁邊，有一個輪圈蓋。好，通常那裡的地上會有各種垃圾，從舊電池到生鏽的湯匙都有，可是這個輪圈蓋在某些地方有光澤，就像是有人拿過。」他停頓一下，把瓶裡剩下的酒全倒進他杯子。「我讓一具機器人過去開挖。果然沒錯，路上有一個壓力觸發器。我做了該做的事，然後告訴大家淨空了。」

吉莉安發現自己往前坐，胃裡因為預期接下來要聽到的事而有種作嘔感。歐林喝了一小口酒，眼神茫然。

「我沒看到第二個觸發器，隱藏起來的紅外線投射器。它觸發了我們前後方其他十五顆炸彈，就像倒下的骨牌。」

「天哪。」

「我以為我死定了。」他語氣單調地說，「那是我聽過最大的聲音。接著就有人開火，他們從北側的其中一棟建築出現。那只是要收拾殘局，因為幾乎所有人都死了。爆炸發生後，其中一輛吉普車的車門壓在我身上，所以我才能活下來。它就像一塊裹屍布蓋住我，而我沒辦法移動，沒辦法拿槍，只能聽著我最後剩下的朋友們死去，直到一切安靜下來，只剩下我耳裡的聲響。」

歐林喝完酒，試圖把杯子放到吧台上，但杯子從他指間滑落，砰一聲掉到地上滾遠了，最後撞到牆面才停住。

「我很遺憾。」她過了一會才總算說出口。

最後他看著她，注意力從過去回到現實。「沒有我遺憾。」

她在走道上輕輕扶著他的手臂，就像護理師幫忙一位久病臥床後第一次下來走路的病患。每走幾步，歐林的肩膀就會擦過牆面，因為她盡量不讓蹣跚而行的他離牆壁太遠。

「我。」他咕噥說，手舉到一半指著左側的下一道門。吉莉安帶他過去，接著他拿出他的卡片，刷了兩次才解除門鎖。

「你還可以嗎？」她在他推開門、踏進房間時問。

「沒事，以前有過更糟的呢。」他看著她，暫時從酒精的影響中清醒過來，「我知道妳不是大家說的那樣。我看得出來。」

「謝謝你。」

「我無意中也聽過有人談論我，我猜那是我們的共通點吧。」

他看起來是如此脆弱，如此悲傷，讓她有股衝動想向他伸出手，但她阻止了自己。

「人總是有另一面，對吧？」她問。

他微笑的方式令她有點心碎。「沒錯。」

「好好睡吧，歐林。」她說，然後在走道上轉身離開。

「博士？」

她停下來回頭。

「謝謝妳的傾聽。」

「不客氣。」

她等到聽見他的門喀噠一聲關上，才繼續往自己的房間走。走道上依然空無一人，除了她的鞋子輕微吱嘎作響，也沒有別的聲音了。這使她想起之前在太空船上獨自一人的那幾個月裡，寂靜的感覺明顯到像是一種存在。那一瞬間，她可能是太空站上唯一的人，是方圓幾億哩之內唯一的人。

這個念頭在她體內掀起一陣寒意。她走得更快，找到自己的房間，往無人的走道瞥了最後一眼，掃描進入。她像是找到慰藉，鎖上了門，將那些想法留在外頭。

37

輕輕的敲門聲喚醒了吉莉安。

因熟睡而一臉惺忪的她穿過房間到門口，打開一道細縫。卡森雙手扣在背後站在門外。

「吃早餐？」他問。

他們進入公共餐廳時，一半的位子已經被安靜吃著東西的組員占據。有幾雙眼睛看著他們從十幾個不鏽鋼容器拿取食物並移動到角落的一張桌子，而伊斯頓和周蓮在等他們。

「妳的新宿舍如何啊，博士？」伊斯頓在他們坐下時問。

「很寬敞。」

「妳看起來比昨天好太多了。」

「真會說話，你從哪裡學的？」她說。

「天生就會了。」

他輕笑著使眼色，然後啜飲咖啡。

卡森只用幾口就快喝完一整杯，他歇了口氣把剩下的喝光。

「我猜你熬夜到快跟我一樣晚了。」她說。

「花了很多時間處理事情。」

「我可以想像。」

「潘德拉克的門禁卡在肯尼森房間裡。」卡森輕聲說。

「真的嗎？」

「在他的床架下面。」

「里歐解剖驗屍了嗎？」

「有。我還得來硬的才能讓那位高超的醫生讓開。我想里歐昨天應該很晚才結束，妳可以自己問他。」卡森往她的左側擺頭說，這時里歐也在她旁邊坐下。

「各位早。」里歐說。

他們接連低聲打招呼，里歐則開始吃炒蛋。

「卡森說你替肯尼森完成驗屍了？」吉莉安問。

「沒錯。」

「結果呢？」

「窒息。不過這點我們當然都知道了。」

「有任何不尋常的地方嗎？」

他往後靠著椅背。「他用指甲在自己的脖子上挖了幾個洞。」

「那樣……常見嗎？」

他點點頭，然後又開始吃。「被勒住時的自然反應。為什麼要問這個？」

吉莉安在餐盤上推動蛋白質補充包的內容物。「他看起來不像會自殺。」

「人們會隱瞞事情，把自己最糟的一面隱藏起來不讓任何人知道。」周蓮說，「我父親就是自殺的，而且一直到我母親發現他的那天，我們都以為他很快樂。」

「我很遺憾，那真是——」

「沒關係，那是很久以前的事了。當時我只是個孩子。我的重點是，我們沒有辦法真正了解一個人。」

吉莉安和卡森對看了一眼。

「妳是說妳不認為肯尼森是自殺的？」伊斯頓問。

「他很害怕，」吉莉安過了一會才說，「測試他的時候，我覺得他以為會聽到壞消息，例如他有腫瘤之類的。」

「所以是別人殺了他？還使用他的卡片傳送到地表，再把潘德拉克的卡片放進他房間？」

「我不知道，不過昨天晚上確實發生了一件事。」

其他人靠上前聽她講述安德造訪的事。

她說完後，卡森皺眉並搖頭。

「所以妳認為安德有沒有受到影響，或者只是像他說的年紀問題？」

「聽起來不像典型的失憶。不管這種現象怎麼稱呼，總之它會帶走特定的記憶而留下其餘的。這並不是自然的記憶衰退，這是刪除。」她一說完，就覺得腦中有某個東西在緩慢移動，彷彿她剛清除掉某種障礙，往正確的方向踏出了一步，但謎團依然籠罩著一切。答案就在其中，是她腦海中角落裡一道轉瞬即逝的影子。

很接近了。

「呃，你們會不會覺得這裡的氣氛突然變得有點凝重？」伊斯頓壓低聲音說。

吉莉安看著他時，他正冷靜地環視她背後的空間。那些組員都在盯著他們看。

「我們先休會吧，」里歐提議，然後把叉子丟到餐盤上，「反正食物也很難吃。」

他們在眾人緊盯的壓力下離開餐廳。一進入走道，伊斯頓就說：「剛才裡面的氣氛真像《準午前十時》。」

「他們對我們有戒心。」吉莉安說。

「他們根本不必那樣。」卡森的語氣有點激動，像個軍國主義者，「我們來這裡都是為了同一個目的，數十億人的未來就看我們是不是能夠達成目標。」

「那麼接下來呢？」伊斯頓問，「對其他人來說，壞蛋已經死了，是吧？」

「昨晚我傳了訊息給控制中心讓他們知道情況，應該在接下來二十四小時內會收到回覆。」

吉莉安咬著嘴唇，突然好想來一顆氫可酮，差點就克制不住了。

「我們還沒跟一個人談過。」她壓抑住渴望說。

「誰？」卡森問。

「實際上受到最大影響的人，亨利・戴佛。」

⧖

戴佛的牢房位於最底層，跟高度控制區之間隔了幾道門。卡森在他們搭電梯下去時向她解釋，維安人員得改造那一層少數未使用的其中一間儲藏室好關住戴佛，原因是沒人能在他醒著的時候接近他。

「他讓發現他在潘德拉克房裡的那個人傷得很重。幸好那人懂一些防身術，把他勒昏了。」

他們在一道未標示的門前停下，瓦斯奎茲站在門外，他曾在她有嫌疑的期間陪同過她幾次。

「我們要見他。」卡森說。

瓦斯奎茲瞥了她一眼，接著轉身掃描門禁卡。門鎖解開，而他替他們開門。

房間是正方形，長寬大約各十二呎。一道透明塑膠牆將整個空間分成兩半，四邊都以大型的鋼製鉚釘穩穩固定住。牆的中央鑽了幾個洞，接近底部處有一道臨時製作的小型滑門，其中一端上了鎖。

最先襲擊她的是氣味。排泄物和沒洗澡的身體混合了絕望的氣息。那種味道瀰漫整個房間，濃厚到讓她產生嘔吐反射而停下腳步。

亨利．戴佛在透明屏障後方空間的右側角落坐著搖動身體。雖然她從沒看過他的照片，不過他的檔案說他重一百六十五磅，身高則是六呎二吋。

她眼前這個男人的體重可能只有一百一十磅。

他像個稻草人，穿著鬆垂的皮膚和一件短內褲。他全身的骨頭以各種角度突出，而在凸起的額頭底下、洞穴般的眼眶裡，那雙陰鬱的眼睛正盯著她看。

她聽見自己的喉嚨發出聲音，她再度吸入戴佛的惡臭味時噁心到作嘔了。

「他到底發生了什麼事？」她輕聲問。

「根據我讀過的報告，他已經這樣好幾個月了，」卡森小聲地說，「幾乎不吃不喝，不睡覺，一直在動。每個星期他們都得讓他服鎮靜劑才能打掃牢房。」

卡森說話時，戴佛從他坐的地方站起來，完全挺直身體。他的手臂對身體而言顯得太長。吉莉安看見他髖骨的每一個部位都很突出，就像皮膚底下有許多不同角度的刀片。但是她的目光停留在他手上最久。

他的雙手有一大堆交疊的疤痕。手腕以下的部分至少有成千上百道紋路。好幾個地方流血，還有幾十處結痂，有的結成硬皮，有的正在剝落。

「他的手到底怎麼回事？」她聽見自己在戴佛接近透明牆時問。

「是他自己弄的。」卡森說。

現在她看見了在他變鈍的指甲底下那些乾掉的新月形深色血跡。

戴佛伸出一隻手掌貼著鑽孔下方的隔牆。

吉莉安鼓起勇氣，她發現自己往走廊的方向後退了半步。她往前移動，試圖忽略臭味。她在距離牆面一呎處停下，看著戴佛將另一隻手的手掌貼在第一隻手旁邊。

「我是萊恩博士，」她清了清喉嚨說，「我希望你今天不介意跟我談話，亨利。我可以叫你亨利嗎？」

戴佛一聽見他的名字就側著頭，像是一隻狗。不，她心想，不是狗。是一隻狼。

「我聽說你一直不太舒服。」她邊說邊開始尋找腦部受損的跡象或症狀。她的清單中有好幾項已經符合了。攻擊性，食欲改變，睡眠模式改變；失去語言能力；大便失禁；天哪，還有他的雙手，已經剝皮又癒合了好幾百次。

他的手指在她的注視下移向傷疤，然後開始動作。指甲戳刺進去，穿透了受傷的皮膚。

「亨利，請別那麼做，」她聽見自己說，「拜託。沒事的，我只是想談一談。你可以告訴我你來自哪裡嗎？」手指繼續摳挖。鮮血滲出來，開始滴到地上。

「亨利，你在太空站這裡的工作是什麼？」

血流得更快了。

「吉莉安……」卡森在她後方某處說。

她往下看著戴佛對自己造成的傷害，那種狂躁的動作像是抽筋又沒有規律。

而她腦中有某件事連結了起來，就像兩根銅線熔接在一起。

她舔了舔嘴唇，逼自己將目光從他手上的慘況移開，開口：「亨利，告訴我通道的事。」

戴佛呆住了。他的右手本來在攻擊左手，現在放鬆下來了，緊繃的肩膀也鬆弛了。他看著她，嘴巴稍微張開，好像下巴的肌肉已經忘了自身的功能。她等待他說話。

他的嘴巴開得更大，喉嚨發出咯咯聲。

吉莉安眨了眨眼睛，身體往前傾。仔細聽。

他發出尖叫。聲音又大又突然，在房間裡迴響，使得她不由自主後退了一步。那種喉音聽起來不像人類，像是動物在模仿人類的悲傷或憤怒。

她的手舉到一半想摀住耳朵，阻擋聲音。卡森抓住她的肩膀。

「已經夠了。」他說，而她點了點頭。

戴佛還在尖叫。他的肺部彷彿無限大。她看著他讓一根都是血的手指穿過屏障的其中一個鑽孔，然後轉動手掌平貼住。他那麼做之後，她才明白發生即將什麼，於是想別開眼神，但已經來不及了。戴佛用力將手往右拉，手指的第二個指節隨即歪斜折斷。

卡森把她拉出房間，瓦斯奎茲和另一個不知從哪裡冒出來的守衛跟她擦肩而過。走道的空氣很清淨，是她品嘗過最美好的東西，可是戴佛手指骨頭斷裂時那種噁心的聲音仍在她腦中不斷重複播放。她彎下腰，把早餐吐在最近的牆上。

戴佛還在尖叫，那種怪異噪音像腐臭的水流出了牢房。

然而在那之上還有另一種聲音，是火車車輪在坑坑窪窪的軌道上規律地匡啷作響。

接著她想起了。又抽搐了一陣後，她挺直身體，無力地擦拭嘴巴。

「我們不應該下來這裡的，妳太勉強自己了。」卡森握住她的手臂說。

她呼吸了兩口新鮮空氣，然後吞下肚。

「我想我知道他們出了什麼差錯。」

38

「我不確定我聽懂了妳的話，妳說上癮是什麼意思？」

吉莉安看了卡森一眼，他們正走在組員宿舍區的走道上。他們離開之後，用餐區就變得空蕩，只有一個穿連身服的男人低頭吃著碗裡的東西。他們經過兩個剛離開電梯的女人，對方一看見吉莉安和卡森，談話就立刻中止了。

吉莉安第二次回頭張望，確認只剩下他們，然後說：「戴佛看起來有腦部損傷，對吧？無法控制的衝動、攻擊性、失語，但這些都可能是戒癮的極端症狀。」

「上癮，妳說的是傳送。」

「沒錯。你聽過肯尼森說的，你在地表的好朋友范恩也呼應了他的話。傳送就像重生，不是興奮能形容的。你不覺得那會讓人上癮嗎？還有，你看見戴佛在我提起通道時的反應了嗎？」

「有，瑪麗．克蘭斯頓也說過一樣的話。」

「我認為通道其實就是瞬間傳送室，你進去以後看起來就會像通道了。」

「可是我們有瞬間傳送的紀錄。戴佛只傳送了九次，克蘭斯頓的次數更少。他們怎麼會只傳送了幾次就上癮？」

「我有個理論，不過在我們搜查完這個房間之前，我還無法確定。」

「到了。」卡森說，然後在走道末端的一道門前放慢速度。「我說過，裡面已經整理過了。他們找到的一切都在報告裡。」他掃描他的卡片，門隨即打開。

這個房間跟她的很像，只是已經被清空了。床架變成中空的骨架，衣櫥的門開著，露出空無一物的層架。就連空氣也沒有任何味道。她真的以為這裡也會有一些戴佛的刺鼻氣味。

他們進入房間，卡森雙臂交叉待在門口附近，臉上一副沉思的表情，她則是走到床架旁跪下。吉莉安用手指摸索裸露的邊緣，隨著光滑的角度移動。她在地上躺平，看著床底下。地板上和床架旁的牆面都沒有隆起或裂口。

她站起來，走向衣櫥，用手拂過門的頂部以及下方的邊框交界處。

「吉兒，妳到底在做什麼？」

「尋找。」她緩慢地轉了一圈，接著走進浴室。

「聽著，我對一切感到很抱歉，真的。我想要解決事情。也許妳應該休息，我們可以之後再談。」

「我沒瘋。」她說。她先查看馬桶，然後跪在水槽邊。壁板的螺絲在她指尖滑了兩次，讓她得擦乾汗水才能將它們轉開。

「我沒那麼說，」卡森走得更近，「可是我不知道妳在找什麼。」

壁板的一角彈起，她把細縫拉開，看見裡面有某種白色的東西閃爍了一下。她的指尖擦過它，於是她更用力拉開壁板，發出了尖銳的破裂聲，接著她將手伸得更進去。她拿出來，把手裡的門禁卡舉到卡森面前。「這個，我在找這個。」

⋈

他們站在安德的桌子旁圍成半圓形，低頭看著門禁卡。吉莉安透過眼角餘光觀察他們。卡森隱忍情緒，手臂交叉抱胸，他打量那張卡片的方式就像在考古挖掘現場地底深處發現了一支手機。安德沉重地靠在桌子上，手掌因為重壓而發白。

「不可能啊。」這是他們讓安德看到門禁卡後，他第二次這麼說了。

「我不會這麼說，因為它就在我們眼前。」吉莉安說。

「每一個人都只會分到一張卡，而且卡片會有每一個人的代碼。戴佛在埃文的房間被發現時，身上帶著自己的卡。」

「那麼要是有人弄丟門禁卡呢？」

「那張卡會透過電子方式停用，然後發給他們另一張卡。而這裡從來沒人遺失卡片過。」

「可是你有備用的，在哪裡？」

安德注視她，似乎忘了他們前一晚建立起的聯繫，又徹底變回了冷酷的科學家。

「在一個安全的地方。」

「讓我們看。」

「為什麼？」

「安德博士，」卡森說，然後終於抬起頭來，「拜託。」

安德瞇起眼睛，無奈地嘆了口氣。「往這裡走。」他說，接著帶他們進入走道外的另一個房間。安德掃描桌子後方的一扇門，門後有三部大型量子電腦，從黑色機殼內發出的計算聲聽起來像是旋律。安德經過電腦走到一座架子前，上面擺著一個不透明的盒子。他在盒子正面掃描卡片，盒子隨即打開。

老人看著盒內好一段時間，然後才搖著頭把它拿出來，彷彿那是塊腐臭變質的肉。

「太空站的每一個人都會有三張複製卡。」他的聲音越來越小。

卡森從他手上接過盒子，將它傾斜，讓吉莉安也能看見。裡面是空的。

39

吉莉安坐在會議桌旁的其中一張椅子上，咬著自己的手指甲。

她得刻意去想「停」這個詞才能讓嘴巴聽話。幾週前戒掉氫可酮時，她的指甲就被她咬得參差不齊，不過現在已經開始長回來了，除了她正在咬的這片指甲以外。她幾乎已經咬到肉了，指甲下柔軟的皮肉接觸到空氣還會覺得刺痛。

那一刻，她好奇自己是否能回到房間，從水槽壁板後方挖出一顆藥丸，然後在其他人抵達之前回到這裡。卡森問她怎麼會找出戴佛的門禁卡後，就到各地去召集大家了。

直覺。她這麼說。而他直接對她露出不相信的表情，讓她差點就告訴他實話了。

結果，她現在卻坐在安靜的會議室咬著自己的指甲，思緒圍繞著從模糊陰影逐漸發展成的概念打轉。她又想起卡森到她家提議工作那天，她所看到在火車上的那片塗鴉。她本來以為上面寫的是「Saul Gone」，可是她解讀錯了。「Saul」裡的「a」根本就不是「a」。不，不是「a」……這個想法非常奇怪，很難跟現實沾得上邊。但又沒有其他合理的可能。她知道她是對的。

那正是令她最害怕的事。

門打開時，嚇了她一跳。伊斯頓大步走進來，笑得露出牙齒。

「抱歉，是咖啡因和情緒的影響。」

「是我啦，博士。」

他在她對面坐下。「不必道歉。在這副冷靜的外表下，我也有點提心吊膽的。這地方開始讓人覺得不太對勁了。」

「開始？」

「好吧，從我們離開太空船起，這地方就一直讓我緊張不安。」

她忍不住笑出來。

「其實，」他繼續說，「如果現在可以立刻回到船上，掉頭離開這個鬼地方，感覺一定很棒。」

她開口正要回答，這時門又打開了，出現的是卡森，後面跟著周蓮和伯克。他們互相打招呼，然後在桌邊坐下，這時里歐也進來了。

「你可以把門鎖起來嗎，里歐？」卡森問，接著醫生便轉動了手動鎖。大家都坐好之後，他說：「有一些進展了。吉莉安跟我去看了戴佛。」

在他講述牢房的事情時，吉莉安發現了口袋裡的念珠，於是拿了出來。她短暫遲疑了一下，就把念珠從頭上套過，塞進連身服的領子內。

「所以他的頭腦很不正常，」伊斯頓說，「我還以為我們早就知道了。」

「不只這樣。」卡森說，然後看著她，「吉兒，要從這裡接手嗎？」

她再也無法靜靜坐在椅子上，於是站起來，踱步到房間中央，然後轉身面向眾人。

「我們在戴佛的房間找到一張門禁卡，那張卡片並沒有分發給任何人。於是我們帶著卡片去找安德，他說為了怕遺失，太空站上的每一個人都會有三張備用卡片。我們要求看那些卡片，結果全都不見了。」

「不見？」里歐問，然後往前坐，「是指被偷走了嗎？」

「是的。」

「這代表什麼？」周蓮問。

「我們在戴佛房間發現的卡片並未註冊給任何人，可是已經啟用了。只要使用那張卡片，幾乎就能在太空站通過所有的門和檢查點。」她停頓一下，舔了舔嘴唇，「還有可以用來瞬間傳送。」

其他人驚訝無語地看著她。

「他傳送了多少次？」伊斯頓問。

「兩百五十六次。」她觀察他們的反應。

震驚。

懷疑。

恐懼。

「怎麼會發生這種事？」周蓮問。

「有人拿了卡片去啟用。那些卡片都沒綁定組員資料，而任何活動都必須透過綁定的卡片才會記下，所以安全或傳送紀錄中並沒有資訊。」卡森說。

「可是為什麼呢？」伯克第一次開口說話，「這些多的卡片有什麼用途？」

「傳送成癮。很多人告訴我們那種感覺就像重生。可不是嗎？本質上確實是這樣。你的所有原子都會從基本元素重新製造並組合；你會是個全新的人，這是最過癮的事了。」她繼續踱步，「拿走卡片的人就像毒販，將卡片發放給想把傳送當成消遣娛樂的組員。誰知道他們能得到什麼回報。這一切本來都很順利，直到埃文·潘德拉克開始發訊息給控制中心表達憂慮。他威脅到他們的陰謀，因此付出了代價。」

「妳是說有人派戴佛去？」里歐問。

「我一點也不認為戴佛殺了他。」

「什麼？」就連卡森現在也側著頭看她。

「我認為戴佛是個替死鬼。不管毒販是誰，總之是對方殺了潘德拉克，然後把戴佛跟他的屍體鎖在房間裡。戴佛目前已經無藥可救了，他沒辦法解釋發生什麼事。就是因為這樣，潘德拉克的屍體才會不見──他們覺得里歐最後可能會想自己解剖，然後找到線索。那也是丁塞爾被殺的原因。」

「他們不想冒險讓他聽到任何風聲，」伊斯頓說，「他會關閉這個地方。」

「一點也沒錯。」

「而且他們試圖誣陷是妳殺了他。」

她點頭。「更別提還想殺我，兩次。」

「所以會是誰？」伯克問，「誰有動機這麼做？」

「肯尼森，對嗎？」里歐問，「他有潘德拉克的卡片，他一發現妳還活著就趕緊離開了。」

「就這一點來說，要是他有匿名的門禁卡，為什麼要使用自己的或潘德拉克的？」吉莉安說。

「我再也不覺得他是自殺的了。」卡森說。

「同意，我覺得他是被謀殺的。肯尼森知道這裡不對勁，說不定打算告訴我們，所以他才會死。」

「所以還會有誰？」周蓮問。

「安德，一定是。」伊斯頓說。

「幾天前我也會那麼說，」吉莉安回答，「可是我現在不太確定了。他把一切都投入在這項任務了，還有那天晚上他對我說的話……我很難相信他會這麼做。」

「還有誰能拿到卡片？」

「幾乎每個人都可以。安全考量並不是針對人員，因為太空站組員都經過嚴格的選拔過程，也接受了苛刻的訓練。大部分的檢查點都是為了預防空氣洩漏，以防有裂痕引起緊急事件。沒人想得到他們的其中一員會背叛大家。」

桌邊的每個人似乎都暫時沉浸在自己的思緒中。

周蓮看著每個人的臉。「如果這是真的，那麼組員發生的症狀是什麼？」

現在該提出她真正的理論了。在這個說出真相的時刻，大家都會注意聽，要不就是接受，要不就是當她瘋了。雖然連她自己都很難相信，但已經沒有其他合理解釋了。她停止踱步，雙手放在她椅子的椅背上。

「我把過去十年的生命都投入在研究人之所以為人的原因。」她邊說邊感受這些話語的重量，感受它們從內心最深處被吸取出來時的流動。「那個問題我問過自己上千次了，是什麼定義了我們？我們的經驗；我們如何感知世界並與世界互動。」她停頓一下，「我們的記憶。少了那些，經驗就沒有意義了。」她在腦中看見肯特笑著跟她一起把箱子搬進新家；她感受到生產時的劇痛，接著是一條新生命在她懷裡時的溫暖；肯特胸口在她手心底下最後一次的起伏。「我們記得形塑我們的一切。」

「妳的意思是什麼，吉兒？」卡森輕聲問。

她振作精神，讓過去沉澱。

「安德的系統基本上是要達到絕對零度，然後停止原子的移動，這樣才不會有能量損失，對吧？」桌邊的大家都點了頭，「而根據我們所有的測試，傳送過的人全都沒有實質損傷。你之前是那麼說的，伯克，神經元沒有實質損傷。但要是從形而上的觀點來看呢？」

里歐緊張地笑了一聲。「妳在說什麼?」

「你能測量情緒嗎?用圖表表示記憶?」

「腦波會顯示——」周蓮開口,不過被吉莉安打斷了。

「顯示記憶與情緒的關聯,可是我們無法測量是什麼定義了我們。在我的領域中,我們知道記憶就在海馬迴,或是特定神經元會在我們喜愛某人時發揮作用,但我們一直無法量測或計算它們的本質、它們的能量。直到來這裡的途中,我發現了必須先讓人回憶過去,這樣才能描繪出與記憶有關的神經元。」她看著所有人,「我要說的是,如果傳送造成的能量損失並非實質的呢?如果是來自於形塑人們的東西呢?如果能量損失就是他們的記憶呢?」

四周只有太空站在背景發出的嗡嗡聲,像電子血液在他們周圍流動。

「妳說的是靈魂。」伊斯頓說。

吉莉安皺起眉頭。「我不知道,你想怎麼稱呼都行。這能夠解釋組員的症狀。」

「那……真是難以置信。」卡森說。

她聳聳肩。「你有其他的解釋嗎?」

「那就表示大多數組員針對自己經歷的事情向我們撒了謊。這是為了什麼?上癮?快感?」卡森側著頭問她,而她露出不滿的表情。「好吧,好吧,我接受這個論點。可是為什麼之前在地球的試驗中沒出現這種情況?」

她聳起肩膀。

「也許症狀很晚才出現,也許跟傳送次數或裝置間距離的累積有關。我不確定。」

「所以如果妳是對的呢?」周蓮問,「我們要怎麼解決?」

「我們不解決。」

「我們不解決？」

吉莉安繼續：「妳建議該怎麼解決呢？如果我是對的，就表示這件事超出了我們的科學領域，超乎我們的理解。我無法解決我不能理解的事。而且，受到影響的人現在一定不會合作，他們不會像肯尼森那樣害怕。他們上癮了，誰知道他們能做出什麼。」

「那麼妳建議我們怎麼做？」周蓮輕聲問。

吉莉安看著地上，然後才將目光移向大家。「我認為我們應該盡快離開。」

「妳想要離開？」卡森問，「我們從沒像現在這麼接近真相了啊。」

「這正是我們必須離開的原因。」吉莉安說，「你自己也說過，這表示大部分受影響的組員都在說謊。我猜那些不見的卡片就存放在太空站各地。要是他們能掩蓋殺了兩個人的事，你憑什麼認為他們不會因此再多殺幾個人？」

卡森注視她，而她看得出他腦中正在運轉。

他往前坐，目光沒看著誰，然後說：「投票吧。贊成離開的？」

吉莉安舉手，同時還有伯克、伊斯頓、里歐；周蓮猶豫一會之後也緩緩加入他們。

「好吧。」卡森說，「周蓮，我要把妳升成指揮官，伊斯頓升上機長。讓太空船準備好隨時出發。如果大家快一點，我想你們可以在十小時內準備好離開。」

「你要做什麼？」吉莉安問。

「留下來。」他說，接著將注意力移向其他人，「你們在等什麼？你們都收到命令了。」

所有人從座位起身，接連離開房間，只剩下伯克遲疑地徘徊在門邊，直到吉莉安點點頭要他離開。她和卡森留下來，兩個人都不想比對方先走。她沉默等待，並看著他現在的樣子。

「你不必這麼做的。」最後她開口說。

「妳知道我必須這麼做。情況太危急了，我要為任務以及這座太空站上的每一個人負責。我現在不能逃跑。」他悲傷地笑著，「當我第一次離開地球就知道有風險了。我使用我爸的望遠鏡時，心中就已經確定了。我不知道妳是不是說對了這裡發生的事，可是妳做到了我要求的一切。我屬於這裡。」他靠得更近，握起她的手，讓她很驚訝。「謝謝妳做的一切。我知道妳永遠不會原諒我，但我真的希望情況會變得不一樣。」

「是指你不會綁架我嗎？」她不帶怨恨地問。

「是指我一開始就不會讓妳走。」

她想說點什麼卻想不出來。

他們所在的房間突然傾斜，地板斜向了右側。

卡森緊抓著她的手臂，身體靠向桌子撐住。「怎麼——」他開口。

但一陣尖厲的警報高音淹沒了他的聲音。

二〇二八年九月十七日，發現者六號災難事故後約一個月
5547798 號事件報告

南戴通納市警局
受理人員：羅伯托·岡薩加警探
申訴人：卡崔娜·尼可斯

岡薩加警探：尼可斯太太，我們現在會正式記錄，請陳述妳的姓名和妳今天來局裡的原因。

尼可斯：我的名字是卡崔娜·瑪格麗特·尼可斯，我來這裡是為了我的姨甥女，凱莉·瑪麗·萊恩。

岡薩加警探：妳的姨甥女發生了什麼事？

尼可斯：我真不知道該從何說起，這……這一切都混雜在一起了。好吧，我姊姊是……曾經是吉莉安·萊恩，她參與了發現者號任務。

岡薩加警探：就是那個——

尼可斯：對，就是那個。她會參與就只是因為凱莉病了，她得了羅氏症。吉莉安是那項任務的醫學聯絡官，我則是在她離開時為她照顧凱莉。

岡薩加警探：妳需要面紙嗎？

尼可斯：不，不，我沒事。只是以為已經哭夠了，結果還是會哭。那是當然的。

岡薩加警探：妳是指凱莉嗎？

尼可斯：她的情況在吉莉安離開以後就惡化了。她會失神，她把那稱為雜訊。那種狀況越來越常發生，有時候每天都會，真的很難熬。我先生還得開始請假來幫忙，加上我又懷孕了，壓力真的很大。然後就是上個月……那場災難。我……我好愛我的姊姊，那真是……

岡薩加警探：我對妳失去親人深感遺憾。

尼可斯：謝謝你。上帝應該要照顧她，應該要照顧她們兩個人的。她離開以後我每天晚上都會祈禱。可是……後來我不知道該怎麼做了，我沒辦法提起勇氣告訴凱莉，而且試圖隱瞞不讓她知道那些消息，感覺真的很糟。她一直問媽媽何時會回家，我總是告訴她「快了」。所以NASA那些人出現在我們家門口的時候，我以為我終於要全盤托出了。

岡薩加警探：NASA的代表去找妳？什麼時候的事？

尼可斯：三個禮拜前。他們來家裡表達慰問之意。謝天謝地凱莉當時在睡覺。他們回答了我關於任務的問題以及為何我們無法在一切發生之前跟吉莉安說話，接著他們告訴我，吉莉安在災難發生前把她所有的研究結果都傳回了地球。他們說她有了一些突破，或許能夠幫助凱莉。他們希望我們把她帶去NASA園區邊緣的醫學設施，把她留下，讓相關人員開始治療她。

岡薩加警探：而你們帶她去了那裡？

尼可斯：是的，我們帶她去了。我還記得她被帶走的樣子。她回頭看著我，好像覺得我是她最後一個認識的人，而且……而且……

岡薩加警探：沒關係的。

尼可斯：而且覺得我拋棄她了。

岡薩加警探：妳想休息一下嗎？

尼可斯：不。不，我必須把這件事告訴你。他們說治療可能需要長達六週的時間，由於我們是代理監護人，所以他們會讓我們知道她的狀況，隔週可以探望她的時候也會通知我們。

岡薩加警探：他們有那麼做嗎？

尼可斯：有一天他們很早就打電話來，當時我先生正準備去上班。他們說治療出現了併發症，而他們不讓我們看她。我一次又一次要求見她，結果他們說不行，那太危險了，而且他們使用的程序對生物有害……他們不讓我們看她。所以我才會來這裡，你一定要叫他們讓我們見她。

岡薩加警探：好，我相信我們可以打幾通電話釐清這件事。不管是什麼治療，你們都有權探望她。

尼可斯：不，你不明白。他們聯絡我的時候，她已經不在了。她在治療的時候死了，而他們連她的屍體都不讓我看。

40

他們踏進控制室時，裡面已經亂成一團了。

六位組員在各自的控制台前方或站或坐。從那些控制台的位置都能夠清楚看見太空站外的景象，而外面的景象大部分都被他們開來的太空船占據了。太空站在他們腳下又突然晃動了一陣，這次沒那麼強烈，不過現在吉莉安看出混亂的原因了。

他們離開地球所搭乘並與ＥＸＰＸ對接的太空梭在移動，或者該說是企圖移動。引擎發出微弱的光芒，而連接太空船和太空站那些強而有力的支柱正劇烈扭轉。

「到底發生了什麼事？」卡森找最靠近他的組員問。

那個男人用布滿血絲的眼睛看了他一眼，隨即回頭盯著螢幕。「太空梭的主引擎上線了。」

「什麼？那不可能，一定要有人在上面才能這樣。」

「那麼就是有人了。我們現在得讓ＥＸＰＸ解除對接，要不然氣閘艙可能會被破壞。」

「解除對接？不，一定有別的辦法。」

「我告訴你，指揮官，沒有了，而且我們也沒時間以人工方式關閉。要不我們就鬆開再重新接上，要不就是承擔讓太空站減壓的風險。」

地面再度震動，這次很猛烈，太空梭的引擎也閃耀得更明亮。

吉莉安走近觀測窗。支柱像承受不住重壓的手臂屈縮著。她轉身凝視卡森的眼睛，知道接下來發生的事代表什麼。

「動手吧。」卡森說。

他身旁的組員在螢幕上瘋狂般輸入指令，接著先向左滑，又向右滑，最後再用手指戳了螢幕最後一下。

對接桿上的所有閃光燈都突然亮起，地面又傳來一陣震動。固定ＥＸＰＸ的支柱一根接一根鬆開，下方遠處的氣閘艙也開始扭轉，然後安全地移回太空站。

「卡森……」吉莉安說。

「沒關係，我們必須放掉它。等它離開太空站後，我們再派登陸器去開回來。」

她看著巨大的太空船從固定裝置滑開遠離，開始因為太空梭持續運作的引擎而旋轉。整幅畫面就像有個隱形的孩子手裡拿著玩具，把他們唯一能夠逃離的希望送進了黑暗的太空。

「氣閘艙穩定度百分之百，」組員盯著螢幕說，「太空站的對接裝置外觀看起來也沒有損傷。軌跡顯示ＥＸＰＸ會離開行星的引力作用。目前一切正常。」

「我要一艘登陸艇準備好讓我的組員使用，他們會開去關閉太空梭。」

「是，長官。」

引擎的火焰拉長，發出白橘色的光，旋轉速度也加快了。吉莉安看著太空船和太空站之間的距離越來越遠。一陣整齊的腳步聲從後方傳來，她轉過身便看見周蓮、伊斯頓和伯克進來。

「剛才那場騷動到底是怎麼回事？」伊斯頓問，接著就瞪大眼睛看著窗外的景象。

「呃，指揮官，那個正在快速飄走的東西不就是我們的交通工具嗎？」

「引擎發生故障了。我正在安排取回的事，就由你們兩個負責。」

伯克經過他們停在吉莉安身旁。「這樣不妙，博士。」

「我曾說過你是個擅長輕描淡寫的大師嗎？」

「我想是的，沒錯。」

門又打開了，這次出現的是歐林，他用銳利的目光看著大家，然後往不斷轉動的太空船瞄了一眼。他走近他們時，吉莉安發現他的頭髮很濕，水還滴到了連身服的領子上。

「發生了什麼事？」他問。

「太空梭故障。」她說。

「可惡，有人在上面嗎？」

「應該有。」

「一分鐘前開始震動的時候，差點害我洗澡扭斷了脖子。」

「吉莉安，可以跟我到外面說話一下嗎？」卡森向她比手勢問。

「當然。」她正要轉身離開，歐林卻將一隻手輕輕放在她的手臂上。

「再次謝謝妳昨晚聽我說話。我喝得太多也太急了，幾乎睡了一整天。」

「不會，我很高興在對的時刻出現。」

「真的。」

她對他微笑，便跟著伊斯頓和周蓮要離開控制室。

一道閃光充斥室內，讓她向前投射出駭人的影子，影子隨即又移向側面消失不見。

吉莉安立刻轉身，聽見歐林倒抽一口氣後又大聲咒罵了一下。

EXPX著火了，太空梭也不見蹤影。

一圈燃燒的殘骸從巨大的太空船周圍向外飛，遮蔽住摩天輪後半部的一團氣體雲突然點燃，變成一顆刺眼的光球。飛散的燃料燒掉時，一切就像暫停了半秒鐘，接著太空船就在一陣白熱的閃光中消失了。

她的雙腿失去力氣，胃部也讓她噁心想吐。周蓮用自己的母語說了些話，接著有某個人的手放到吉莉安肩膀上，用力抓住。

太空船的碎片因為爆炸而噴發開來，留下的殘像跟太空梭的殘骸相比，看起來就像巨大的流星。歐林的頭轉向側面，用一隻手遮住了臉。她知道她應該也要這麼做，因為爆炸的亮光可能會對她的視網膜造成損傷，可是她無法移開眼神，無法不看著火焰伸進太空又消散，讓燃料燒成近乎美麗的光環。她無法不看著他們回家唯一的路瓦解成參差不齊的無用碎片，而那些東西再也無法載她回去見女兒了。

後來她就被帶走了，還是被拖出控制室的，因為她想要留下來看，她一定要看著最後的火焰隨著她的希望消失。

41

卡森搖晃吉莉安，貼近看著她的臉，鼻子幾乎要跟她互碰了。

「吉莉安，振作起來。」

她向左看，可是往控制室的門正在關上，遮擋住那場大爆炸最後的痕跡，而組員們還站在自己的崗位上，就像雕刻成的巨石像。

「吉莉安？」

「我沒事。」她不確定自己是不是真的沒事。

「他們都沒動。」伯克說。

「什麼？」卡森問，然後鬆開她的肩膀。

「那些組員。太空船炸掉的時候，他們一點也沒畏縮。」伯克看著大家，「好像他們已經料到會那樣了。」

伊斯頓搓揉著下巴側面，然後點了點頭。「該死，他說得對，指揮官。」

伯克注視著關上的門，彷彿能夠看穿。「我們現在該怎麼做？」

吉莉安思考著，試圖整理好紊亂的思緒。一定有，一定還有某種方式可以離開太空站。

「他們會來找我們。」她輕聲說。

「什麼？」卡森問。

「既然我們被困住了，他們一定會想要解決我們。太空船爆炸是最好的掩飾，他們會說是我們在解除對接的時候出了意外。」她在發抖，心臟像隻受傷的小鳥在胸口裡虛弱跳動。

所有人都望向卡森，他的目光則越過眾人來到走道上，看著兩個男人走出電梯，進入一個在他視線之外的房間。「聽著，我們不能確定——」

「卡森，」吉莉安說。她的語氣讓他注意看著她並聽她說話。「沒有辦法解決的，我們要怎麼離開這裡？」

他安靜了片刻才開口：「我們要開走一艘登陸器。伊斯頓，去準備好。周蓮，去找里歐，我上次查看他是在醫療區。帶他到第二層的貯藏庫，拿走你們可以找到的所有補給品。吉莉安，妳跟伯克可以幫忙他們。我得回我的宿舍一趟，然後我會跟你們碰面，我們再一起把東西搬上登陸器。我們會特別需要水和淨水裝置，至少兩部。不要因為別人停下來，保持行動，做你們該做的事。」

「長官，登陸器沒辦法應付那種距離的，」伊斯頓說，「我們回程才走四分之一就會用光燃料了。」

「我知道，我們得向控制中心發出求救訊號。」

「然後等待救援嗎？不，門都沒有，指揮官，那可能要花上六個月，也許一年。」

「我不覺得我們有選擇的餘地。」吉莉安說。

「他們會來找我們的，尤其是我們告訴他們這裡發生的事情後。」卡森環視他們，「大家都準備好了嗎？」

「當然沒有。」伯克說。

「很好，我們行動吧。」

他們在走道上出發，進入電梯，不理會控制室的門在他們背後打開的聲音。

幾位組員到走道看著他們，而電梯門已經滑動關閉，帶著他們上升。電梯裡的靜默令人緊張不安，因為他們知道每一層可能都會有什麼在等著他們，可是這個計畫讓吉莉安的心裡燃起了一絲希望。

他們要回家了。

或者拚了命嘗試回家。

電梯門在組員宿舍區打開，卡森走出去時，吉莉安突然想起一件事。

研究。他們所有的結果，一切都還在實驗室裡，儲存在太空站的大型電腦上。

「可惡！」她的驚叫聲引起大家注意，「測試和研究的所有結果，全部都在實驗室。」

卡森皺起臉。「妳多快能帶走？」

「五分鐘，不會超過。」

「妳跟伯克去，我會到實驗室跟你們碰面。」他看著周蓮和伊斯頓，「你們兩個按照原定計畫。我們到最底層會合。」

他頭也沒回就轉身在走道上倉促離開，其他人則是回到電梯裡。

「如果有人在，就盡全力揮出全壘打吧，大塊頭。」伊斯頓說。

伯克疑惑地看著吉莉安。

「如果外面有人，就揍他們。」吉莉安翻譯出意思。

伯克點頭。

門打開了。

走道是空的。伊斯頓慢慢走出去，左右張望，然後點了點頭。「別遲到了，」他在她和伯克經過時說，「你們知道樓下可不是Uber在等吧。」

她在門關上前最後看見的是他的笑容。

她帶頭走，同時不斷查看後方。走道上一片死寂，沒有任何動靜。

他們抵達實驗室，燈光在他們穿越時亮起。

「我該做什麼，博士？」伯克問。

「站在門邊看守。」

伯克監視走道時，她打開了他們的研究檔案，逐一確認，然後把全部加入一個資料夾。她撥開兩疊文件，找到一個微型硬碟，隨即插上電腦。她按了兩下將資料下載，接著準備關機，但卻停住了。萬一她發生了什麼事呢？這項研究，她所有的發現全都會消失。

吉莉安登入太空站的大型電腦，邊瀏覽系統邊絞盡腦汁回想她之前聽過的通訊方式說明。

「博士？」伯克問。

「等等。」她發現了傳訊軟體並找出附件程式，然後選擇檔案。在螢幕的角落，她看見一個音訊與視訊的符號，考慮片刻後就按了一下。

螢幕上出現她的影像，右上角還有一個閃爍的紅點。

「我……我是吉莉安．萊恩博士。我……這是緊急求救。我們的太空船被破壞，工作人員也有問題，有……某種疾病。我們正在嘗試撤離，很快就會再聯絡你們請求救援。我們需要幫忙，拜託，我們——」

「博士，有人來了。」

吉莉安按下「結束」鈕，手忙腳亂了一下，然後才將影片跟檔案附加在一起。

她的手顫抖地按下「傳送」，抬頭看著伯克，他已經從門口縮回來了。

「是誰？」她低聲問。

「我不知道，我只看到有人往這裡來。」

「準備好。」

她從電腦側面扯下微型硬碟放進口袋，然後趕到門的另一邊站在伯克對面。

他看著她的眼睛，而她試圖點頭鼓勵他，想讓他鎮定，可是恐懼侵襲了她的肌肉，使她全身無力，無力到沒辦法擊退別人。

腳步聲從門外接近。停下來。走近。

拜託是卡森。

門滑開了。

吉莉安走上前，用盡全力準備揮出一擊，但一看到安德驚訝的表情就停了下來。

伯克抓住老人的脖子，而他咕噥著。

「這是在搞什麼？」安德問。

「放開他。」她說，接著後退了一步。

她沒看見他攜帶武器。他的手裡沒有東西，臉隨著伯克加大力道而變成可怕的紫褐色。

伯克放開老人，改舉起拳頭，而他拳頭嚇人的大小和擺出時不自然的角度勉強維持著平衡。

「我的天哪！」安德揉著喉嚨怒視他們，上氣不接下氣地說，「這是什麼意思？」

「你有帶任何武器嗎，博士？」她問。

「武器？妳在說什麼？」

「伯克，搜他身。」

「什麼——」安德開口，但伯克已經開始輕拍他的身體，檢查這位物理學家身上寬鬆的毛衣與長褲。

「什麼都沒摸到。」伯克邊說邊往後退。

「因為我什麼都沒帶啊！發生什麼事了？我聽見有爆炸，後來往外看的時候，到處都是燃燒的碎片。控制室告訴我ＥＸＰＸ發生故障，沒人知道它的組員在哪裡。」

「你是怎麼找到我們的？」伯克依然對他咄咄逼人。

「我猜你們會在這裡。」

吉莉安打量著他，氣氛緊張了一陣子，後來安德打開手心朝上舉起。「發生了什麼事？」

「我們認為我們找到了組員症狀的原因。」吉莉安說。

「然後呢？」

「絕對零度並不絕對，還是有能量損失，我們認為是他們的記憶。」

安德露出驚訝的表情。「博士，我真的——」

「我們現在沒時間討論這件事，我們要離開了。跟我們走吧。」

「妳瘋了嗎？你們已經沒有太空船了，妳在說什麼？」

他們都被滑開的門嚇了一跳。卡森站在門口，目光盯著安德。他把一隻手裡拿著的某個東西舉起來對著老人。

是一把手槍。

「你到底是怎麼弄到槍的？」吉莉安問。

「從我的房間。」他回答時仍然注視著安德，「妳告訴他了嗎？」

「說了一些，他要跟我們走。」

「不，我絕對不走。」安德說，然後挺直身體，「而且我對你很失望，卡森。武器是嚴格禁止的，太空站——」

「子彈是鋁合金，不會穿透機體，但對付人沒有問題。」

「那就別再指著我。」安德說。

卡森將槍口朝下，然後對吉莉安說：「我們得走了。妳全都帶了嗎？」

「有，」她說，「走吧。」

「這太可笑了，荒唐。我根本不知道這裡發生了什麼事。」

安德邊說邊跟著他們進入走道。

「那正是你應該跟我們走的原因。」吉莉安說，然後伸手要牽老人。

他用力撥開她的手，開始念念有詞，這時有人從他們前方的電梯走出。

范農．費格穿著跟在生物圈時一樣的制服，那個矮壯的男人露出笑容走向他們。

「你們在這裡！」

卡森舉起手槍。「停在那裡，費格博士。」

生物學家的笑容逐漸消失，停下腳步。「哇塞，怎麼回事？安德博士，你還好嗎？」

「我沒事，范農，只是想跟這些人講道理。」

「你在這裡幹嘛？」卡森說。

「一個小時前才剛從地表回到這裡。意外發生的時候，我聯絡了生物圈，要他們也上來。我以為那是這種情況下的規定。」

「兩部登陸器都在這裡？」

「一部在，另一部應該很快就到。為什麼問這個？」

卡森對吉莉安使眼色。「只是問問。請你讓開，費格博士。」

「當然，天哪，只是關心一下而已。控制室的人都說他們不知道你們在哪裡。」他拖著腳步往旁邊讓開，同時舉起手。「我只想幫忙找你們。」他再度露出笑容。

卡森示意大家移動，於是他們又開始走，接連經過范恩站的地方。

「勒克指揮官，我會認真重新考慮你現在做的事。」安德說，他不再跟著他們了，「這會是你職業生涯的終點。」

「我相信一定是的。」卡森說。

「噢，指揮官？」范農問，「我差點忘了。控制室說你掉了這個，他們要我看到你的話就拿給你。」

「是什麼？」卡森轉身面向生物學家問。

范農在口袋翻找了一下。「跑哪去了？」

吉莉安發現他的肩膀緊繃，注意到他從口袋拿出某種有光澤的東西時盯著卡森的樣子。

「卡森，小心！」她大喊，但馬上就知道已經太遲了。

卡森想舉起手槍，可是健壯如牛的范農伸出肌肉發達的前臂，抓住了他的手腕。

范農笑得咧開嘴，同時揮動手術刀向上橫越過卡森的喉嚨。

鮮血噴濺而出。

血飛在半空中呈現完美的弧形，噴到范農的臉，也在白色牆面上畫出一長條濕淋淋的痕跡。

卡森踉蹌後退，槍從手裡滑落。他忙亂抓著喉嚨上的切口，眼睛鼓起，徒勞無功想止住失血。

「我告訴過你，大家都叫我范恩。」范農說，然後將目光移向其他人。

吉莉安的大腦停止運作。看著卡森的鮮血從他指間大量流出，也讓她嚇得摔在地上。被血噴濺到的生物學家仍然笑著走向他們。伯克把她往後拉，像一塊盾牌站到她前方，而她從側面看到了動靜。

安德張開手臂衝上前，動作看起來比實際年紀更靈活。

范農將手術刀的尖端對著他。

吉莉安看見那把銳利到不像話的短手術刀滑過老人的毛衣，就像魔術的手法。

安德發出呻吟聲。

范農的手扭轉了一下，兩下。接著他用力拉出手術刀。

安德緊抓傷口，搖晃著向後退，膝蓋軟弱無力。

這時伯克動了起來。

大塊頭跳過安德身上，一拳擊中范德的頭部側面。

生物學家看出伯克要攻擊，瘋狂揮動刀子，砍到伯克的前臂，但還是被那一拳扎實擊中了。

范農搖搖晃晃往後退，想要維持重心卻只是白費力氣。

他一屁股摔下，向後滑了好幾吋，不過手裡仍緊握著手術刀。

吉莉安因此嚇得動了起來。如果她不採取行動，他們全都會死。

她向前跑，踩到一灘血滑了一下，倒在卡森身旁，而他正靠坐在牆邊，仍然抓著自己的喉嚨。

她握住濕滑的深紅色槍托。

范農已經朝著他們過來了。

吉莉安舉起手槍，用力扣下扳機。

什麼也沒發生。

她感覺到拇指下方有個按鈕，於是按了下去，心想如果這不是保險，她就死定了。

槍在她手裡開火，向上彈起。

范農後方的一塊燈板爆開了。

她第二次扣扳機，而范農的右大腿像是開了一朵紅花。

他悶哼一聲，身體倒向她，同時伸出手術刀想劃她的臉。

她再次開火，隨即往側面翻滾，以為隨時都會被刀割到。

她的身體下方都是血。

伯克立刻拉著她站起來。

生物學家的手臂伸到頭上，像是想伸手抓住掉在一呎外的手術刀。他的頭轉向她，而她看見他大部分的下巴都不見了。他的舌頭在嘴巴破爛的開口裡大聲彈動，同時用一隻眼睛注視她，眼皮劇烈眨著。

他抽搐一下便靜止不動，只有他周圍的那灘血繼續向外擴散。

吉莉安感覺槍從她的手中滑開，匡啷一聲掉落在地上，聲響跟先前的槍聲相比小了許多。

「妳沒事吧，博士？」伯克問。

「嗯，他沒傷到我。」

一陣咯咯聲讓她從體內爆量的腎上腺素中回過神來。卡森從他撐住身體的地方看著她。她跪在他身邊，他的血液浸入了她濕透的連身服，感覺很溫暖。

「噢可惡，可惡，可惡。」她邊說邊將手伸向他的脖子，微弱的血流正從他的指間滲出。

「你會……」她無法說出他會沒事的。他搖著頭，快要閉起的眼睛也告訴她別白費力氣了。

他的嘴巴張開又閉上，沒發出聲音。他舔了舔嘴唇。「底……層。」

她熱淚盈眶，而她擦掉淚水。「好。」

「抱……抱歉，真……希望……不……不同。」

「噓，別說話。」

卡森的手從傷口上拿開，然後伸向她。

她抓住他濕滑的手心，用力握緊。血已經不流了，他的眼睛也閉上一半。

他緊抓她的手指，隨後鬆開了手。

她一邊顫抖一邊低聲啜泣，周圍的一切都變成模糊的紅色。

「博士？」伯克輕聲說。

吉莉安倒抽一口氣，看見他蹲在安德身邊。老人的眼皮像蝴蝶翅膀般跳動。

她輕輕將卡森的手放到他大腿上，然後走在滿是血跡的走道上，這個地方看起來就像一名精神病患作的惡夢。

安德的目光移向她，臉上試圖露出笑容。「老囉。」

「你會沒事的，博士，」她的聲音沙啞，「我們會帶你一起走。」

「不，妳是對的。他們非常不對勁，你們必須離開。」

「我們可以帶你出去。」

他搖頭，接著就有一道血跡從嘴角流出。

「去找歐林，帶他走。他是個好……人。告訴他我愛他。」

她正要開口再次反駁，可是他抓住她的手臂，接著往他的左上方看。她循著他的視線，看見透明蓋子底下的緊急警報開關。

安德伸手翻開蓋子，把手指放在開關上。「走吧。我可以……分散注意力。」

她跟伯克對看，而伯克的臉色開始變得灰白。

安德推開她。「快走！」

他們站起來，而她看了物理學家最後一眼。「謝謝你。」她說，兩人轉身離開。

吉莉安拿起手槍，同時盡量不去看卡森。他的身體已經垂得更低，而他們經過時，他似乎正用那雙已經看不見的眼睛注視著他們。

他們到達電梯時，門正好打開，而她準備好面對另一場戰鬥。裡面空無一人。

他們進入之後，她按下了第一層的鈕。在他們開始下降時，天花板的喇叭高聲發出一陣尖銳刺耳的警報，牆上的一顆小閃光燈也開始煩人地閃爍起來。

她想著卡森躺在自己的血泊中，以及他在鬆手之前握住她的手是什麼感覺，接著她的視線邊緣就開始變黑。她突然靠向牆面，肩膀感到一陣疼痛。

「博士！」伯克伸出一隻手臂抱住她讓她站好，這時一切都變得黑暗，然後持續不斷的閃光燈又開始在她腦中閃耀。

「我沒事，我沒事。」她抓住牆面的把手說。在閃爍的燈光下，她看見地上有黑點，心裡納悶范農是不是割傷她了。後來她才看到伯克前臂的後方那道剛被劃開的切口，而他的指尖不停滴著血。

「這沒什麼，根本不會痛。」他在她打算查看他的手臂時說。

「胡說，你需要縫合。」

「我想縫合不是我們該擔心的事。」他說。

他說得對，現在她必須專心。唯一重要的事，就是搭上其中一部登陸器，然後離開太空站，活著回到凱莉身邊。

在他們下降時，她看著數字捲動。

第三層。

二。

一

她深吸一口氣，盡量穩住還緊握著卡森那把槍的手。

警報和閃光燈隨著電梯的動作停止了。雖然螢幕顯示到了第一層，但門沒打開。

「怎麼回事？」她輕聲說。

電梯猛然動了起來。向上。

「該死，他們要讓我們上去。」吉莉安看著數位顯示螢幕，發現了「緊急停止」按鈕，於是用力捶下去。

電梯停止了。

「在他們強行控制電梯之前，我們可能只有一分鐘的時間。你能把門打開嗎？」她問。

伯克活動手指，插進門的縫隙。他用力到發出悶哼聲。

門滑開了半吋。後來他的手沒力氣了，打開的細縫也瞬間關上。伯克用瑞典文咒罵著，接著再試一次。

開口又出現了，而且更寬。

伯克發出低沉的吼聲，門完全打開。

外面是一道實心的牆。

「博士，我們走吧。」

她低下頭。在電梯地板和第二層天花板之間有一道兩呎高的開口。她跪下去，看見空無一人的走道。

「快點，博士。」伯克說，同時推著她平貼到地面。她先用雙腳慢慢讓下半身出去，腳下什麼都踩不到，就這樣無助地掛在開口。接著她又想像了電梯再度移動的畫面，而那種要被剪成兩半的感覺強烈到使她猛然一推，整個人重重摔到地上。

伯克的腳滑動出來，最後肩膀和頭離開電梯時，電梯突然動作了。他摔在她旁邊的地上，瞪大眼睛看著電梯底部消失，這一層的門也慢慢關上。

「那可不止是縫合就能解決的了。」他說。

「走吧，我們得找到周蓮和里歐。」她扶他站起來，兩人開始在走道上快步行進，她也留意著每一部他們經過的監視攝影機。隨時都會有人從門口出現想要攔住他們，到時候她就必須再次使用手槍。

她克制緊張，跟伯克在一個角落放慢速度，窺看了一番才繼續前進。走道的末端有一間凹室，室內中央設置了一個圓形艙口。有兩個人四肢張開倒在停靠區的開口，隨著他們走近，那兩人的身形也變得越來越熟悉。

「可惡，是里歐跟周蓮，」吉莉安邊說邊加快速度。

「博士——」

「來吧。」

她接近時，周蓮無力地從地上抬頭，然後舉起一隻手，顯然看見他們了。

「沒事的。」吉莉安停在她身旁說，結果太晚看見她正指著他們過來的方向。

在伯克痛苦的吼聲下，她試圖轉身想舉起槍，可是全身的每一根神經都像著了火。

極度的痛苦使她肌肉抽搐，大聲尖叫，手槍隨即匡啷一聲掉到地上。半秒鐘後她也跟著摔進了黑暗裡。

42

雜亂的聲音。

那些畫面吉莉安都無法理解。有個男人的臉被壓在地上，離她很近。他的一隻眼睛打開，另一隻是紫紅色，腫到閉了起來。她知道他的名字。只是疼痛還在消退，使得她幾乎無法思考。她想要繼續睡，讓疼痛消失再嘗試醒來。

她想要吃一顆氫可酮。

吉莉安閉起眼睛，等到她再張開時，男人已經不見了。

里歐不見了。躺在她旁邊的是里歐，那隻還完好的眼睛傳達著無比的恐懼與悲傷。

她想用手撐著地板起身，但幾乎動彈不得。

「還真他媽的把他們弄昏了呢，鮑伯。」在她視線外某處有個人說。

「把這種東西的強度調到第十級就行了，他們會昏迷大概五分鐘吧。」

「Incapacitato（注）。」

「那是你亂編的詞。」

「那是義大利文。」

「狗屁。幫忙一下行嗎？」

吃力的悶哼聲重疊著。布料在某個東西上滑動的聲音。

吉莉安想翻身，不過勉強只讓肩膀離開地面一吋而已。

她隱約想起了過去一小時內發生的事。

太空船爆炸。他們的逃脫計畫。卡森的死。

她皺起了臉，因為她聞到了血液變乾時的金屬味。范農的血，也許還有一些伯克的血。

伯克在哪裡？

她抬起頭，掃視了這間凹室。

兩個男人站在六呎外。其中一個穿著一套黑色的警衛制服，另一個則身穿太空衣但沒戴頭盔。他們站在她之前注意到的圓形艙口旁邊。艙口頂部有一扇小窗，穿黑色連身服的人正在看著窗戶另一邊，臉上露出微笑。一陣聲音傳來，雖然很小聲但確實有。聽起來像是某個人在求饒。

她看著窗戶的守衛伸手按了艙口旁的一顆按鈕。

接著就是一陣很長的嗶聲，還有逐漸消失的尖叫聲。

「哇靠，真是殘忍。」另一個男人說。

「嗯，不過是必要的。」

吉莉安看著他們離開艙口，接著剛才按下鈕的人從口袋拿出了卡森的手槍。他退出子彈。

「剩下四顆。她到底是從哪裡弄到槍的？」

「不知道，但他一定會很高興我們搶到了。」

「那當然，幸好我有看到你。」

她的身體正在恢復力氣。她吞下口水，眨著眼睛，整理好思緒。穿太空裝的人叫蓋瑟瑞，就是帶他們到地表的那位駕駛員。另一個人她之前沒見過。她迅速查看四周。

注 使人無能力或無法做某件事的意思。

里歐和周蓮在哪裡？

「看來有人醒囉。」蓋瑟瑞低頭看著她說。

「拜……拜託。」她說。

「別擔心，一切很快就會解決了。」

「我們先處理他，」另一個男人說，「我可不想等這個大塊頭混帳醒來。當初可是射了兩發才擊倒他的。」

「了解。」

蓋瑟瑞和守衛往下伸手，而現在她看見了伯克動也不動躺在她腳邊。他們抓住他的腋下和膝蓋部分抬起身體，扛著他到艙口附近的牆邊。他們放下他，接著蓋瑟瑞按了牆上的鈕。同樣的嗶聲傳出，艙口隨即打開。

伯克咕噥著發出一些喉音，舉起一隻手臂離開了地面幾吋。

「快一點。」守衛說，然後抓住伯克的雙腿，跟蓋瑟瑞抬起他。

吉莉安搖搖頭，頭腦逐漸變得清晰。

這是廢棄物處理艙口，用來丟棄不應該留下的垃圾或廢料。太空船上也有一個類似的，不過小多了。她看著守衛讓伯克的雙腿滑進去，蓋瑟瑞也將他的上半身往前推。

「住手。」她沙啞地說，同時用一隻手臂撐起身體。她一條腿收到身體下方，膝蓋不斷搖晃。

「放輕鬆，博士，我們很快就來找妳了。」蓋瑟瑞說。他費了一番工夫移動伯克的肩膀，終於將大塊頭完全推進艙口。伯克動了一下，口中念念有詞，這時吉莉安也站了起來。

「真頑固。」守衛說。他往她的方向看，然後關上艙口的門。門發出空洞的撞擊聲彈開了。

伯克的一隻手抓住密封墊，被門擊中的地方出現一道半月形的血跡。

守衛走上前想把伯克的手塞進艙口，可是那隻手突然往上抬，抓住了他的脖子。

「可惡啊。」守衛說，整個人隨即被往前拉，額頭撞上牆壁。

他往下倒，背部重重著地，伯克則是費力地爬出艙口。

蓋瑟瑞衝上前，不過吉莉安在他經過時踢中他一隻腳，讓他摔在地上。

伯克滑動身體掉出艙口，咬牙切齒的下巴看起來像船頭。他踏出一步，身體晃了一下。他的目光跟她對上，而她看出他的眼中有某種東西改變了。變得黑暗。

蓋瑟瑞坐起來，抽出一把電擊槍。

伯克一把拍掉他的電擊槍，抓住他的手臂。他一鼓作氣將蓋瑟瑞用力拉起站著，然後抓住他後腦杓在凹室裡向前跑。

蓋瑟瑞的臉撞牆時發出很大的碎裂聲。吉莉安猜想是他的眼眶骨碎了，不過也有可能是他的鼻子。登陸器駕駛員往下滑，在牆面留下一道血跡。

她從眼角餘光看見守衛費力站了起來，一隻手握著手槍。

吉莉安跑向他，用肩膀撞上他的胸口，撞擊力道穿透她的頭骨，讓她感到一陣劇痛。

槍掉到地上彈開了，這時伯克出現，變成了在戰鬥中嗜血的維京人。他抓住對方衣領把人拖向艙口，讓他靠著開口，然後將沉重的艙門甩向他的臉。

一次。

兩次。

三次。

門的第四次揮擊把男人頭骨的上半部砸爛了，接著伯克鬆手讓對方的身體滑落，在濕掉的地板上發出砰一聲。他的身上濺了血，還有許多塊東西黏在他的連身服上，而吉莉安不想弄清楚那是什麼。

目睹這場屠殺讓吉莉安噁心想吐，但她還是立刻上前抓起電擊槍。可是手槍在哪裡？

她往手槍彈開後可能的位置看去，發現蓋瑟瑞正撐著身體坐起來，他的鼻子往一側壓扁，一隻手上搖搖晃晃拿著槍。

黑色的槍口對準她。

「不！」伯克跳到她前方，用力熊抱住她。

四聲槍響在密閉空間裡震耳欲聾，蓋過了她的尖叫。

她感覺子彈重重打進了伯克的背，每一顆都像鎚子透過他的身體擊打她。吉莉安使勁掙扎，可是伯克抱得很牢，手臂緊壓著她的身體兩側。

他緩緩放開她了。伯克轉過身，走了一步，接著一隻腳跪地。他背上的紅色痕跡迅速擴散，把藍色連身服變成了黑色。

她聽見沉悶的喀噠聲，接著就看見蓋瑟瑞不停扣扳機。

她發出連自己都不認得的聲音，那是某種從她內心湧出的原始反應。

她走了兩步，將電擊槍抵住蓋瑟瑞的額頭，接著用力扣下扳機。

一陣輕微的嘶嘶聲傳來，就像一條大蛇發出的，而坐著的蓋瑟瑞身體不停抖動。空氣中飄盪著肉燒焦的味道，等到她退開之後，他的頭皮已經烤得焦黑了。

他翻白眼往側面倒下。

吉莉安轉身跪在伯克身旁，他已經躺在地上，刻意隱藏彈孔，但鮮血開始在他身體下方蔓延，就像紅色的地毯。

他看著她的眼睛，試圖露出笑容。「博士。」

她伸出雙手握住他的大手，不肯承認發生了這種事。她無法接受，沒辦法看著這個男人死，這個聰明絕頂的年輕人曾經在她家庭院陪她女兒玩，從未對任何人說過難聽的話，還放棄了晚上與週末的時光為她的理想努力。

而現在他把一切都給了她。

「噢天哪，不。不行，伯克。」

「這……」他的聲音越來越小，然後開始咳嗽，胸口深處傳來一陣濕潤而可怕的聲音。她慌亂摸著他的身體，自己則是發抖得幾乎快倒地了。也許還有機會。如果她現在帶他去醫療區，他們就可以做點什麼。她已經不在乎他們想要什麼了；她什麼都會答應的。但這就是他們要的。那些組員要他們消失；沒有紀錄，沒有能夠指明這裡發生了什麼事的線索。

「告訴賈斯汀我很抱歉，博士。」

「不，你要自己告訴他，起來。」她一隻手臂放到他的頭下方，但他輕輕將她推開。

「我想……我的死期到了。」他突然露出笑容，眨著眼睛避免讓眼神呆滯。「我總算……總算做對了一件事。」

他的笑容逐漸失，肌肉在她雙手底下變得鬆弛。

伯克的胸膛起伏了一次，就再也沒升起。

她開始啜泣，激動到覺得自己會因此撕裂成兩半。吉莉安往前倒在他的身體上抱住他，對著他凹下的喉嚨一遍又一遍輕聲說她很抱歉。她聞到他的鬍後水氣味，感覺香甜而清爽，蓋過了血的臭味。

吉莉安向後坐，她無法接受伯克已經走了。

一股麻木感傳遍她全身，就像透過別人的眼睛看世界。過去幾個月發生的一切全都有種不真實的感覺，彷彿是發生在別人身上。

天哪，她真的希望如此。

她有股大聲尖叫的衝動，不過她用力咬著下唇。她的目光從濺滿血跡的凹室移向走道。電梯就在轉角處，只有那條路能夠通往底層，而她希望伊斯頓在那裡等著。說不定他現在也死了，但她必須嘗試；她必須為所有死去的人做到。

她抓起地上的電擊槍，開始踉蹌地沿著他們來的方向往回走，隨即又停下腳步。不能搭電梯。就算她安全進去了，最後大概也會被太空站組員帶到他們要她去的樓層，而且他們目前很可能就在前往這裡的路上。

她迅速掃視室內，一看見動也不動躺著的伯克就感到胃裡一沉。在他後方是側身倒地的蓋瑟瑞。雖然那具焦黑的屍體令她作嘔，不過在這之前，她注意到了他身上的太空衣。

她花了將近三分鐘時間脫下他的太空衣；他全身的關節鬆弛，身上的焦肉味讓她想吐。她穿上太空衣，但由於尺寸過大，所以她試著將束帶和固定裝置調整得緊一點。不過頭盔在哪裡？

吉莉安轉了一圈，然後進入走道，希望會在地板上看見頭盔，可是整條路上什麼都沒有。這樣就沒辦法在——

她察覺到遠處的聲音，於是停下腳步，側著頭注意聽。

越來越近的腳步聲。很多人。

她拔腿就跑。

43

走道向後捲動，無止境的路口和門口就像在荒涼公路上經過的路標。

吉莉安向左轉，然後在下條走道右轉，停下來注意聽著她喘氣聲之外的動靜。她的心跳聲蓋過了一切。他們要來找她，而他們一抓到她就會殺掉她。

她倉促前進，太空衣在她奔跑時不斷發出聲音。一定就在附近某個地方。她在通道之間曲折行進，已經查看過這一層大半的區域。再過不久她就會繞回中央電梯，而她不能冒險去那裡。

她的右側有一條短走道，於是她急停下來，心情突然為之一振。氣閘艙開著，而且裡面架上整齊擺著一排頭盔。她慢跑過去，抓起第一個頭盔用力戴上並鎖定。接著她從太空衣的口袋拿出之前塞進去的門禁卡，刷過感應器要關閉內門。

結果什麼也沒發生。她再次感應卡片。又一次。

沒動靜。他們把門關閉了。

「靠！」她用戴著手套的手搥向控制面板，但顯示器的內容還是一樣。就在準備逃出氣閘艙時，她突然想起一件事。

吉莉安拉開另一邊的兩個口袋，手指摸到了某個形狀熟悉的東西。

她拿出蓋瑟瑞的卡片並感應。顯示器的畫面改變，提供她幾個指令選項。她按下「開啟氣閘艙」的鈕，在內門滑動關上時向後退。

「五秒鐘後減壓。」冰冷的電子語音說。

她知道接下來會是什麼情況，於是試著放慢呼吸。

外門打開了，她看見廣大無垠的太空，以及紅色星球的一小塊區域。

她移動到邊緣往下看，周圍開始進入無重力狀態。

她看見較低的樓層和下方好幾哩外布滿坑洞的火星表面，感覺頭暈目眩。要是她失敗了，就會被行星的引力拉下去，穿過大氣層，最後在那片岩石景觀中的某處摔成爛泥。

氣閘艙外的走道還沒有人，該出發了。

有一條繩子固定在太空站這側，在一般情況下，她可以使用釦環鉤住。由於太空衣的口袋都裝不下電擊槍，因此雖然她百般不願，最後還是把它丟了。她沒有繫繩，必須雙手並用。

她擺動身體離開氣閘艙，緊緊抓住繩子，用力到指關節都痛了。

下方的空曠感實在太強烈了。吉莉安拉著繩子讓自己下降，一手接一手。

一根支柱擋住去路，她必須移動到側面繞過。底層的氣閘艙就在十呎外。要是有人知道她的位置，他們就會直接擋住不讓她進入氣閘艙。到時候她要怎麼辦？

她幾乎無法想像飄浮在太空站外面尋找進去的路是什麼感覺。她不知道蓋瑟瑞的氣瓶裡還剩多少氧氣，但絕對足以讓她在空氣耗盡之前為了進入太空站而發狂。

五呎。三呎。一呎。

她從觀察窗窺看。

沒有人。外部控制裝置位於右側，她沿著繫繩移動過去，正要按下「開啟氣閘艙」指令時，某個東西從凹處出現了。

里歐飄向她，那具屍體被太空蹂躪得又腫又可怕。他的舌頭伸出，變成紫色還起了水泡，雙手向內彎曲擺在胸口附近。吉莉安尖叫一聲，不小心鬆開了繩子。

可惡。可惡。

她在開始飄離時伸出手，指尖擦過繩子。她奮力扭動，立刻揮出另一隻手，這時她的身體正在旋轉遠離太空站。她的食指扣住繩子。鬆開了。

不過這已經足以讓她把自己拉近，而她用雙手緊抓住繩子，上氣不接下氣地不斷說著謝謝。她按下按鈕，在內門關閉時等了一會。

氣閘艙打開了，她把自己甩進去，關上門。她躺在地上，一邊從眼角流著熱燙的淚水，一邊徒勞無功試圖忘掉看到里歐的畫面。他們把他丟出去時，他一定還活著，而且顯然想要像她剛才那樣前往下方的氣閘艙，但卻沒有成功。看來周蓮的下場也跟他一樣。吉莉安全身顫抖，覺得快要嘔吐了。她慢慢站起來，往內門移動。加壓花了將近一分鐘，而她利用這段時間透過窗口查看是否有人接近。

外面是一條T字形走道。雖然她過了一會才確定方向，不過她認出了自己在哪裡。左邊是中央電梯。右邊則可以帶她到登陸器的發射區。她走在外面時，並未看見任何登陸器停靠在太空站下方，這使得她心神不寧。她應該要能看到才對。

「加壓完成。」系統的語音說著。

她摘下頭盔並脫掉太空衣；如果她需要逃跑，這套服裝只會拖累她。

吉莉安因腎上腺素消退而全身發抖。她打開內門，接著踏進走道。

兩個方向都沒人，她前往發射區。如果伊斯頓還活著，他就會在那裡。

她才走了十幾步，就聽見一陣虛弱的聲音在走道上迴響，讓她停下腳步。

「救命。」聲音來自前方，就在高度控制區附近。伊斯頓？她向前進，心裡真希望自己帶了武器。她聽見布料的刮擦聲，也看到右手邊的下一道門稍微開著。

戴佛的牢房。

吉莉安側身走到門口，往裡面看。瓦斯奎茲躺在一邊正在擴大的血泊中，他的頸部側面有一條參差不齊的傷口。一道血跡通往玻璃隔板的小門，而那扇門開著。

戴佛不見了。

瓦斯奎茲注意到她踏進房間並將門完全打開。他瞪大眼睛看著她向前走了一步，而她不確定自己是否應該幫忙，或者是否幫得上忙——太多血了。

「門。」瓦斯奎茲說。

一開始她還以為他出現幻覺了。不過她隨即感覺到後方有動靜而轉身。

戴佛就在那裡，他細長的身軀從門後躲藏處猛撲上來。他用拳頭擊中她的下巴，使得她眼冒金星。她撞上牆，搖搖晃晃走出房間，然後踩到瓦斯奎茲的血而滑倒。

她的視線來回晃動了一番才恢復正常，接著她想要站起來，但戴佛已經出現，抓住她的頭髮把她往後扯。

他彎腰看著她，跟她的臉只隔了幾吋遠；他滿口腐爛的黃牙，口氣聞起來像下水道。他發出尖叫，聽起來像是從濃密雨林裡傳來的聲音。他以亮藍色膠帶纏住斷指的那隻手扣住她下巴開始擠壓，同時跨坐在她身上，用另一隻手在她全身上下摸索。

吉莉安試圖翻滾身體扭脫，可是生物學家太強壯了。即使處於消瘦憔悴的狀態，他的手還是像纜線一樣纏住了她的喉嚨。

她奮力反抗，腦部的壓力變成了從視線邊緣逐漸擴大的黑暗。她勉強抓住了他斷掉的手指，然後使勁撬開。她扭轉纏著膠帶的手指，骨頭應聲而斷。戴佛發出吼叫，換成另一隻手，用力把她的頭摔在地上。

他要殺了她。

他受傷的那隻手撕開了她的一個口袋，拿出某個東西。

蓋瑟瑞的卡片。

戴佛看著卡片，發狂的眼神中出現了某種像是熱愛的感覺。同時，她喉嚨上的力道減輕了，於是她吸進一口氣，利用這次喘息使出全力推向他的胸口。

戴佛的身體往後傾斜，但還是維持住重心壓在她身上。他沒受傷的那隻手握成拳頭，隨即舉高準備攻擊。

某個東西重擊了他的頭頂，讓在她身上的他往一側倒下，門禁卡也掉落在地上。吉莉安迅速抽身，推開戴佛，他則是昏沉沉地用一隻手臂撐起身體。

歐林抓著鋼凳的腳高高舉起，猛烈擊向戴佛的額頭。

生物學家往後倒下，發出低泣聲。吉莉安衝到牆邊，搓揉自己的脖子，看著歐林又舉起凳子。戴佛虛弱地舉起一隻手，但歐林從手的上方揮擊過去。

一陣骨頭碎裂聲傳來，戴佛抖了一下，便靜止不動。

歐林的肩膀費力起伏，轉過來面向她時臉都紅了。「妳還好嗎？」

「還好，」她沙啞地說，「我想是吧。」

「到底發生什麼事？」

「我們必須離開這裡。」她勉強站起來，「他們要殺了大家。」

「誰？」

「組員，對傳送上癮的所有人。」

「上癮？」歐林看了戴佛一眼，接著迅速轉頭朝向電梯。「我們得去見我父親。」

天哪。吉莉安想要說些什麼，不過克制住了。這會讓歐林崩潰的。

「我們必須搭上其中一艘登陸器，」她邊說邊彎腰拿起蓋瑟瑞的卡片。

「登陸器？為什麼？」

「伊斯頓，他要——」她突然一陣暈眩，身體開始搖擺。

「噢。」她在往前倒時聽見歐林說。他在她倒下前抓住了她的肩膀，而她也伸出手，手指勾到了他的T恤衣領。

她的耳朵聽見轟鳴聲，視線也變得重疊，後來才恢復正常。「抱歉，我——」她開口說到一半卻停住了。黃褐色的胸毛從歐林胸部的皮膚向上延伸到領口。在那底下的胸骨上，她看見一塊瘀傷的中心部分是更深的紫紅色。

那一瞬間，她回到了太空船的氣閘艙，看見那套太空衣活了過來。

面罩下是肯特腐爛的臉，他還伸手想要抓她。

她揮動橇棒，感覺它擊中了他的胸口。

吉莉安推開歐林，幾乎無法站穩。「你。」她輕聲說。

他沉著臉往下看，重新調整好上衣，蓋住幾個星期前被她攻擊的痕跡。

「妳真的不應該看到的。」說完，他開始走向她。

44

吉莉安往後退，腦中一片混亂。

某個東西擦過她的腳，讓她差點摔在戴佛的屍體上。

「吉莉安，拜託，」歐林張開雙手走向她說，「聽我說。」

她搖著頭，瞄向右邊在等待的電梯和左邊前往停靠區的路。她假裝向右卻往左衝，不過歐林已經擋在那裡了。他當然知道她不能回去任何一層。沒有剩下的人可以幫她了。

「別過來。」她邊說邊後退了幾步，很訝異自己的背沒碰到牆。

「我想跟妳談。」

她到了高度控制區的入口通道，後方是那條短走道。沒有出路。

吉莉安轉頭看見門邊的掃描器，於是用蓋瑟瑞的卡片感應。

「吉莉安，別這麼做。聽我說吧，」歐林說，然後靠得更近，「妳不明白。」

門打開了，她迅速通過。

「沒有地方可以去了。」

門關上了，將歐林擋在外面。

她來到一個大約十二呎見方的過渡區。走道入口的對面是另一扇門，門上沒有窗口，但是貼著她在走廊上見過的相同警示。

「閒人勿進」

「後方嚴禁金屬物品」

她沒看完剩下的內容，直接又在內門上掃描了卡片。

等待的時刻令人煎熬；門終於迅速打開。

她瞥見某個明亮刺眼的小東西從她身上如閃電般飛走，留下一道液體痕跡，接著劇痛就從腿部湧向她的大腦。

那塊鈦板。

她尖叫著跌進門口，摔在地上動彈不得，這個念頭也同時被甩開了。吉莉安伸手摸自己的脛骨，確信自己膝蓋以下的部分都不見了。結果她的腿還在，但連身服在鈦板撕裂腿部的部分已經被劃破，還浸濕了血。

內門滑動關上。再過幾秒鐘，外門就會打開讓歐林進來了。

她必須移動。

她翻身用雙手和膝蓋撐地，將左腳移到身體下方，然後試著站起來。她將身體重量放在另一隻腳上時，傷口有種像是被高溫融化的痛，鮮血也從她褲腳的翻邊流出。她走得動。

她所在之處是個圓形的空間，一切都由繫在頭上二十呎那些大樑上的燈條照明。她瘸著腳沿一座三百六十度的平台走，平台中央有一個開口，往下看是個至少七十呎寬的深坑。在下方，如血管般相互連接的玻璃管圍繞住某種東西，看起來像是個顛倒的巨大蓋子。脈動的光線斷斷續續通過管子，這時她才注意到室內的一切都是由塑膠或玻璃製成。

當然了。磁鐵會將其他的一切拉到下方的中心，摧毀這個空間。她跛行走向一座很高的塑膠櫃，旁邊是可以俯視深坑的護欄，這時她可以感覺到眼睛後方有一種奇怪的拉力，就像開始要偏頭痛那樣。

門打開了，她在壓低身體躲到櫃子後方之前瞥見了歐林走進來。

「吉莉安，」他呼喊著，「我現在只是要談一談。我知道妳聽得見我。」

她冒險從櫃子側面看了一眼。歐林站在門口前，目光越過磁鐵的開口。在他站的地方幾呎之外有一小灘她的血，還有一道滴濺出來的痕跡直接通向櫃子。

她在歐林的頭轉過來時低下身子。

「我想要為太空船上發生的事道歉。不應該有人醒來的。丁塞爾的死本來會是個意外，原因是他的休眠艙故障。結果妳出現了。」他的腳步刮擦著地板，這時吉莉安正在考量她可以躲藏的下一個地方：從對面牆壁延伸出來一堵高度較低的厚玻璃護牆。

「我本來也覺得必須殺了妳，可是一看見妳因為氫可酮的事過得很辛苦，我就想到了可以避免那麼做的方法。還有抱歉在氣閘艙嚇到妳了。我穿太空衣是以防妳會看到我。我從來就沒打算要碰到妳。老實說，妳打敗我了。妳還真他媽用橇棒把我的胸骨打斷了呢。」

他說話的音量改變了，這足以讓她確定他正往另一個方向看。她在受傷那條腿許可的情況下盡快抵達護牆，途中回頭看了一眼。歐林背對著她，往相反方向走了一步。

吉莉安滑停蹲伏在厚玻璃後方，腿部再次湧現的劇痛讓她用力咬住自己的衣領。

「我覺得陷害妳比殺了妳更仁慈，」歐林說，「我可不像我在調派期間認識的一些傢伙。我從來就不喜歡殺人。」

她可以透過厚玻璃看見他扭曲如惡夢般的身影。

他轉身往她的方向看，然後停下腳步，跪到地上。「看來妳受傷了。想必妳體內一定有某種金屬。是因為那場車禍，對吧？在那場小衝突之後，我查過妳的資料。我得說我很尊敬妳做的事，為了崇高的目標而努力。」

他站起來並開始走向她。

十幾呎外還有一個櫃子，於是她慢慢爬過去，每次一動就會因為疼痛發作而倒吸一口氣。她的念珠掉出衣領，而她暗自慶幸它的材質是木頭而不是金屬。

「我尊敬妳，吉莉安，那就是我想要跟妳談的。妳的女兒。她快死了，對吧？我很遺憾，真的，而且我也很遺憾傳送沒辦法自動修補受損的細胞。否則我們只要讓生病的人進入機器就行了吧，對不對？那會是個奇蹟。」

吉莉安試著控制自己的呼吸。她覺得她的呼吸聲很大，想必歐林一定也能聽到。前方有一條切進地面的管道。要是她可以躲進去等歐林經過，到時她或許就能在被他抓住之前回到門口離開這裡。

「但是呢，我們已經有奇蹟了。」歐林繼續說，他的聲音現在更接近了，「傳送能做到的實在太神奇了。妳不知道我因為救不了那些人而痛苦了多久。他們是我的朋友。感覺就像從內到外被酸腐蝕。雖然潘德拉克博士有幫忙，不過外人頂多也只能做到那樣。我試過吃藥、喝酒、打架、性愛，沒有任何事能夠隔絕那些記憶。」

吉莉安用一隻手壓緊傷口試圖止血，接著往前滑，頭部先進了管道。

她進得去。很勉強，管道底部隆起的部分壓迫著她的腹部和大腿，而她扭動身體向前擠進去，完全躲好之後就翻過身躺著。

「直到我傳送了。」歐林從非常靠近的地方說。

她屏住呼吸。他看得見她嗎？地上的血跡能讓他看出她去了哪裡嗎？

「我第一次就感覺得到不一樣，痛苦減少了一部分。於是我傳送了一次又一次，每一次都會多忘掉一些那天的事。」

他的靴子在平台上磨擦行進，幾乎跟她躺的位置齊平。汗水滑過她的太陽穴進入髮線，癢到快使人發狂。

「當然，妳並不能控制它帶走什麼。我忘掉了我想要記得的事，例如我的母親，我的未婚妻。但我還是會毫不考慮再來一次。妳不會知道醒來之後不必活在惡夢中的感覺有多麼輕鬆。」他說話說到破音，她才知道原來他在哭。「那天晚上我在酒吧告訴妳的事？那就像發生在別人身上似的。雖然有些片段似乎很真實，不過大部分都像是好幾年前作過的夢。我能告訴妳那些細節，是因為我的日記以及潘德拉克博士在我們會談時寫的筆記。」

安靜了許久之後，歐林的影子出現在吉莉安上方的護欄，而她感覺全身都緊繃著。他就站在幾呎外。他知道她在哪裡，他只是在玩弄她。

「不過我還記得殺了他的事。還有丹尼斯。他們兩個都是我的朋友。」

影子晃動著。

又逐漸遠離。

他走開了。

「然而造成這一切的原因，就是我在這裡的原因。妳看看人們做的決定。地球飽受戰亂蹂躪再加上汙染問題，這已經嚴重到我們必須永遠離開了。我的意思是這太瘋狂了。大家都說不記取歷史教訓的人必定會重蹈覆轍。我說那是狗屁。人類從來就不會向過去學習，我們只會懷恨在心。我們記得事情，所以才會有暴力和憎恨，才會有戰爭。這是自古以來最嚴重的惡性循環。」

他的聲音更遠了，於是吉莉安緩緩坐起來，從躲藏處的邊緣窺看。她沒看到歐林。

「不過要是妳不記得，怎麼會有恨呢？」

這是她的機會。他的聲音變得更細微，非要猜的話，她認為他的位置幾乎就在室內相對於入口的另一端。

她的上半身慢慢離管道，在撞到腿傷時拚命忍住沒叫出來。現在周圍幾乎一片安靜。她仔細聽，希望能聽到動靜或他的聲音。

什麼都沒有。

門在三十碼外。離開或留下？用跑的還是小心行動？

在格網構成的平台上還是沒有他的蹤跡。

吉莉安跑了起來。

她以她所能達到的最快速度跛行前進。每次她的右腳著地時就會湧起一陣劇痛。前面的路沒人。她回頭看了一眼，也沒發現歐林。

吉莉安抓起蓋瑟瑞的門禁卡，準備到門邊感應。

有東西勾住了她的頭髮。

她大叫一聲，扭動身體，就要跌倒了。

歐林從後面抓住她，一隻手臂扣住她的喉嚨將她向後拉。她拚命掙扎，雙腳都踢離了地面，可是他太強壯了。他的手臂施壓，堵住了她的頸動脈。

她的視線模糊。

接著壓力放鬆。

「妳女兒快死了，吉莉安，」歐林在她耳邊說，「她現在就要忘記妳了，徹底忘記妳對於她的意義。如果妳也這樣不是會比較輕鬆嗎？」

吉莉安叫了一下又開始胡亂揮打，但歐林只是扣得更緊讓她窒息，直到她快要不省人事了才又鬆開。

「想像一個沒有記憶的世界。悲劇不會持續下去，所有的罪都能得到寬恕，就連死亡也會失去力量。」

她呼吸了幾口氣，試圖讓狂躁的思緒平靜下來。她無法掙脫他，光靠蠻力不行。一定有別的方法。

「你要大家最後都變成外面的戴佛那樣嗎？」

她終於開口說話，同時試著讓手指鑽到他的前臂底下。

歐林不屑地哼了一聲。「他是個上癮的人。太軟弱了，沒辦法控制自己。」

「其他人就可以？這是成癮，歐林，我一看就知道了。」

「就是因為這樣我才認為妳能明白。我這麼做並不是急著要重生，我這麼做是為了忘記。妳可別跟我說妳還想記得丈夫情況變差跟死去的樣子。等妳女兒死了，妳會不惜一切想忘掉的。」

她的眼睛覺得熱燙，而這跟歐林勒住她無關。

「這不只是忘掉我失去了丈夫或女兒，」她說，「我不會記得我跟他們的一切，沒有任何事比那更重要。」一滴淚水從她眼眶掉落在歐林的前臂上。

「我真的很喜歡妳，吉莉安。我希望妳能從不同的角度看。」他說。他的語氣使她突然感到一陣驚恐——是後悔。他講完話了。

吉莉安想把他的手臂從喉嚨拉開，可是他勒得太緊了。

她的視線邊緣立刻變得模糊。她用力踢，腳都滑掉了，不過歐林緊緊抓住她，緩慢地施加更多壓力。

「我很抱歉，吉莉安。」

她的手開始滑落，結果碰到了他手臂上的某個東西。

她用殘存的意識強迫手指抓住它。

她把念珠上的十字架當成匕首緊握住，往後刺向她的肩膀上方。

歐林大叫一聲，扣住她脖子的手臂隨即鬆開，而她視線裡正在閉合的通道也打開了。

吉莉安從他身上滑開並轉過身，一邊作嘔一邊咳嗽。

十字架刺中他的鼻梁並向右滑，劃開皮膚直達內側眼角。他一邊臉頰流著血淚，另一邊則是憤怒地眨著眼睛。

她看見歐林後方的護欄，於是搖搖晃晃地加快速度前進。

吉莉安撞上他，用盡全身肌肉的力量推。

歐林失去重心，下背碰到護欄。他像風車一樣揮手雙臂，但被撞擊的力道太大了。

他一隻手抓住護欄，身體搖晃著，一度在護欄上維持住平衡，費力地想站穩。

吉莉安走上前，一口氣推開他。

歐林摔向護欄另一側，整個人翻了過去，他的尖叫沒多久就被砸碎玻璃的強烈聲響中止了。下方傳來高強度電流可怕的嗡嗡聲，接著是一陣煙霧，整個空間旋即開始震動。她走到護欄邊往下看。

歐林掉在下方遠處交織的玻璃管道上。他的身體已經燒焦，整個人皺縮起來，就像放大鏡底下的昆蟲。電流從碎裂的玻璃管發射出鋸齒狀的電弧，飛掠於巨大磁鐵的表面。

整個空間又震動起來，讓她差點失去重心。

警報聲響起，劃破了空氣。

她跑了起來。

她腿上的疼痛現在沒那麼重要了。她已經料到會這樣，也想藉此讓自己集中精神以免陷入恐慌。門打開了，她直接摔過去。內門再度關上時，從磁鐵那個坑洞發出了劈啪作響的電流，像隻聞笛起舞的蛇上升連接到天花板，接著就傾瀉而出，有如一道上下顛倒的光線瀑布。

她的頭髮立了起來，被空氣中的靜電緊拉著，而她眼睛後方的緊繃感又增強到另一個境界。

她撐住身體站起來，勉強感應了第二道門，而等待門開啟的時間讓她焦慮到了極點。走道出現時，她以為會有十幾個組員在等她，結果只看到戴佛和他屍體周圍的一大圈血跡。

吉莉安進入走道，往電梯的方向看了一眼之後就轉過身。登陸器那裡還有機會。如果她可以進去，也許她就能夠離開太空站，然後至少再呼叫求救一次。

她在走道上行進，警報聲繼續惱人地響著，而且節奏跟她的心跳一樣快，讓她很想找個武器拿在手上。她接近消毒站的入口時，聽見喀噠一聲，門朝著她打開。

她不假思索往旁邊躲，緊接牆面，接著就有個人緩緩出現。她整個人放鬆了。

「伊斯頓。」她說。

任務專家猛然轉身面向她。他的臉上有乾掉的血跡，頭皮側面有一道很長的撕裂傷還在滲血。他一隻手裡握著一把六吋長的不鏽鋼刀。

「博士，哇靠！妳還好嗎？」

「我沒事。」

「妳在流血。」

「你也是。」

伊斯頓望向她後方的走道。「其他人在哪裡？」

即使發生了那一切，她的喉嚨還是覺得哽住了。她只能搖頭。

「所有人嗎？」伊斯頓問。

伊斯頓很明顯像是洩了氣，肩膀垂下成了圓形。「是誰幹的？」

「組員。帶頭的是歐林。」

「我知道，那混蛋用凳子攻擊我。他現在在哪裡？」

「死了。我們必須離開，高度控制出了問題。」

「我知道。我們正在失去高度，掉進軌道裡。」

「登陸器準備好了嗎？」

「都不見了。」

「什麼？」

「兩部都不見了。一定在地表，而留下它們的人是從那裡傳送上來的。」

吉莉安心裡一沉。

走道開始搖晃，疼痛隨著震動從她的關節向上傳遞，這時伊斯頓用大拇指比著他的後方。「聽著，根據我在裡面看到的讀數，我們在撞擊之前大概有十分鐘的時間。想必高度控制還有一部分能夠運作，但那撐不了多久的。我們必須——」

走道上的動靜吸引了她的注意。

三個男人正往他們的方向過來，最前面的那個拿著一把電擊槍。

吉莉安向後退，可是肩膀碰到了牆壁。無處可去了。她從未想過自己會這樣死去。在離家這麼遠的地方，離凱莉這麼遠。恐懼在她的胃裡變成了實際的重量，而她好奇那會有多痛。

伊斯頓站到她前方，轉動手裡的刀子指向地面。他看著她。「博士，妳必須離開。」

她吞下口水，勉強讓目光從那些男人身上移開，接著鼓起最後的勇氣。

「沒有地方躲了，他們會找到我的。我要戰鬥。」

「不。」伊斯頓比著消毒室，眼神透露出他想說卻沒時間說出的一切。「走吧。」

吉莉安看著手裡的卡片，再看著伊斯頓，他點了點頭，然後面向即將到來的組員。

她轉身掃描卡片打開門。門關上前她最後看到的場景，是帶頭的人用電擊槍瞄準，而伊斯頓縱身一跳發動攻擊。

地面傾斜了，於是她伸出一隻手撐住自己，手心碰到的不是光滑的牆面而是玻璃。隔牆後方的瞬間傳送室沒有人，在開始閃爍的燈光下，裝置占據的空間比她記得的還多。也可能是她知道她即將要做的事，才會覺得裝置看起來更巨大、更壯觀。

她在走廊上跛行，掃描通過下一道門，進入消毒室外的等待區。地板上有一片濺出的血跡，她猜伊斯頓之前就是在那裡倒下的；附近有一塊數位顯示螢幕正在閃爍關於高度與速度的警告。

一切就要瓦解了。

更外面的走道傳來好長一陣痛苦的吼叫聲，雖然聲音被幾道門削弱了，但還是令人揪心。她費了很大功夫才忍住沒回頭去幫他；那不是他想要的。

吉莉安倉促通過迷宮般的消毒室，她沒前往平常停放登陸器的氣閘艙，而是繼續往下一道門去。門在她面前打開，接著她走進了瞬間傳送室。

她有一種墜落的感覺，就像爬到了樓梯頂部卻覺得後面又有一層。地板隨著筆直下降的太空站飄離，重力突然消失，接著又完全恢復，讓她驚叫了一聲。

她撞上一個從附近經過的櫃子，整個人翻到地上，衝擊的力道讓疼痛席捲她全身。吉莉安痛得倒抽一口氣，沒辦法叫出聲音。她慢慢往前爬，眨著眼睛擠掉淚水。

她來到距離裝置入口幾呎之外固定於地板的底座，然後撐起身體挺直。底座的頂部有一塊螢幕，畫面上有四個反白的選項。

地點1

地點2

地點3

地點4

「可惡。」她輕聲說，眼睛一邊上下來回看著清單。她不知道該選擇哪一個。一個地點是火星的地表，另一個是安德那艘衝往新發現行星的太空船，還有一個是地球上NASA園區的舊裝置。然而其中一個地點是原本在他們太空船上的裝置，而太空船現在已經變成無數個飄浮的殘骸了。要是她選了那個會怎麼樣？她會不會被分解並投射到陰間，變成某種訊號，永遠搜尋著已經不存在的接收器？

光是這麼想就足以讓她變得比現在更想吐了。

太空站又發生震動，她也暫時經歷了剛才那種自由落體的感覺。十分鐘。伊斯頓推測只要再過十分鐘，他們就會穿越大氣層，高速衝向堅硬的地表。

沒時間了，她現在就得決定。

吉莉安伸手按了第一個選項。如果這些標記是依照時間順序先後建立的，那麼這就是最合理的選擇。

顯示器要她掃描門禁卡，於是她在上方附近的感應孔前揮動蓋瑟瑞的卡片。

她頭頂的一個喇叭發出靜電噪音，一陣細碎爆裂的聲音說著跟準備出發有關的內容。

瞬間傳送裝置的一端釋放並開啟。

吉莉安顫抖著深吸一口氣。就這樣了，進去或是等死。

她拉開連身服的拉鍊，然後迅速脫掉衣物。她正要拿下念珠時卻停住了，隨後又決定繼續戴在脖子上。雖然她不想冒險讓連身服跟身上的原子混雜在一起，但她是絕對不會留下念珠的。

嘶啞的人聲正在跳著數字倒數，她則是走向打開的裝置，爬了進去。

那種味道籠罩住她。消毒液很難聞，氣味侵入她的鼻孔，使嘴裡產生大量唾液，也讓她相信自己就要嘔吐了。

整個空間又搖晃了，而她在管子裡飄浮起來，接著又重重摔下，眼前還出現了閃光。

她腳邊的裝置門關上鎖住了。

周圍安靜到令人毛骨悚然，只剩下她的呼吸聲。

血液在她耳內重擊著。

這會成功嗎？如果成功了，她會失去什麼記憶？

她的耳膜聽到「啪」的一聲，有種大氣壓力湧進這個密閉空間的感覺。她往下看著自己全身，注視腿上那道醜陋的傷口。如果她錯了，這將是她活著的最後幾秒。

暈眩感襲來。她有點微醺，接著像是喝醉了。這種感覺一點也不會不舒服。管子開始縮窄，變成一條通道，讓她有種奇怪的亢奮感。

是通道。她在周圍的裝置震動時心想。

她正在消失，一切都要變黑了。這是死亡，現在這樣不會有別的可能。

吉莉安以最後的意志回想過去，穿越了那些年，在入睡時緊擁著她生命中最快樂的時刻。

永遠，凱莉。晚安。

45

凱莉看著車窗外經過的棕櫚樹。

她一度覺得很開心，因為她清楚記得這種樹叫什麼，但那樣的開心幾乎又在同時消失了。她要去看醫生，看醫生從來就不好玩。小卡阿姨說這位醫生很特別，說不定能夠幫忙處理雜訊的問題，讓雜訊變少一點。那樣很好，因為最近雜訊實在太常發生了。

凱莉看著小卡阿姨。她看起來很擔心；她噘起嘴巴，看起來像是在哭。凱莉猜想那樣沒關係，因為她也很常哭。

她很想念媽媽。

大家都告訴她，媽媽不在的時候，她們可以在電話或電腦上說話。就連媽媽也那麼說過。可是小卡阿姨說在天空中的媽媽那裡收訊有問題。她不太清楚收訊是什麼，可是她討厭那樣。她想要回到在明尼蘇達的家。佛羅里達很棒，她很愛那片沙灘，也不介意去史帝夫姨丈和小卡阿姨的教堂，不過秋天很快就要到了，她想要看樹葉變換顏色。她想在家裡附近散步，然後回家喝蘋果汁。

史帝夫叔叔又清了清喉嚨。過去幾個星期裡他很常這樣。她注意到他只要對某件事心煩的時候就會這樣。小卡阿姨回頭看她，這讓凱莉一度感到非常害怕。小卡阿姨看起來好難過，彷彿她有壞消息卻說不出口。

「妳覺得怎麼樣，親愛的？」小卡阿姨問。

「還不錯。」

「感覺還好嗎？」

「嗯，有一點累。」

「我們再過幾分鐘就要到了。我相信醫生到時候會讓妳睡一覺的。」

「你們會留下來陪我嗎？」

小卡阿姨的臉皺起來。「今天沒有。我今天不行，可是等妳安頓好以後，我們很快就會來看妳了。對不對，史帝夫？」

「當然。」史帝夫姨丈說。

小卡阿姨對她露出並非出自真心的笑容，然後又望向擋風玻璃外。凱莉繼續看著她的窗外，發現路邊有一塊越來越近的大招牌。

「NASA？那就是媽咪去的地方，對不對？」她問，這時他們已經放慢速度，在一道柵門前停下。

「沒錯。他們知道妳媽媽在這裡，還有……還有……」小卡阿姨別過頭不再說話了。

一個男人走到車子邊，接著史帝夫姨丈給他看了一張紙。男人在上面寫了某些東西，接著柵門升起，他們開了進去。幾分鐘後，他們停好車也下了車。小卡阿姨牽著她的手，史帝夫姨丈則是去後車廂拿她的袋子。

「妳在哭嗎？」凱莉問。

他們走向停車場末端一棟很大的白色建築，而她緊握了阿姨的手一下。

「沒有，親愛的，只是過敏而已，」她用哭泣的聲音說。

凱莉皺起眉頭，看著自己的鞋子。她記得媽媽在她們搭私人飛機來到佛羅里達之前買了這雙鞋子，可是她不記得那間店的名稱，也不記得試穿過。店的名稱是個念起來感覺很有趣的詞，但她在腦中遍尋不著。

他們走進一座大廳，史帝夫姨丈把他拿著的那張紙交給櫃檯的一位小姐，而小卡阿姨用一隻手摸著凱莉的頭。這種感覺很好，每次她去看醫生時，她母親就很常這麼做。

一會之後，有個女人來帶他們，於是他們跟著她穿過門口，從走道進入一個小房間，裡面有個皮膚很黑又留著白鬍子的男人在等他們。他穿著一套深色西裝，看起來像是學校校長。

「你們好，我是安德森．瓊斯，」他邊說邊跟史帝夫姨丈和小卡阿姨握手，「而妳一定就是凱莉了。」他伸出非常大的手，可是她很勇敢，握住了他幾根手指，然後像大人一樣跟他握手。

「我聽說妳不太舒服。」他說。

「有時候。」她回答。

「那好，我們要看看有什麼可以做的。」

大人們開始談話，凱莉聽了一會，但內容都是關於雜訊而不是媽媽，所以她不聽了。牆上有太空人穿太空衣在地球上方的照片。地球從很高的地方看起來好小，她好奇媽媽回來的時候會不會拿照片給她看。

「我們會把她照顧得非常好。」瓊斯先生接著說，「凱莉，妳現在可以跟我來嗎？」

她的目光從他伸出的手移向史帝夫姨丈和小卡阿姨。她跑向他們，用力抱緊他們，結果阿姨又哭了，讓她很納悶出了什麼事。如果這裡是看醫生的地方，他們就會幫助她了，對吧？

她這麼問小卡阿姨，而阿姨說：「對，他們當然會啊，親愛的。我們很快就會再回來看妳的。」

她抱完阿姨和姨丈後，就牽著瓊斯先生的手跟他通過另一道門。她在門關上之前回頭，看見小卡阿姨一邊揮手一邊哭。

「妳知道妳真是個非常勇敢的女孩嗎，凱莉？」

他們在走廊上走了一小段後，瓊斯先生這麼問。

「媽媽說我是。」

「她說得對。」

「你認識我媽媽？」

「對，其實我認識。」

「真的嗎？收訊修好了嗎？我現在已經到NASA了，可以跟她說話嗎？」

他們進入一處轉角，瓊斯先生在一扇門上按了幾個鈕，然後就帶她通過，走了一些階梯下樓。她不確定他是不是有聽到她說的話，打算再問一次，結果他說：「我想妳很快就能跟妳媽媽說話了。」

他們在另一扇門前停下，等瓊斯先生開門時，凱莉興奮地跳了幾下。她正開口要問什麼時候可以跟媽媽說話，就聽見有人叫了她的名字。

她看見有人從一個非常白的房間往這裡過來，對方穿的綠色寬鬆睡衣看起來很好笑，而她過了半秒才發現穿著睡衣邊跑邊大喊她名字的人是誰。

於是她也往前跑，因為那是媽媽。

她跑了兩大步後跳起來，媽媽接住了她。她們坐在地上，而她哭得很激動，還是緊緊抱住媽媽，因為她再也不想要她離開了。媽媽說：「我愛妳，我愛妳。」她也這麼說，接著媽媽也緊緊抱住她，承諾再也不會離開她。

因為媽媽終於回家了。

後記

八年後

吉莉安看著雨。

風從山坡刮下，吹過她家所在的空地，雨水則跟著旋轉與舞動。它沒有特定模式，而幾乎每天都會來到喀斯喀特山脈的暴風雨也毫無道理可循。雨就是這樣，她喜歡沉浸在它的簡單之中。她坐在一間牧場式雙層屋內的觀景窗旁，看著水從車庫的角落流過庭院，後方樹林裡的松樹枝布滿斑點，滴下的雨水彷彿是抖落了數百萬顆寶石。就像星星。

她低頭看咖啡杯，表情皺了一下。裡面空了。吉莉安站起來從客廳走到附近的廚房，腿上傳來了幾陣劇痛。這種較大的暴風雨總會像氣壓計一樣影響她的舊傷。年紀變大也沒幫助，現在什麼都比以前更痛了。

壺裡剩餘的咖啡只夠她倒將近半杯，接著她捧住杯子取暖，一邊聆聽雨水輕聲淅瀝一邊感受屋裡的寂靜。她很難相信再過一週就快在這裡住滿五年了。這裡還是不太有家的感覺，反而像是她很快又要搬到另一個地方了。當然，這是一種後遺症，畢竟她在搬到華盛頓州這裡之前待過了一處又一處醫療設施，安東一定會說這是搬家搬到宿醉了。

安東．維林。她完全沒料到自己會如此想念那位年輕有魅力的生物化學家。她想念他們的深夜談話；當時只要他們睡不著，就一定會去他們共用的其中一間ＮＡＳＡ資助實驗室。他們很快就熟識並建立起相處習慣，快到令她納悶，後來她才明白為何這個身材瘦長的男人總會使她感到一絲短暫的憂傷。

他讓她想起伯克。

這跟身材完全無關，而是他敏銳的才智以及默默的體貼。某天一早他為她買了鬆餅和咖啡到實驗室，而她找了個藉口到廁所，坐在一個隔間裡摀著臉哭泣。自從在NASA某個研究中心底下的封鎖區跟凱莉重聚擁抱以來，這是她第一次崩潰。

她放下咖啡時手稍微顫抖著，因為她回想起了多年前見到女兒前兩天所發生的事。

混亂，測試；一次又一次的詢問與會談。

還有在那之前，她在太空站那個裝置裡失去知覺的前幾秒。

根據官方報告，她花了約一百九十四秒從繞行火星的UNSS瞬間傳送裝置回到佛羅里達州NASA園區的裝置，將近三分鐘半。她看過她抵達時的影片。安德的一位門生賽門．弗萊徹博士正在裝置區外的一張桌子工作，接著出現一道白色閃光，讓室內全部的攝影機有好幾秒什麼都看不見，接著就拍到吉莉安靜止不動躺在裝置的管子裡。弗萊徹衝進去把她弄出來，先拿了條毯子包住她再叫人幫忙。

接下來她記得的事，就是有個男人站在她身旁，他的黑皮膚跟臉上留的白鬍子呈現明顯對比。安德森．W．瓊斯，飛行任務的副主管。他態度冷淡，不過聽她說話時很有耐心，後來他帶了不同的人到恢復室，讓她重複講了十幾次發生的事。最後她閉口不談，只說她要見女兒，否則什麼都不會告訴他們。

而他們讓步了。

每次她回想見到凱莉的那一刻，想起凱莉跑向她，緊抱著她像是怕她消失的樣子，她的心裡就會泛起一股暖意。

吉莉安拿起咖啡，讓殘餘的溫熱滲進指間，緩和關節的疼痛。她猜這是關節炎。雖然只是早期，但話說回來，她已經不再是年輕人了。四十六歲的她看起來像是五十出頭，這是因為過去八年的壓力所致。然而她會接受那些疼痛以及任何時候在鏡子裡看到多長出來的皺紋。她很感激能夠活著，更感激能夠聽見樓上房間裡的聲音。

樓上浴室裡有一連串碰撞聲和抽屜關上時砰的一聲。有人正輕唱著一段歌曲，接著就看見一個年輕人快步下樓的腳步聲。

凱莉走進廚房，露出笑容。

她現在十六歲，預計會提前從高中畢業，也已經打算提早到五十哩外在喀斯喀特山脈腳下的傑佛遜大學登記入學，那是間寧靜的學校，凱莉經常提起那裡有很棒的創意寫作課程。另外還有個害羞的年輕人很愛慕她，她也開始每週有幾個晚上跟他約會，只要她沒在她們那座山位於半山腰的路邊小餐廳上班時就會去。

而且她很健康。

「早安。」凱莉來到她身旁說。她輕吻了一下吉莉安的臉頰，然後拿起空的咖啡壺。「真的假的？」

「對不起，我再煮一壺。」

「沒關係，我去工作的時候再買一杯。」

「我可以——」

「媽……」她女兒的語氣包含了她們在過去幾年所有的討論內容，那就是凱莉已經越來越獨立，而吉莉安頻頻的過度呵護已經變成兩人爭執的主題。吉莉安很習慣保護、擔心女兒，也總是害怕明天的到來，因為這表示離她無法面對的事實又更近了一天。

可是現在情況不一樣，她這麼提醒自己。她和安東已經解決了。她在跟凱莉重聚之後，幾乎立刻就開始工作了。工作是由ＮＡＳＡ資助，她猜也有一部分資金來自聯合國，目的是為了交換條件封住她的口。經過那場災難並失去太空站所有組員後，瞬間傳送計畫的人事就大洗牌了。在幾週的期間內，她得到了足夠資源可以開始將她在神經元製圖方面的突破結合治療假設。幸好，她所有的研究結果內容也備份了她的敘述，在她抵達前不久已經先傳送回來，因此研究出療法的關鍵點比以前更大有可為。加上安東一直從旁協助，他們終於配製出一種酵素，只要搭配螢光素酶和螢光素的化合物，就能夠鎖定並分解由羅氏症所產生的神經糾結。

他們差一點就來不及了。

等到他們的試驗與測試結束時，凱莉失去短期記憶的情況已經非常嚴重。吉莉安已經無數次在她醒來時抱住她，安撫驚慌失措的她，因為她會問她們在哪裡以及發生了什麼事。雖然她和安東奮力衝向看起來大有可為的終點，但這個終點其實並不能保證什麼，而此時凱莉的長期記憶也開始遭到侵蝕。

出神的次數越來越頻繁。

憤怒與激動是每天司空見慣的事。

然而簡稱為ＬＥＴ的倫德維斯特酵素療法（Lindqvist Enzyme Treatment）改變了一切。吉莉安堅持用伯克的名字為這個突破性進展命名。知道這種治療能夠拯救多少人，對認識他的所有人而言也算一點安慰。她已經數不清自己多少次在有人進實驗室時抬頭，以為會看到那個大塊頭，聽見他又講錯了某句俗語，看見他的笑容。

凱莉觸碰吉莉安的手臂，讓她回過神來。

「媽？妳還好嗎？」

吉莉安微笑，擦了擦濕潤的眼睛。「還好。」

「對不起。我只是……我很好，妳知道嗎？妳不必擔心的。」

吉莉安將女兒拉近，輕吻她的額頭。「我知道我不必，但當媽的都會這樣的。」

凱莉似笑非笑，接著轉身在廚房檯面上收拾從她那個塞得過滿的手提包裡擠出來的幾樣物品，而吉莉安瞥見了凱莉後方頭骨上的不鏽鋼開口。那個東西平常幾乎不會讓人注意到，尤其是她把頭髮放下來的時候。可是當洗澡沖濕或她綁起頭髮，那個小注射口就看得見。

這是LET的唯一缺點，只能算是治療而非治癒。酵素會分解神經糾結並防止細胞死亡，卻無法治好羅氏症的基本病因。吉莉安對這種疾病的理論，著重於對基因符碼產生固有影響的一些神經毒素，而此理論仍在醫學界中廣泛討論。大部分產業領袖都同意日益嚴重的空氣和水汙染是肇因，不過確切的有害物質還沒找出來。所以解決方法是每隔兩年從患者的永久性顱部開口注射。這麼做能夠阻止病狀發生，雖然不是吉莉安希望的結果，但絕對比看著她所愛的人變成陌生人好上無數倍。

「好吧，我得走了。」凱莉邊說邊將鼓脹的手提包拉好拉鍊關上。

「妳的口罩夠嗎？」

「夠。」

「妳確定嗎？」

「對。噢，還有溫斯頓跟我今天要去吃晚餐，所以我會晚回家。」

「『晚』是指什麼時候？」

凱莉翻著白眼穿過廚房。「媽，妳知道我現在幾乎算是大人了吧。」

吉莉安笑著抱住女兒。「我知道，不過妳永遠都會是我的小女孩。」

她們維持這樣許久，後來凱莉才說了吉莉安正在等待的那個詞。吉莉安的胸口湧出一股新的暖意，因為她明白了凱莉不會因為年紀太大說不出口，也許一直都不會。

「永遠？」

「永遠。」

凱莉後退，對她最後笑了一下，接著離開廚房。「今晚見。」

「好，到時見。」

吉莉安看著窗外，凱莉在雨中慢慢跑向她的車子，然後坐進去。她在車道上迅速轉了個彎，尾燈閃了幾下之後就消失無蹤。

吉莉安讓自己在廚房忙了幾分鐘，她將碗盤放進洗碗機，手洗了前一晚做菜時用的幾個大平底鍋。做完家事後，她沉默地站了一會，聆聽淅瀝的雨聲，再回到客廳的椅子上。

她讓思緒暫時神遊。她回顧過去，彷彿歷史學家用重要的細節將事件分層排列。當她重新經歷在太空站的最後一個鐘頭，就會突然好想來顆氫可酮，雖然她料到會這樣，但也很意外自己會如此渴望。她已經超過八年沒碰那些小藥丸，卻還是很訝異與害怕自己會有這麼強烈的癮頭。不過她非常清楚是什麼造成這種激烈的需求。每一次她回想到要進入安德的機器被分解並以光速通過無垠的太空時，就會出現這種感覺。

因為她在那一刻失去了某個東西。無論她再怎麼努力尋找，它都已經徹徹底底消失了。

凱莉的出生。她生命中最快樂的日子被抹除了，彷彿從未存在過。

她記得自己在裝置裡逐漸失去意識時試圖靠它堅持下去，盡量抓住那段最棒最美好的回憶，因為那可能是她最後一次這麼做的機會了，不過現在她對那天的記憶只剩下一個空洞。回過頭來看，答案或許可怕卻非常合理：她藉由記憶解開海馬迴的奧祕以及瞬間移動帶走記憶這兩件事是相對的。其中一方能讓大腦之謎實際顯現出來，另一方則是試圖打破宇宙鐵律所要付出的代價。她幾乎想不起自己的原子在NASA重新組合時那種興奮，倒是清楚記得自己嚴重失去方向感；就像不小心睡著，在幾個鐘頭後醒來覺得頭腦昏沉糊塗，然後再把那種感覺乘以十倍。

雖然只是三分鐘半，感覺卻像更久。她有點相信史蒂芬·金先生在他短篇故事中的描述非常接近現實。

也許對她而言不止過了三分鐘半。也許過了更久。

吉莉安嘆息著，往前坐，把手肘撐在膝蓋上。她不應該這樣對自己的，不應該回顧那些事，想著自己會不會做出不一樣的決定，而如果她真的做了，或許卡森、里歐、周蓮、伊斯頓都還會活著。

伯克也還會活著。

她讓自己流淚，讓眼淚像外頭的雨水滴落。雨和淚逐漸減少時，她凝視著被風吹掃的空地，明白自己內心深處的罪惡感和寂寞永遠不會消失。因為從某方面來看，她還是被困住了，但不是困在太空船或太空站上，而是困在她那些錯綜複雜的選擇之中，那些選擇導致了她今天的局面。

她的電話和電子郵件都受到監控；每次她出門都必須戴上墨鏡和帽子，而嚴密監視她的除了衛星，還有一位駐守於附近的聯合國代表，對方奉命在她打破沉默或透露身分之前逮捕她。

為了她的研究，為了拯救凱莉和罹患羅氏症的無數人，她做了交易：她的沉默。替NASA工作的人數超過一萬八千，其中大部分都知道她在任務扮演的角色，也知道任務一敗塗地，可是只有少之又少的人知道她還活著。要是消息傳出去，就會引發無數問題。大家就會知道火星、生物圈、安德的瞬間傳送裝置失敗、比鄰星b這些事。他們會知道自己在這顆垂死行星上剩下的時間不多了。他們會知道抗空汙口罩和昂貴的濾水系統救不了他們；他們會知道NASA還要好幾十年才能真正將人們運送到遙遠的比鄰星b，還有到時候就會需要安德所謂「勇敢的探險家」。在那個不明確的未來有太多變數了。如果人類知道這一切，他們就會明白世界末日即將到來，而且誰也沒有辦法阻止。

她只希望能夠告訴卡崔娜真相，跟她說她和凱莉還活著。然而說出真相就表示讓卡崔娜和史帝夫知道他們來日不多，包括他們的兒子艾弗里，而她從未見過這個活潑的七歲男孩。無論她有多想念他們，她都沒勇氣對他們這麼做。

她充滿了負能量。她起身踱步，走進廚房，去了餐廳，然後又回到原地。

她的手一度停在電話上方，差點就拿起來撥打妹妹的號碼，差點就拋下一切，只為了跟小卡說話，聽她的聲音。可是她放下了手，走到門廳的矮櫃前，拉開最上層的抽屜，低頭看著裡面的東西。

她母親的念珠。它也成功傳送回來了，而她戴了許多年，最後才把它好好地收起來。它救過她的命，還不止一次，可是現在她對它有別的打算。她想像也許在幾年後的某一天，她可以在不被跟蹤人員和天空那些監視之眼發現的情況下偷偷寄出包裹。她想像妹妹收到它，注意到沒有寄件人地址，接著打開就發現裡面的念珠。她希望卡崔娜會明白，希望她剩下足夠的信心相信奇蹟。

吉莉安關上抽屜，回到觀景窗旁。雨勢已經減弱，她考慮到穿越屋子周圍上百英畝土地的其中一條小路上散步，結果電話響了。她拿起電話，認出了區域號碼。

是NASA。

「喂。」她不知道是誰打來，也不知道對方對說什麼。上一次聯合國或NASA的人聯絡她已經是將近兩年前的事了。

「吉莉安，我是瓊斯。」

她壓抑住驚訝。之前她就得知安德森．瓊斯已經由參議院決議擔任NASA署長了。她以為最不可能打電話來的人就是他。

「妳好嗎？」他替目瞪口呆的她接話。

「我……很好，很好。」

「那就好，我會定期聽取妳和凱莉情況的簡報。妳還喜歡山裡的生活嗎？」

「安德森，你為什麼打來？」她現在因為其他理由而覺得不安了。從她突然出現在安德的實驗室之後，瓊斯就一直對她以禮相待，而她從許多人那裡得知是他大力促成用她的研究交換她跟他們一起串通欺騙大眾。這個男人向來嚴謹而沉著，散發安靜又有自信的從容感。可是現在她聽得出潛藏在署長語氣之下的情緒，如果她沒弄錯，那聽起來像是興奮。不然就是恐懼。

「有輛車正要去接妳。會有一架噴射機在傑佛遜郡機場等妳。」瓊斯安靜了幾秒，而她聽見他輕微的呼吸聲。「我想讓妳看個東西。」

⋈

有人帶吉莉安穿過後巷進入管理大樓的側廳，一路上她都穩穩戴著墨鏡和帽子。她必須隱藏身分，尤其是在NASA園區這裡。

過去四個鐘頭就像一片模糊，從司機不發一語地開著黑色豪華轎車來接她，到搭乘快得不像話的飛機抵達梅里特島的太空梭著陸場。她在那裡上了另一輛車，被載到小巷子，再由兩個身穿昂貴西裝的男人引導進入建築。要不是她知道情況，一定會以為他們是特勤局的人，不過那樣想很荒謬，因為她來見的不是總統，只是NASA的署長。

穿西裝的男人帶她到一間小會議室，裡面只有一塊大型觸控螢幕設置在一張短桌中央，旁邊則是兩張椅子，而這使她的焦慮程度又提升了一級。室內沒有窗戶，其中一個角落有一部攝影機在監視她。

幾分鐘後門打開了，安德森．瓊斯大步走進來。自從上次見過以來，他老了一些，而這些年來唯一的跡象，是他的黑色鬢髮之間出現了一些白色，就像他的鬍子。

「吉莉安，非常高興見到妳，也謝謝妳一接到通知就趕來。」他跟她握手時說。

「我有選擇的餘地嗎？」

瓊斯乾笑著。「不，我想沒有，但我們不都是這樣嗎？」

她本來想問他從家裡出門時需不需要偽裝自己，不過忍住沒說出口。

「請坐。」他說，然後輕觸一下喚醒螢幕，「我知道妳從很遠的地方過來，大概也很累，所以我就不拖延了。我要讓妳看的東西是絕對的機密，而且老實說，我在提出讓妳看的要求時聽到不少反對的聲音。不過說實話，我相信在接下來的幾個月和幾年內，我們一定會需要妳的專業。再說，無論如何，我覺得妳都有權知道。」

瓊斯打開一個檔案，接著就出現一段影片。她馬上就認出畫面裡的房間。是太空站的瞬間傳送區。瓊斯按下「播放」，影片隨即動了起來。

吉莉安看著自己進入房間，在太空站失去高度時應付起伏不定的重力。她看著自己在裝置底座的螢幕上選擇地點，然後脫掉連身服。幸好有人編輯過影片，讓她的裸體變得模糊；接著她爬進管子，管子跟著關上。在那一刻，她回到了通道裡，感受到太空站在周圍震動，感受到自己在流血，感受到她害怕那是自己最後活著的時刻。

「你怎麼會有這個影片？」她問。

「太空站一進入失效模式時就會自動上傳資料。」瓊斯表情嚴肅地說。

「我……我不知道你為什麼要讓我看這個。」她說。

「拜託，看下去吧。」

她看見自己靜止不動，在管子內製造的真空中失去知覺。

緊接著就是一道閃光。在影片中什麼都看不見的白光退去之後，她消失了。時間戳記繼續前進，這時室內開始搖晃得更劇烈，有個櫃子無聲地正面倒下，傳送室和走道之間的玻璃隔牆也粉碎了。她正要開口再問瓊斯到底該看什麼時，她發現了。

畫面下方有動靜。

有人正在爬行。對方穿越房間時留下了一道血跡。

伊斯頓。

這就像看到了鬼魂。

「我的天哪，」她一隻手摀住嘴巴說，「他還活著。」

伊斯頓勉強站起來，像是在暴風雨中的船甲板上那樣搖晃著。他往前倒，身體撐在裝置的控制底座上。

他用一根手指戳了螢幕，裝置的門隨即開啟。

伊斯頓開始脫光，扯掉破爛的衣物，而她看見一道血跡從他一條腿持續流下，接著他就爬進管子。

門關上了。

房間在震動，攝影機的視角也在劇烈抖動，這時雜訊充滿了畫面，使影片的最後部分陷入了黑暗。可是在這之前，燃燒般的閃光照亮了整個房間。

影片停止了。

吉莉安瞪大眼睛看著瓊斯，他輕點著頭。「伊斯頓逃出去了？」她問。

「對，他逃出去了。」

「他在哪裡？為什麼我沒看到他？他只是晚我幾分鐘傳送而已。」

她看著瓊斯，心裡有無數個問題在打轉，接著那些問題慢慢平靜下來，而她從未像現在這樣恍然大悟。

吉莉安往後靠著椅背，震驚，麻木。

「他沒傳送到這裡，對不對？」最後她問。

瓊斯點點頭，然後操縱觸控螢幕。「昨天在東岸時間晚上七點左右，我們收到了這則訊息，我們估計是超過四年前傳來的。」

瓊斯觸碰螢幕。

一段影片開始播放。

一開始很暗，只有畫面上方一道暗紅色的光，接著視角就突然翻轉。畫面先是扭曲，然後聚焦。伊斯頓的臉占滿了窗格。

他看起來就跟那時她留下他和逼近的太空站組員戰鬥時一模一樣——情緒激動但堅定不移，準備好要替他死去的朋友們復仇。

伊斯頓眨了眨眼睛，目光離開攝影機，看著鏡頭外的某個東西。他曾告訴她願意前往沒有任何人到過的遠方，而在那一刻，她看得出他變回了那個人，勇敢的探險家。

「我是發現者六號的任務專家伊斯頓・辛克萊爾。」

吉莉安向前傾，注意到他眼裡的東西，是倒影。

那是一顆明亮的星球，不是綠色也不算藍色。她猜想人類語言沒有能夠形容那種顏色的詞。還沒有。

「目前是從艾瑞克・安德博士的探索太空船在半人馬座南門二星系傳送，而且……」

他話說到一半慢慢停住了，於是吉莉安靠近螢幕，靠近她的朋友，從他張大的眼睛裡捕捉到另一個清楚的倒影，那是個奇異的新世界。

伊斯頓笑著說：「而且你們不會相信我現在看到了什麼。」

〈全書完〉

誌謝

一如往常，感謝我最棒的家人，你們的支持讓我能夠繼續我所愛之事。謝謝我的編輯Jacque Ben-Zekry、Liz Pearsons和Caitlin Alexander，他們幫助我逐漸雕琢出這本書。謝謝經紀人Laura Rennert總是站在我這邊，並且在《遺忘效應》創作時給予寶貴的意見與支持。感謝ＮＡＳＡ的Thomas Edwards博士提供完美的建議，為我瘋狂的想法注入了一些現實。謝謝Sarah Shaw、Mikyla Bruder、Jeff Belle以及在Thomas&Mercer出版社的每一個人，他們都是業界的頂尖人物。謝謝Blake Crouch、Richard Brown和Matt Iden在寫作時提供很棒的回饋。我還要感謝多年來為我的生涯與創作賦予生命的所有讀者，你們的讚美對我的意義超乎想像。

名詞對照表

494 East　四九四號公路東線

A

Alpha Centauri　半人馬座南門二

Anderson W. Jones　安德森·W·瓊斯

Anton Veering　安東·維林

Avery　艾弗里

Axel　艾克索

B

Ben　班

Birk Lindqvist　伯克·倫德維斯特

Bob　鮑伯

Byron Guthrie　拜倫·蓋瑟瑞

C

Capa Canaveral　卡納維爾角

Carrie Marie Ryan　凱莉·瑪麗·萊恩

Carson LeCroix　卡森·勒克

Challenger　挑戰者號

Charles Losian　查爾斯·羅仕

Cynthia Carpenter　辛西亞·卡本特

D

Dan　丹

Danner　丹納

David Fryburg　大衛·弗萊伯格

Daytona Beach　戴通納海灘

Dennis Kenison　丹尼斯·肯尼森

Discovery VI　發現者六號

Duane Freeman　杜恩·費曼

E

Easton Sinclair　伊斯頓・辛克萊爾

Environment Defsnse Organization　環境保衛組織

Eric Ander　艾瑞克・安德

Erin Fulson　艾琳・佛森

Explorer Ten　探險者十號

F

FOX News　《福斯新聞》

Frank　法蘭克

G

Gillian Josephine Ryan　吉莉安・約瑟芬・萊恩

Greg　葛雷格

Gregory Tinsel　葛雷哥利・丁塞爾

H

Heisenberg　海森堡

Henry Diver　亨利・戴佛

Houston　休士頓

I

Ivan Pendrake　埃文・潘德拉克

J

Jacob　雅各

James Conroy　詹姆斯・康羅伊

Jefferson College　傑佛遜大學

Jefferson County Airport　傑佛遜郡機場

John　約翰

Justin　賈斯汀

K

Kansas　堪薩斯

Katrina Margaret Nichols　卡崔娜・瑪格麗特・尼可斯

Kennedy　甘迺迪（太空中心）

Kent　肯特

L

Leo Fuller　里歐・富勒

Lien Zhou　周蓮

Lindqvist Enzyme Treatment　倫德維斯特酵素療法

Lisa Prenetti　麗莎・普那提

Losian's　羅氏症

luciferase　螢光素酶

luciferin　螢光素

M

Mary Cranston　瑪麗・克蘭斯頓

Merritt Island　梅里特島

MRI　核磁共振造影

N

NASA　美國太空總署

neurofibrillary tangle　神經纖維糾結

O

Olivia LePit　奧莉薇亞・勒佩

Orrin Ander　歐林・安德

P

PET scan　正子斷層掃描

Proxima Centauri　比鄰星

R

Rattus norvegicus　溝鼠；褐鼠

Roberto Gonzaga　羅伯托・岡薩加

S

Sadie　莎迪

salvenin　賽凡寧

Sci-Beat　《科學脈動》

Seaton　席頓

Secret Service　特勤局

Seinfield　《歡樂單身派對》

Shuttle Landing Facility　太空梭著陸場

Simon Fletcher　賽門・弗萊徹

Skeleton Crew　《史蒂芬・金的故事販賣機》

Stephen Vasquez　史蒂芬・瓦斯奎茲

Steve　史帝夫

T

Thor　索爾

U

United Nations Space Station　聯合國太空站

V

Vernon Figg, Vern　范農・費格；范恩

Wintston　溫斯頓　凱莉男友

BEST 嚴選 131

遺忘效應

原著書名／Obscura
作　　者／喬・哈特（Joe Hart）
譯　　者／彭臨桂
總 編 輯／王雪莉
責任編輯／何寧
行銷業務經理／李振東
行銷企劃／陳姿億

發 行 人／何飛鵬
法律顧問／元禾法律事務所　王子文律師
出版／奇幻基地出版
城邦文化事業股份有限公司
台北市 104 民生東路二段 141 號 8 樓
電話：(02)25007008　傳眞：(02)25027676
網址：www.ffoundation.com.tw
e-mail：ffoundation@cite.com.tw
發行／英屬蓋曼群島商家庭傳媒股份有限公司城邦分公司
台北市 104 民生東路二段 141 號 11 樓
書虫客服服務專線：(02)25007718・(02)25007719
24 小時傳眞服務：(02)25170999・(02)25001991
服務時間：週一至週五09:30-12:00・13:30-17:00
郵撥帳號：19863813　戶名：書虫股份有限公司
讀者服務信箱 e-mail：service@readingclub.com.tw
歡迎光臨城邦讀書花園　網址：www.cite.com.tw
香港發行所／城邦（香港）出版集團有限公司
香港灣仔駱克道 193 號東超商業中心 1 樓
電話：(852) 2508-6231　傳眞：(852) 2578-9337
e-mail：hkcite@biznetvigator.com
馬新發行所／城邦（馬新）出版集團
【Cite(M)Sdn. Bhd】
41, Jalan Radin Anum, Bandar Baru Sri Petaling,
57000 Kuala Lumpur, Malaysia.
Tel: (603) 90578822　Fax:(603) 90576622
email:cite@cite.com.my

封面設計／高偉哲
排　　版／極翔企業有限公司
印　　刷／高典印刷有限公司
■2021 年（民 110）7 月 1 日初版一刷

售價／450元

國家圖書館出版品預行編目資料

遺忘效應／喬・哈特(Joe Hart)著；彭臨桂譯. -- 初版. -- 臺北市：奇幻基地出版，城邦文化事業股份有限公司出版：英屬蓋曼群島商家庭傳媒股份有限公司城邦分公司發行, 民110.07
面；　公分. -- (Best嚴選；131)
譯自：Obscura
ISBN 978-986-06686-0-5 (平裝)

874.57　　110009081

ISBN　978-986-06686-0-5

Printed in Taiwan.

奇幻基地 20 週年 · 幻魂不滅，淬鍊傳奇

集點好禮瘋狂送，開書即有獎！購書禮金、6 個月免費新書大放送！

活動期間，購買奇幻基地作品，剪下回函卡右下角點數，集滿兩點以上，寄回本公司即可兌換獎品&參加抽獎！

參加辦法與集點兌換說明：

活動時間：2021 年 3 月起至 2021 年 12 月 1 日（以郵戳為憑）

抽獎日：2021 年 5 月 31 日、2021 年 12 月 31 日，共抽兩次

奇幻基地 2021 年 3 月至 2021 年 12 月出版之新書，每本書回函卡右下角都有一點活動點數，剪下新書點數集滿兩點，黏貼並寄回活動回函，即可參加抽獎！單張回函集滿五點，還可以另外免費兌換「奇幻龍」書檔乙個！

【集點處】（點數與回函卡皆影印無效）

1	2	3	4	5
6	7	8	9	10

活動獎項說明：

★ **「基地締造者獎 · 給未來的讀者」抽獎禮**：中獎後 6 個月每月提供免費當月新書一本。（共 6 個名額，兩次抽獎日各抽 3 名）

★ **「無垠書城 · 戰隊嚴選」抽獎禮**：中獎後獲得戰隊嚴選覆面書一本，隨書附贈編輯手寫信一份。（共 10 個名額，兩次抽獎日各抽 5 名）

★ **「燦軍之魂 · 資深山迷獎」抽獎禮**：布蘭登．山德森「無垠祕典限量精裝布紋燙金筆記本」。
抽獎資格：集滿兩點，並挑戰「山迷究極問答」活動，全對者即有抽獎資格（共 10 個名額，兩次抽獎日各抽 5 名），若有公開或抄襲答案者視同放棄抽獎資格，活動詳情請見奇幻基地 FB 及 IG 公告！

特別說明：

1. 請以正楷書寫回函卡資料，若字跡潦草無法辨識，視同棄權。
2. 活動贈品限寄臺澎金馬。

當您同意報名本活動時，您同意【奇幻基地】（城邦文化事業股份有限公司）及城邦媒體出版集團（包括英屬蓋曼群島商家庭傳媒股份有限公司城邦分公司、書虫股份有限公司、墨刻出版股份有限公司、城邦原創股份有限公司），於營運期間及地區內，為提供訂購、行銷、客戶管理或其他合於營業登記項目或章程所定業務需要之目的，以電郵、傳真、電話、簡訊或其他通知公告方式利用您所提供之資料（資料類別 C001、C011 等各項類別相關資料）。利用對象亦可能包括相關服務的協力機構。如您有依個資法第三條或其他需要協助之處，得致電本公司（(02) 2500-7718）。

個人資料：

姓名：＿＿＿＿＿＿＿＿＿＿ 性別：□男 □女

地址：＿＿＿＿＿＿＿＿＿＿＿＿＿＿ Email：＿＿＿＿＿＿＿＿＿＿

想對奇幻基地說的話或是建議：＿＿＿＿＿＿＿＿＿＿＿＿＿＿＿＿＿＿＿＿

FB 粉絲團

戰隊 IG 日常

奇幻基地 20 週年慶．城邦讀書花園 2021/12/31 前樂享獨家獻禮！
立即掃描 QRCODE 可享 50 元購書金、250 元折價券、6 折購書優惠！
注意事項與活動詳情請見：https://www.cite.com.tw/z/L2U48/

讀書花園

請剪下右側點數，貼於集點處，集滿兩點即可參加抽獎